청산 新무협 판타지 소설

惡中俠
악중협

FANTASTIC ORIENTAL HEROES

악중협 5
청산 新무협 판타지 소설

초판 1쇄 찍은 날 § 2009년 4월 13일
초판 1쇄 펴낸 날 § 2009년 4월 21일

지은이 § 청산
펴낸이 § 서경석

편집장 § 문혜영
편집 § 정서진 · 서지현

펴낸곳 § 도서출판 청어람
등록번호 § 제1081-1-89호
등록일자 § 1999. 5. 31
어람번호 § 제2-1722호

주소 § 경기도 부천시 원미구 심곡2동 163-2 서경B/D 3F (우) 420-822
전화 § 032-656-4452 팩스 § 032-656-4453
http://www.chungeoram.com
E-mail § eoram99@chollian.net

ⓒ 청산, 2008

ISBN 978-89-251-1767-6 04810
ISBN 978-89-251-1587-0 (세트)

5
최후의 대결
[완결]

惡中俠

약중협

청산 新무협 판타지 소설

FANTASTIC ORIENTAL HEROES

도서출판 청어람

目次

제41장 천하제일의 악인 7

제42장 진실은 밝혀져야만 한다 37

제43장 절대마검의 위력 69

제44장 천해문에서의 혈전 99

제45장 비극적인 최후 129

제46장 죽인 자의 책임 169

제47장 마왕과의 협상 203

제48장 대역전 235

제49장 끔찍한 계략 265

제50장 최후의 대결 297

第四十一章
천하제일의 악인

惡中俠

악중협

1

　당대의 절대자 건곤불패 엽운청.

　불패성주인 그와 더불어 강호를 호령했던 독보검궁주는 불구자가 되었고, 무적궁주는 불귀의 객이 되었으니 이제 그가 당대 유일의 절대자였다.

　한데 무불악이 주장한대로 당대의 신의 활천편작을 해친 살인마가 엽운청이라면 이는 세상이 뒤집혀질 엄청난 충격이 아닐 수 없었다.

　엽운청은 뒷짐을 쥐며 냉담하게 응수했다.

　"본좌는 네가 무슨 소리를 하는지 전혀 모르겠다. 본좌가 왜 활천편작과 같은 신의를 해친단 말이냐? 어디 네가 주장하는 그 근거나 들어보자.”

“솔직히 그 이유는 나도 몰라. 하지만 활천편작과 당신 사이에 원한이 있는 것은 확실해. 나를 구해준 활천편작이 보답으로 당신을 죽여줄 수 있느냐고 했을 때 확신할 수 있었지.”

무불악은 엽운청의 표정을 직시하며 말을 이었다.

“건곤불패, 이 사실은 나밖에 몰라. 그리고 누구한테도 이 사실에 대해 얘기한 적이 없다. 그러니까 순순히 털어봐. 내가 다른 것은 몰라도 궁금한 것은 정말 못 참거든.”

“……”

“정말이야. 내가 가장 신뢰하는 한운지에게도 전혀 언급하지 않았다. 활천편작이 죽었으니 이제 이 사실은 당신 외에 오직 나만이 알고 있어. 다시 말해 나만 죽이면 당신이 추악한 위선자이며 잔혹한 살인마인 줄은 아무도 모른다는 거지. 설마 당대의 절대자인 건곤불패가 나를 죽일 자신이 없어 비겁하게 계속 발뺌이나 할 거야? 그거 너무 쪽 팔리잖아?”

무불악은 최대한 엽운청의 자존심을 긁어댔다.

엽운청은 최대한 청력을 기울여 주변의 기운을 감지하면서 수염을 내리쓸었다.

“난 모르는 일이다.”

“건곤불패, 당신이 정 그렇게 나온다면 활천편작을 죽인 극악한 살인마가 당신이라고 세상에 공표하겠다.”

“허헛, 네놈은 이미 사파연맹과 작당한 악인으로 지탄을

받고 있는 상황인데 누가 그런 허황된 망언에 귀를 기울이겠
느냐?"

"최소한 한 사람은 믿을 거다."

"누구냐?"

무불악은 팔짱을 낀 채 주변을 왔다 갔다 걸었다.

"당세의 협녀 한운지. 운지에게 살인 사건을 조사시키겠
다. 운지는 현명한 여인이니 살인마가 당신임을 밝혀낼 거다.
물론 당신이 운지를 죽이지 못하도록 나와 백을천이 밀착 경
호를 해야지. 이런, 백을천이 조금 불쌍하군. 을천은 악을 원
수처럼 미워하는 열협인데 당신의 위선을 밝혀내면 아마 충
격을 이기지 못하고 자결할 것이다."

엽운청의 표정이 딱딱하게 굳어졌다.

"개수작 마라, 무불악!"

"자, 이제 털어놓으시죠, 불패성주님. 당신이 정말 결백하
다면 내 서찰을 받고 이곳 소화산까지 한달음에 달려오는 일
은 없었을 거다. 이렇듯 명백한 진실이 있는데 왜 쥐새끼처럼
쥐구멍에 처박혀 있으려는 거냐, 이 나쁜 새끼야!"

참으로 신랄한 모욕과 욕설이었다.

마침내 주변 어디에도 잠복의 기운이 없음을 확신한 엽운
청이 본색을 드러냈다.

"추악한 놈, 찢어진 입이라고 잘도 뱉어대는구나. 오냐, 활
천편작은 내가 죽였다!"

엽운청의 시인!

이, 얼마나 소름 끼치는 진실인가?

무불악은 가슴을 내리쓸고는 정중히 예를 올렸다.

"고맙소, 건곤불패. 당신이 끝까지 잡아뗐으면 난 정말 미칠 뻔했소. 이왕 실토했으니 이제 그 연유도 밝혀주시오."

"네놈은 알 것 없다."

"여기까지 와서 무엇을 숨기려는 거요? 내가 하늘을 두고 맹세하겠는데 당신의 추악한 비리는 나와 운지 둘만 알고 있겠소. 백을천을 위해서라도 당신의 악행에 대해서는 절대 함구하겠소. 그러니 말씀해 주시구려."

엽운청은 두 눈에서 살기가 번득였다.

"그렇게 내력을 알고 싶다면 네놈의 가슴에 스스로 검을 꽂아라. 그러면 얘기해 주겠다."

무불악은 집요하게 설득했다.

"그럼 이렇게 합시다. 내 신세 내력을 얘기해 줄 테니 당신도 비밀을 밝히시오. 아주 공평한 거래가 아니겠소?"

"네놈의 신세 내력이 무슨 대단한 비밀이라도 된단 말이냐?"

"대단한 비밀은 아니지만 나름대로 흥미로울 거요."

"……."

엽운청은 잠시 그를 주시하다가 허공의 달을 올려다보았다.

"오냐, 어차피 오늘 우리 두 사람 중 한 명은 죽을 수밖에 없다. 물론 네놈이 죽을 가능성이 훨씬 높으니 서로의 비밀을 교환하기로 하자."

"하하, 불패성주답게 역시 화통하시오."

"네 내력부터 말해봐라."

"그럴 게 아니라 서로의 비밀을 조금씩 교환하기로 합시다."

"좋다."

엽운청이 순순히 응하자 무불악이 먼저 자신의 숨겨진 내력을 밝혔다.

"난 칠대악인 중 맏형 격인 귀곡심악의 후인이오."

엽운청은 의외로운 눈빛으로 무불악을 훑어보았다.

"귀곡심악의 제자? 그게 사실이냐?"

무불악이 얼른 말허리를 잘랐다.

"그렇게 물어보면 반칙이오. 이제 당신이 밝힐 차례요."

"활천편작은 내 친형이다."

"압……!"

무불악은 전혀 예상치 못한 충격에 한동안 엽운청을 물끄러미 바라보기만 했다.

엽운청은 자신의 엄청난 패륜에 대해 조금의 죄책감도 내비치지 않았다.

"십칠 년 전 칠대악인이 왜 갑작스럽게 실종된 것이냐?"

"내부적으로 배신이 있었소. 악인 한 놈이 치밀한 계략으

로 칠대악인 중 다섯을 죽였소. 귀곡심악만 가까스로 탈출하
였소."

무불악에 이어 엽운청이 비밀을 털어놓았다.

"내가 불패성을 창건하기 전까지 나와 활천편작은 그래도
우애가 깊은 형제였다. 한데 활천편작이 약왕문의 제자가 되
어 오랜만에 해후했을 때 우리 형제는 천고의 기연으로 두 권
의 절세비급을 얻게 되었다."

"악인들을 죽인 진짜 악인은 칠대악인 중 막내인 옥면잔사
였소. 놈은 한 번 작심하면 몰살시키는 것이 특기인지라 다섯
악인도 당할 수밖에 없었소. 귀곡심악은 겨우 목숨을 건졌지
만 짐독을 해소시키기 위해 스스로 두 다리를 잘라야 했소.
난 어린 나이에 귀곡심악을 만나 제자가 된 것이오."

엽운청은 무불악의 신세 내력에 상당한 홍미를 느낀 듯 자
신의 절대적인 비밀까지 숨김없이 말해주었다.

"한 권은 세상에 알려지지 않은 건곤무선(乾坤武仙)의 비급
으로 불패성의 모든 절기는 건곤무경에서 비롯되었다. 다른
한 권의 비급은 전설적인 마왕 혼천마도(混天魔刀)의 마경이
었다."

"귀곡심악은 내게 칠대악인들의 특기와 살인비기들을 두
루 전수해 주고 옥면잔사를 찾아 복수해 줄 것을 당부했소.
그래서 출도 이래 이 년 동안 놈의 행적을 찾아다녔지만 아직
놈의 은신처를 발견하지 못했소. 당신이 옥면잔사와 가장 유

사한 위선자이지만 아쉽게도 놈은 아닌 게 확실하오."

"나는 무공에 대한 욕심을 주체하지 못해 건곤무경과 마경을 모두 가지려 했다. 한데 활천편작은 마경은 절대 수련해서는 안 된다며 그것을 불태우려 했다. 그러다 내 강기에 적중돼 벼랑 아래로 떨어졌다. 하지만 약왕전 제자답게 용케 죽지 않고 살았던 것이다."

서로가 비밀의 핵심을 교환했기에 두 사람은 서로의 처지에 대해 충분히 인지하게 되었다.

무불악은 연신 고개를 끄덕거렸다.

"이제 이해가 되는군. 활천편작이 당신의 그 추악한 욕심과 마경의 비밀을 알고 있으니 얼마나 초조했겠어? 형이 아니라 아비였어도 죽이고 싶었을 테고. 결국은 활천편작을 죽여 비밀을 지키려 한 것이군. 하기는 나 같아도 그랬을 거야."

"네놈은 아직 한 가지 밝히지 않은 것이 있다. 옥면잔사가 왜 다른 악인들을 죽인 것이냐?"

"귀곡심악도 그 연유를 모르겠다고 하더군. 당시 옥면잔사가 잔치를 베풀었는데 애 딸린 과부한테 장가를 간다고 했소. 그래서 심로가 추측하기에 옥면잔사가 자신의 신분을 완벽하게 감추기 위해 다른 악인들을 죽인 거라고 했소."

"아마도 대단한 과부였나 보군. 그래서 형제와 같은 육대 악인을 모조리 죽이려 한 것이겠지."

무불악은 간장검을 뽑아 들었다.

“그런 면에서 당신이나 옥면잔사가 똑같은 놈이야.”

무불악의 얼굴에 싸늘한 살기가 피어올랐다.

“그래도 네가 더 나빠. 적어도 활천편작과 같은 사람은 죽여서는 안 되는 거였는데, 넌 혈육인 친형을 죽였다. 그까짓 마경 때문에.”

“그까짓 마경?”

엽운청은 묵도를 뽑아 비스듬히 눕혔다.

“혼천마도는 가장 위대한 도객이었다. 그런 그의 도법이 단지 마도(魔刀)라는 이유만으로 말살된다는 것은 무림계로서는 엄청난 손실이다. 난 단지 무인으로서 그것을 막으려 했을 뿐이다.”

“크훗, 그것이 친혈육을 살해한 이유라니 정말 우습군.”

“경험해 보지 못한 너로서는 절대 이해할 수 없을 것이다.”

“오냐, 어디 그 대단한 도법을 펼쳐 봐라!”

훌쩍 뛰어오른 무불악이 은하성천검법을 전개했다.

“은한파!”

츄리리릭―!

수백 개의 유성이 추락하듯 무수한 검화가 화려한 궤적을 그리며 엽운청을 향해 내리꽂혔다.

엽운청은 희미한 미소를 머금고는 간단히 묵도를 내리그었다.

차차창―!

수십 차례의 금속성이 연이어 울려 퍼졌다.

"크으윽!"

무불악은 답답한 신음을 토하며 오장 밖으로 튕겨졌다. 그의 손에 쥐어진 간장검이 세찬 진동을 일으켰다.

단 일초를 교환했건만 무불악은 상상도 못한 충격에 속이 뒤틀렸다.

'이, 이럴 수가? 구주파천과 버금갈 초극 고수란 말인가?

무불악은 숨을 돌려 기혈을 가라앉히며 물었다.

"그… 그것이 혼참마도의 도법이냐?"

"어리석은 놈. 방금 선보인 수법은 건곤무경의 절기일 뿐이다. 네놈이 수련한 은하검법은 천등성현에 의해 새롭게 창안된 절기이지만 기초를 은하검존의 검법에 두고 있어 한계를 벗어날 수 없다. 나는 은하검법에 대해 면밀히 분석해 두었기에 네놈은 절대 내 상대가 될 수 없다."

"남의 무공에 대해 분석한다는 것은… 도둑질이잖아?"

"한심하구나. 네놈은 무에 대해 조금이라도 깊이 생각해 본 적이 있느냐? 네놈은 그저 천기무화가 건네준 의천무경을 아무 생각 없이 수련했을 뿐이다. 네놈의 표현대로라면 너는 비렁뱅이인 셈이다."

"내가 검법만 수련했겠냐?"

무불악은 빠르게 달려들며 냅다 일권을 내질렀다.

"차앗!"

콰르르릉……!

은은한 뇌성이 퍼지며 거대한 소용돌이가 폭풍처럼 몰아쳤다.

엽운청은 소매를 쳐들어 가슴 앞에 커다란 원을 그렸다. 순간 눈부신 강기가 급속도로 확산되었다.

콰아아앙!

엄청난 굉음이 터지며 주변의 지표면이 연속적으로 폭발해 올랐다.

"아악!"

처절한 비명 소리와 함께 무불악이 피를 토하며 나가동그라졌다. 가슴을 움켜쥔 무불악은 다시 피를 토하고는 세차게 고개를 흔들었다.

"젠장, 이… 이럴 수는 없어."

엽운청은 무불악의 참담한 모습을 지켜보며 오만한 웃음을 흘렸다.

"허헛! 정말 실망이구나, 무불악. 그런 알량한 실력으로 어떻게 마왕들과 천투무적을 죽인 것이냐? 결국 세상의 풍문대로 네놈이 교활한 술수로 그들을 해친 것이 확인된 셈이다."

무불악은 광명구양신공을 운기해 들끓는 기혈을 가라앉혔다.

"크훗, 아직… 끝난 게 아니다. 겨우 두 초식을 겨뤘을 뿐이다. 어쨌거나… 너는 내 손에 죽는다."

무불악의 공격은 상처 입은 야수처럼 거칠었다.

"죽어랏, 패륜 악적!"

츄리릭―!

간장검의 검극에서 뿜어지는 예기는 지극히 날카로웠지만 정교함이 상실되었기에 상승 검법의 면모를 전혀 갖추지 못했다.

엽운청은 하수를 다루듯 간간이 묵도를 휘둘러 무불악의 공세를 차단했다.

무불악이 보법마저 산만해져 중심을 잡지 못하자 엽운청이 강력한 도법을 구사했다.

"건곤분세!"

번― 쩍!

아찔한 섬광이 번득이며 하늘과 땅을 단숨에 가를 도기가 소화산 상공으로 치솟았다.

"오냐, 붙어보자!"

무불악은 극한의 광명구양신공을 운기해 은하성천검법의 최후 절기를 구사했다.

초극에 이른 도법과 검법이 교차하는 순간 세상의 어둠이 소멸되고 절대적인 정적이 감돌았다. 찰나지간 시간이 정지한 것이다. 이어 빛과 어둠이 사위로 확산되며 소화산 전체가 요동쳤다.

콰― 콰콰쾅!

십 장 이내의 바위가 모두 으스러졌고 수십 장 밖의 벼랑이 무너졌으며 백 장 밖의 수목들이 허리를 꺾었다. 가히 천신들의 격돌이었다.

커다란 바위를 박살 내고 처박힌 무불악은 고통과 충격을 이기지 못하고 전신을 와들와들 떨었다.

“크윽… 흐윽……!”

출도 이래 무수한 격전을 치러왔던 그였지만 이런 충격은 처음이었다.

구주파천과의 대결에서는 워낙 무공의 격차가 컸기에 심적인 충격이 강했지 몸의 부상은 그다지 심하지 않았던 것이다.

무불악은 겨우 정신을 차리고 정면을 주시했다.

칠 장 밖에 서 있는 엽운청은 너무도 건재했다. 도포 자락 일부가 베어졌을 뿐 부상조차 없었다.

처절한 패배.

무불악은 검을 짚으며 간신히 몸을 일으켜 세웠다. 얼굴은 핏기 하나 없이 창백했고 반쯤 감긴 눈은 칙칙하기만 했다.

“과연… 건곤불패로군. 구주파천과 겨뤄도… 손색이 없겠다.”

“물론이다. 본좌가 혼천마극참을 완벽하게 터득한다면 검마를 처단할 것이다.”

“크훗, 겁이 많군. 내가 검마와 겨뤄봐서 아는데… 당신의 지금 무공으로도 충분히 검마를 이길 수 있어."

엽운청은 싸늘한 웃음을 흘렸다.

"굳이 모험을 할 필요가 있겠느냐? 천하인들이 구주파천에 대해 공분을 느끼고 척결을 청원한다면 그때 본좌가 나설 생각이다."

무불악은 간장검을 질질 끌고는 힘겹게 걸음을 옮겼다.

"당신이 방금 전개한 초식이… 혼천마도의 절기인가?"

"아니다. 만일 내가 혼천마극참을 전개했다면 네놈은 산산조각이 났을 것이다. 네놈 따위는 건곤무경의 절기만으로 충분했다."

"건곤불패, 죽기 전에 한번 그 잘난 혼천마도의 절기를 견식하고 싶다. 당신이 친형을 죽이면서까지 손에 쥐려 했던 그 마도를 펼쳐 봐라."

무불악이 자신의 가장 아픈 과거를 재차 건드리자 엽운청의 눈에서 한광이 뿜어졌다.

"오냐, 그것이 네놈의 소원이라면 기꺼이 보여주겠다."

엽운청은 두 손으로 묵도를 쥐고는 하늘을 찌를 듯이 꼿꼿하게 세웠다. 일순 그의 전신에서 검붉은 기운이 피어오르며 음산한 귀곡성이 울려 퍼졌다.

악마의 도법, 혼천마극참!

이미 이백여 년 전 실전된 사상 최강의 도법이 펼쳐지는 순간이었다.

무불악은 도광이 몸에 닿기도 전에 엄습해오는 마기에 절로 소름이 끼쳤다.

'과, 과연 악마의 도법답구나.'

그는 간장검을 불끈 쥐고는 가슴 앞에 세웠다. 그는 지그시 눈을 감은 채 한 가지 검법에 몰입했다.

독보신검의 연공실에 새겨진 검흔.

그것은 하후패가 구주파천과 검을 겨루면서 얻은 심득을 새겨놓은 절기였다. 단순히 구주파천의 절대마검을 재현한 것이 아니라 하후패의 평생 절기가 녹아들어 있기에 마검과 정검이 합치된 최강의 검법 절기라 할 수 있었다.

무불악은 하후패가 새겨놓은 검흔을 통해 새롭게 각성할 수 있었으며, 여기에 은하성천검법의 요결까지 첨가해 나름대로 독창적인 검법을 창안하게 되었다.

이름하여 마정파천황(魔正破天荒).

사실 그는 엽운청에 비해 현저한 격차가 나는 하수가 아니었다. 그럼에도 불구하고 그가 엽운청과 싸워 무수한 부상을 당한 것은 상대의 방심을 유도하기 위한 고육책이었다.

엽운청과 같이 심기가 깊은 설세고수를 쓰러뜨리기 위해서는 정면 대결로 절대 승산이 없기에, 몸과 자존심이 구겨지는 패자의 모습을 선보일 수밖에 없었던 것이다.

엽운청의 입가에 사악한 미소가 피어올랐다. 동시에 그의 묵도가 아찔한 섬광을 발하며 폭발했다.

번— 쩍!

순간적으로 내리꽂히는 백팔 개의 도기.

악마의 손톱처럼 그어지는 무시무시한 도기에 하늘과 땅이 한꺼번에 찢긴다.

무불악이 눈을 감고 있는 것이 오히려 다행이었다. 마귀들이 엄습해오는 듯한 폭발적인 도기를 눈으로 보지 않았기에 그는 자신의 검법에 보다 몰두할 수 있었다.

"차앗!"

무불악의 입에서 힘찬 외침이 터져 나왔다.

심한 부상을 당해 그가 운집할 수 있는 공력은 대단치 않았지만 지금 중요한 것은 지고한 공력이 아니라 절기의 정심함이었다. 더불어 무불악의 비참한 모습을 보고 한껏 자만에 빠진 엽운청이 전력을 다하지 않았다는 것은 또 다른 행운이었다.

도기와 검화의 충돌.

차차창—!

금속성이 끝없이 이어졌다. 이어 섬광이 확산되었고 끝으로 거대한 굉음으로 마감되었다.

콰르릉— 콰쾅—!

"아아악!"

처절한 비명과 함께 무불악이 피투성이가 되어 나뒹굴었다. 얼굴을 비롯해 전신이 무수한 도흔으로 얼룩졌다. 그의 몸이 갈기갈기 쪼개지지 않은 것이 천만다행이었다.

퍼억……!

엽운청의 몸뚱이는 커다란 바위 하나를 박살 내며 처박혔다. 그 역시 피투성이었다. 무불악의 검화에 의해 전신 요혈이 관통되었기에 엽운청의 부상은 실로 치명적이었다.

"크으윽… 이, 이럴 수가?"

그는 동강난 묵도를 바닥에 떨어뜨렸다.

무불악은 간장검을 짚으며 간신히 몸을 일으켜 세웠다.

"어… 어쩌냐, 패륜 악적?"

"네놈이… 무슨 암수를……?"

"크훗, 암수가 아니라… 묘책이다. 내가 펼친 마지막 일검에는 마와 정, 의와 악이… 혼합돼 있었다. 이른바 마정파천황이지."

무불악은 피로 물든 족인을 찍으며 한 걸음씩 다가섰다.

"네놈의 목을 베어… 활천편작을 위로해 주겠다."

엽운청은 찰나지간 갈등하다가 자신의 사혈을 몇 곳 찍었다.

일반적으로 사혈이 찍히면 즉사한다. 하지만 엽운청과 같은 초극의 고수는 사혈을 찍히고도 얼마간은 살 수 있다.

요혈이 관통된 엽운청은 사혈을 찍어 생명지기를 극한까지 끌어올렸다. 이대로 죽기에는 그가 평생 쌓아 올린 명성과 불패성의 몰락이 너무도 억울했던 것이다.

엽운청은 벼락같이 솟구치며 암공을 가로질렀다.

"무불악! 네놈은 죽어서도 그 사악함을 씻지 못할 것이다!"

"멈춰!"

무불악은 엽운청을 추격하려 했지만 몸이 말을 듣지 않았다. 만일 엽운청이 작심하고 공격을 펼쳤다면 무불악은 꼼짝없이 죽을 수밖에 없는 처지였다.

엽운청이 암공 너머로 사라지자 긴장이 풀린 무불악은 털썩 무릎을 꿇었다.

"젠장, 졸라 아프군."

바닥에 엎어진 무불악은 가쁜 숨을 몰아쉬었다.

"헉헉… 활천편작! 이제 신세… 갚은 거야. 난 말이야 빚지고는… 못 사는 성격이거든."

2

불패성.

아침을 맞아 성문을 활짝 열고 있던 무사들은 저편에서 달려오는 피투성이 괴인을 보고는 깜짝 놀라 방어 태세를 취했다.

"멈춰라!"

피투성이 괴인은 비틀거리며 성문으로 달려왔다.

머리카락이 흩어졌고 온몸이 피로 물들어 있었지만 불패성주가 분명했기에 무사들은 경악을 금치 못했다.

“어엇, 성주님?”

“성주님이 아니십니까?”

엽운청은 그대로 성문을 통과했다.

“어서 소성주를… 연공실로 들여라… 어서!”

백을천은 불패성 수뇌 급들을 대동해 연공실로 달려갔다. 성주가 위중한 부상을 당했다는 보고를 들었던 터라 백을천의 표정은 심각하기만 했다.

연공실 입구에 새겨진 붉은 족인이 백을천의 마음을 더욱 아프게 했다.

“사부님…….”

백을천이 연공실로 들어서자 좌대에 기대앉아 있는 엽청운이 손짓을 했다.

“문을 닫아라. 가까이… 오너라.”

“예, 사부님.”

백을천은 수뇌 급들에게 대기할 것을 지시하고는 기관을 작동시켜 연공실 문을 닫았다.

“사부님, 대체 이게 어찌 된 일입니까?”

엽운청 앞에 부복한 백을천은 사부의 손을 쥐었다.

“어서 부상부터 치료하십시오.”

엽운청은 가쁜 숨을 몰아쉬었다.

“을천아, 이 사부는 스스로 팔대사혈을 찍었기에 이미 죽은 목숨이다.”

“사, 사부님?”

“시간이 없구나… 잘 들어라, 을천아. 이 사부는… 교활한 악적의 기습을 당해… 이 꼴이 되었다.”

“대체 그 교활한 악적이 누구입니까?”

엽운청은 소매로 입가의 피를 닦았다.

“무불악이다.”

“예에?”

백을천은 자신의 귀를 의심했다.

“지… 지금 누구라도 말씀하셨습니까?”

“을천아, 믿지 어렵겠지만… 나를 암산한 악적은 바로… 무불악이다.”

“어… 어떻게… 그럴 수가……?”

백을천은 경악과 충격에 젖어 몸을 와들와들 떨었다.

“사부님, 그… 그것이 정녕… 사실이란 말입니까?”

“그렇다. 사부의 이런 모습을 보고도… 네가 믿지 못하겠다는 것이냐?”

“아닙니다. 하지만… 너무도 혼란스러워… 제자는 이 사태를 이해할 수가 없습니다.”

엽운청은 결연한 표정으로 분명하게 말했다.

“무불악은… 칠대악인 중 귀곡심악의 제자다……. 놈은 온갖 사악함으로… 무장한 악도다. 놈은 천사혈뇌의 제자… 은월영과 작당해⋯ 천하를 혼란스럽게 만들 절대악이다."

백을천은 이를 악물며 소리쳤다.

"무불악이 그런 악도라면 절대 용서치 않겠습니다!"

사부의 말이 다소 석연치 않더라도 지금 상황에서는 전적으로 신뢰할 수밖에 없었다. 더군다나 사부에게 암산을 가한 악도라면 그의 철천지원수이기에 예전의 우호적인 감정은 모두 잊어야 했다.

엽운청은 심장에서 끓어오른 붉은 피를 토하고는 백을천의 손을 쥐었다.

"을천아, 이제 네가⋯ 불패성의 제이대 성주다."

"크으, 사부님⋯⋯."

"교활한 무불악을 반드시 처단하고⋯ 그리고 천기무화를 취해 불패성의 광영을⋯ 천세에 남겨라. 이것이⋯ 사부의 유일한 바람이다."

"명심하겠습니다, 사부님."

백을천은 뜨거운 눈물을 뿌리며 엽운청을 향해 마지막을 절을 올렸다.

엽운청은 힘겹게 쌍장을 쳐들었다.

"을천아, 명예와 절기는⋯ 영원한 법이다. 자, 두 손을 들어라."

"예에⋯⋯?"

"무불악은⋯ 무서운 마검을 터득했다. 지금⋯ 네 무공으로는 절대 이길 수 없기에… 이 사부의 진원지기와 심득을… 전수해 주겠다. 어서.”

백을천이 두 손을 쳐들자 엽운청은 장심을 맞댔다.

“무불악은 지극히 사악한 자이니… 놈의 어떤 말에도 현혹되지 마라. 너의 통쾌한 복수를… 구천에서 지켜볼 것이다.”

엽운천은 생명을 유지하고 있던 건곤지기를 모두 끌어올려 장심에 운집시켰다.

슈아아아……!

사부의 진원지기가 스며들자 백을천은 두 눈을 감고 정신을 집중한 채 사부의 기운을 받아들였다. 두 사람 모두가 같은 심법을 수련했기에 엽운청의 진원지기는 자연스럽게 백을천의 경락으로 스며들 수 있었다.

엽운청의 진기를 전수받은 백을천은 절로 둥실 떠올랐다.

기경팔맥을 가득 채운 진기는 임독양맥으로 흘러들어 갔고 백을천은 어렵지 않게 임독양맥을 타통시킬 수 있었다.

한순간 생사현관을 돌파한 백을천의 정수리 위로 세 개의 불꽃이 피어오르며 오색의 기운이 몸을 감쌌다.

삼화취정 오기조원.

공력이 고갈되지 않는 초극의 경지에 이른 것이다.

몰아지경 속에서 삼십육천을 운기한 백을천이 눈을 떴다.

번쩍……!

강력한 안광이 뿜어지며 석벽에 깊은 구멍이 패었다.

백을천이 다시 눈을 감았다 뜨자 안광이 갈무리됐다. 반박귀진의 현상이었다.

바닥으로 내려선 백을천이 싸늘한 시체로 변모한 사부의 시신을 보고는 털썩 무릎을 꿇었다.

"사부님!"

백을천은 엽운청의 시신을 품에 안고 비통한 눈물을 뿌렸다.

당대 최강의 절대자 건곤불패 엽운청.

친형을 살해한 패륜자이지만 그는 끝내 자신의 죄악을 묻은 채 최후를 맞이했다. 죽으면서까지 자신의 명예와 자존심을 지키려 했으니 그의 집착과 위선은 전무후무할 정도였다.

철저하게 진실이 은폐되는 곳.

그것이 바로 음모와 술수로 가득 찬 강호 무림인 것이다.

엄숙하면서도 화려한 장례식.

백을천은 사부의 명성에 걸맞게 비용을 아끼지 않고 성대한 장례식을 치렀다. 천하 모든 문파에 부고를 띄워 조문 사절을 보내도록 유도했다.

또한 시신이 안장될 백운산 전체를 묘역으로 조성하고 수백 개의 석물을 묘소 주변에 세우도록 지시를 내렸다. 가히 군왕에 버금갈 장례식이었다.

백을천은 본래 사치를 삼가는 의협이었지만 자신에게 모

든 진원지기를 남기고 타계한 사부를 위해 조금이라도 보답하고 싶은 심정에 과도한 장례를 거행하였다.

칠일장 마지막 날.

놀랍게도 독보검궁주 하후패가 제자들을 대동해 친히 조문을 왔다.

교자를 타고 빈소 앞에 이른 하후패는 부공술을 전개해 빈소 내로 들어섰다. 풍성한 도포를 걸쳤기에 팔다리가 불구인 그의 몸이 잘 드러나지 않았지만 불편한 몸임을 숨길 수 없었다.

하후패는 향을 사르고 제단의 위패를 향해 오래도록 추도했다. 함께 온 두 제자 손정휴와 악침은 정중히 절을 올렸다.

하후패가 추도를 마치자 백을천은 절을 올려 감사를 표했다.

"궁주님께서 친히 조문을 와주셨으니 구천에 계신 사부님께서도 감격할 것입니다."

"당치 않다. 나는 그저 부끄럽게 살아 있을 뿐이다."

"별당으로 모시겠습니다."

"그래, 문상을 온 처지이니 술을 한잔 마셔야겠지."

하후패는 두 제자에게 지시를 내렸다.

"너희는 상주 백을천을 대신해 조문객들을 대신 맞이해라. 내 잠시 을천과 얘기를 나눌 게 있다."

"예, 사부님."

　손정휴와 악침은 조복으로 갈아입고 백을천 대신 빈소를
지켰다.

　별채의 누각.
　하후패는 백을천이 따라준 술을 한잔 마시고는 연못으로
시선을 돌렸다.
　"을천, 너희 원통한 심정은 충분히 이해한다. 하지만 이번
사태는 단지 감정만으로 처리하기에 다소 복잡하다. 너는 무
불악과 함께 천풍무국으로 뛰어들어 황금문의 인질들을 구출
해 올 만큼 돈독한 사이가 아니었더냐?"
　"그러하기에 배신감 때문에 더욱 괴롭습니다."
　예전의 백을천답지 않게 얼굴 전체에서 삭풍 같은 한기가
풍겨 나왔다.
　하후패는 백을천에게로 시선을 돌렸다.
　"건곤불패는 당대 최강의 고수다. 무불악이 아무리 기습적
으로 암산을 펼쳤다 해도 건곤불패를 해치기는 쉽지 않다. 어
찌 된 상황이었는지 자세히 듣고 싶구나."
　"사부님의 상세가 워낙 위중해 많은 말씀을 남기시지 못했
습니다. 하지만 무불악이 무서운 검법을 터득했다며 경계할
것을 주지하셨습니다. 제가 사부님을 염하면서 확인한 결과
사부님께서는 전신 요혈이 관통되는 기이한 부상을 당하셨으
며 그것이 치명상이었습니다."

"음, 그랬구나."

하후패는 엽운청의 죽음이 자신과 무관하지 않기에 심기가 다소 불편했다. 그가 구주파천의 절대마검을 재현해 무불악에게 알려준 것은 구주파천과의 대결을 유도하기 위함이었는데, 그 검법이 엽운청을 죽인 것이다.

'놈의 오성과 자질이 상상 이상이로군. 내 심득을 벌써 구 성 넘게 터득했을 줄이야.'

하후패는 술잔을 입으로 가져가며 슬며시 화제를 돌렸다.

"이번 사태로 인해 가장 충격을 받은 사람은 천기무화일 것이다. 그 아이도 문상을 왔더냐?"

"수일 전 밤에 찾아왔습니다. 한 소저는 자신이 죄인이라며 빈소에서 밤새 눈물을 흘리고는 아침에 떠났습니다."

"그렇겠지. 운지는 그동안 놈을 비호하고 의천무경까지 전수해 주었으니 얼마나 난처했겠느냐? 무불악은 얼마 전 무적궁의 천투무적을 살해한 데다 이번에 건곤불패까지 암산했기에 이제 무림공적이 되는 것은 시간문제다. 그동안 천기무화 때문에 주저했던 강호의 열협들이 불같이 일어나 놈을 성토할 것이다."

백을천은 결연하게 내뱉었다.

"원수 무불악은 반드시 제 손으로 목을 베어 사부님 영전에 바칠 것입니다."

"……."

하후패는 잠시 그를 주시하다가 물었다.

"한데 말이다, 무불악이 왜 건곤불패를 암산한 것이냐? 네 사부가 달리 전한 얘기는 없는 것이냐?"

"무불악은 칠대악인 중 가장 교활하다는 귀곡심악의 제자입니다. 놈의 목적은 천사혈뇌의 제자인 은월영과 작당해 세상을 혼란시키는 것입니다."

"놈이 귀곡심악의 제자라고……?"

"그렇습니다. 놈은 그동안 정사를 넘나드는 줄타기를 하며 악행을 저지르다가 은월영이 사파연맹을 규합하자 함께 손을 잡았습니다. 무적궁에 이어 본 성을 괴멸시킬 의도로 앞서 사부님을 암산한 것이 분명합니다."

정황상 백을천의 추측에는 전혀 무리가 없었다.

하후패는 뭔가 석연치 않았지만 굳이 무불악을 비호할 이유가 없기에 백을천의 추정을 문제 삼지 않았다.

"참으로 많은 사건들이 두 해 사이에 모두 일어났구나. 우내삼성이 부상을 당해 은퇴했고 오대천마 중 넷이 죽었으며 내가 검마에게 참패를 당한 데다 천투무적과 건곤불패가 타계했다. 한 가지 기이한 것은 이 모든 사건에 무불악 그 녀석이 개입돼 있다는 점이다. 만일 놈이 이 모든 것을 의도했다면 가히 악마라 할 수 있다."

"무불악은 분명 악의 화신입니다."

백을천의 격한 음성으로 단언하자 하후패가 넌지시 일러

주었다.

"을천, 일단 장례를 치르고 제이대 불패성주에 등극해라. 나 또한 궁주 직을 손정휴에게 물려줄 생각이다. 이제 천하는 너희 세대가 주도해야 한다. 너희들의 패기와 역량이라면 강호의 판도를 새롭게 조성하기에 충분하다. 다만, 지나친 감정만은 자제해라."

"궁주님……."

"복수는 가슴으로 하는 것이다. 복수보다 중요한 것은 네가 불패성을 계승하는 것이다. 설사 복수를 이룬다 해도 사파연맹과 천풍무국의 침공으로부터 불패성을 지키지 못한다면 무슨 낯으로 구천에서 지켜볼 네 사부를 대할 수 있겠느냐? 이 점을 명심해라."

금과옥조와 같은 충고에 백을천은 깊이 느끼는 바가 있었다. 그는 몸을 일으켜 정중히 예를 올렸다.

"궁주님의 지적을 깊이 명심하겠습니다."

"무불악을 압박하기 위해서는 무림공적으로 공표하는 것이 좋겠구나. 우리 독보검궁도 불패성의 성명을 적극 지지하겠다."

하후패는 신중한 모습으로 덧붙였다.

"칠대악인의 제자라면 천하인 모두가 나서서 죽여야 할 제일악적이다."

　건곤불패의 성대한 장례식이 끝난 후 백을천은 불패성의 제이대 성주에 올랐다.

　백을천은 무불악을 무림공적으로 선포했고 독보검궁을 비롯한 대다수 문파가 이를 지지했다.

　무림공적으로 낙인찍힌 자는 정사를 불문하고 숨기거나 지원해서는 안 된다. 만일 이를 위반하면 무림공적과 같이 취급되는 것이 무림계의 오랜 공법이었다.

　독보검궁에서는 무불악을 추적하기 위한 멸사대를 결성했는데 멸사대장은 뇌진표가 되었다.

　사파연맹의 공세 속에서 무적궁을 가까스로 탈출한 뇌진표는 불패성에 입문했다. 모든 기반을 잃었기에 무적궁 재건보다 복수를 목표로 삼은 것이다.

　한편 독보신검은 궁주 직을 대제자 손정휴에게 물려주고 태상궁주로 물러앉았다.

　독보검궁의 제이대 궁주가 된 손정휴는 백을천과 전략적인 제휴를 맺어 사파연맹 토벌과 무불악 추살에 적극 동참했다.

　천하제일악 무불악!

　그는 이제 천하인 모두가 죽여야 할 제일공적이 된 것이다.

第四十二章
진실은 밝혀져야만 한다

惡中俠 악중협

1

얇은 잠자리 옷만 걸친 채 잠들어 있는 여인의 모습은 실로
매혹적이다. 더군다나 여인은 속옷을 전혀 걸치지 않았기에
이불 밖으로 드러난 육봉이며 팽팽한 둔부는 알몸을 고스란
히 드러낸 것보다 더욱 자극적이었다.

달콤한 꿈이라도 꾸고 있는지 기분 좋은 미소를 한껏 베어
문 채 잠들어 있는 여인은 소녀처럼 다소 앳된 용모의 소유자
였다.

그러나 외모만으로 평가할 수 없는 게 여인이듯 곤히 잠들
어 있는 여인은 용모와 달리 무서운 심성을 지니고 있었다.
어린 나이에 사파연맹의 총수가 되었으니 그 하나만으로 그

녀의 심계와 지략을 짐작할 정도였다.

여인은 바로 사파연맹의 맹주 은월영이었다.

은월영은 이불을 반만 걸친 채 모로 누워 자고 있다가 미세한 인기척에 아미를 살짝 찌푸렸다.

절정 급 공력을 지닌 그녀였기에 잠들어 있는 와중에도 반응이 아주 민감했다.

가늘게 눈을 뜬 은월영은 베개 밑을 더듬었다.

본래 의심이 많은 그녀였기에 베개 밑에 비수를 숨겨두고 있었다. 그녀는 가만히 비수를 쥐고는 인기척에 귀를 기울였다.

이때 창문을 통해 들어선 누군가가 침실 바닥에 엎어졌다.

은월영은 휘장을 밀치고 침소를 나섰다.

"웬 놈이냐?"

야심한 시각에 불청객에게 침소를 침입 당했지만 일문의 종사답게 은월영은 별반 놀라거나 당황하지 않았다.

불청객은 눈 아래 부위를 붕대로 동여매고 있었다. 소매 안쪽의 팔뚝까지 붕대가 감겨 있는 것으로 미루어 상당한 외상을 당한 것으로 보였다.

등잔을 밝힌 은월영은 불청객의 얼굴을 살피고는 눈을 휘둥그레 떴다.

"불악……?"

바닥에 엎어져 있던 불청객이 힘겹게 몸을 일으켰다.

"그래, 나다."

놀랍게도 불청객은 다름 아닌 무불악이었다.

은월영을 무불악을 부축해 일으켰다.

"어떻게 된 거야?"

"좀 쉬어야겠다. 마음 편히 쉴 곳이 여기밖에 없는 것 같구나."

무불악이 휘장을 밀치고 침소로 들어서려 하자 은월영이 그의 소매를 쥐었다.

"내 침상이야. 네가 내 침상에서 멋대로 자겠다는 거냐?"

"멍청한 계집, 내가 사파연맹에서 은신하고 있다는 것을 광고하고 싶은 거냐?"

무불악은 은월영의 손을 밀치고 침상에 벌렁 누웠다.

"젠장, 내상이 너무 심해."

은월영은 침상에 걸터앉으며 무불악의 얼굴을 어루만졌다.

"이런, 얼굴이 엉망이네? 난 못생긴 사내는 질색인데."

"나도 몸매 개판인 계집은 별로거든. 뭐라도 걸쳐라."

"뭐야? 내 몸매가 형편없다고?"

은월영의 눈매가 샐쭉해지자 무불악은 인상은 찡그렸다.

"어서 탕약이라도… 달여와라. 너무 고통스럽다."

은월영은 무불악을 진맥하고는 쌀쌀맞게 내뱉었다.

"뭐, 죽을 정도는 아니네? 당대의 절대자인 건곤불패를 죽였는데 이 정도 부상은 약과지.”

“너와 말 섞고 있을 상황이 아니다. 어서 내상을 가라앉히는 탕약이나 가져와. 귀한 약재 있으면 듬뿍 넣어서 말이다.”

“흥, 네가 지금 무슨 소리를 하는지 모르겠군.”

은월영은 무불악의 혈도 몇 곳을 찍었다.

“무불악, 네놈은 무림공적이야. 네놈을 숨겨주거나 치료해주었다가는 우리 사파연맹도 무림공적으로 몰려 전 무림의 공격을 받게 된다고.”

“그래서?”

“뭐가 그래서야? 당장 너를 포박해 불패성으로 압송해야지. 그로 인해 우리 사파연맹에 대한 나쁜 평판을 불식시키고 불패성과 우호를 맺게 될 테니 나한테는 절호의 기회다.”

은월영이 생글거리며 웃자 무불악은 눈으로 그녀의 몸매를 훑었다.

“그래, 날 팔아먹는 것은 좋은데 그전에 한번 품게 해줘라.”

“음탕한 자식, 감히 누구한테 눈독을 들이는 거야?”

말은 그리했지만 무불악이 자신에게 관심을 보였다는 생각에서인지 표정은 부드러웠다.

“그런 몸으로 어떻게 내 침소까지 잠입한 거야? 오늘 밤 경비를 선 놈들 눈알을 모두 뽑아버려야겠어.”

"내가 명색이 절세고수다. 아무리 부상을 당했어도 졸개들 따위한테 발각될 내가 아니야. 내가 사파연맹으로 피신했다는 소문이 날 염려는 없으니 어서 탕약이나 달여와라."

은월영은 잠시 생각하다가 무불악의 혈도를 풀어주었다.

"바보야, 이 시간에 탕약 끓이면 내 방에 네가 숨어 있다는 것을 인정하는 셈인데 무슨 탕약이냐? 잠깐 기다려 봐."

침소를 나선 은월영은 옷을 걸쳐 입고는 문갑을 뒤져 작은 약 상자를 꺼내 들었다.

다시 침소로 들어선 은월영은 약 상자에서 밀랍에 싸인 환약을 꺼내 들었다.

"이거 아주 귀한 영약이야. 천년삼왕은 아니지만 삼백 년 묵은 산삼과 설련실을 공청석유로 배합해 제조한 영단이라더군. 내가 위급한 상황에 복용하려고 아껴둔 건데 특별히 네게 주는 거야."

"공치사 그만하고 어서 밀랍이나 벗겨."

"이그, 이 인간은 정말 고마움을 몰라."

영단의 밀랍을 벗긴 은월영은 몹시 아까운 듯 주저했다.

"그냥 내가 먹어버릴까? 공력증진에 도움이 된다던 데……."

"염병, 별 같잖은 약 같고 설레발치기는."

무불악은 영단을 빼앗아 자신의 입에 털어 넣었다.

은월영은 굳이 제지하지 않은 채 눈만 흘겼다.

“불악, 이 은혜 잊으면 안 돼. 알겠지?”

영단을 복용한 무불악은 뜨거운 기운이 기경팔맥을 타고 퍼지면서 내상의 고통을 완화시켜 주자 몸을 일으켜 앉았다.

“운공조식을 해야 하니 나가 있어.”

은월영은 입술을 비죽거리며 휘장을 밀치고 침소를 나섰다.

그녀는 차를 한잔 따라 마시고는 빠르게 생각을 굴렸다.

‘무불악이 비록 무림공적으로 낙인찍혔지만 두려워할 사안이 아니야. 당대 최강의 절대자인 건곤불패마저 죽였으니 누가 감히 그의 상대가 되겠어?

은월영이 선뜻 무불악을 수용한 것은 나름대로 계산이 섰기 때문이다.

‘무불악을 앞세우면 독보검궁과 불패성마저 격파해 사파천하를 이룩할 수 있다. 내가 무림여제가 되는 것도 결코 꿈은 아니야.’

그녀는 휘장 쪽으로 눈길을 돌렸다.

‘무불악은 명예나 권력에 욕심이 없는 자이니 나와 싸울 일도 없을 거다.’

생각이 여기에 미치자 그녀는 벌써 무림여제가 된 심정이었다. 자신의 팽팽한 육봉을 감싸 쥔 그녀는 묘한 흥분에 젖었다.

‘그래, 무불악. 우리는 서로 필요한 것을 교환하면 되는 거

야. 내 몸을 원한다면 기꺼이 주겠다.'

　시녀들이 식사를 차려놓고 나가자 은월영은 침소에 있는 무불악을 불러냈다.
　영단의 효과를 보았는지 무불악은 하룻밤 사이에 크게 회복된 모습으로 식탁 앞에 앉았다. 내외상이 워낙 심해 아직 안색이 창백한 편이었지만 그래도 지난밤에 비해서는 상당히 회복된 수준이었다.
　은월영은 무불악이 먹기 편한 음식을 이것저것 챙겨주었다.
　"먹고 싶은 요리 있으면 말해. 뭐든 구해줄 테니까."
　"됐어. 배만 채우면 됐지 아무 요리면 어때?"
　"이왕이면 맛있는 요리를 먹는 게 낫잖아?"
　은월영은 진귀한 앵설육을 오물거리며 무불악의 얼굴에 새겨진 상흔을 바라보았다.
　"건곤불패와 대결하면서 입은 상처야? 어째 백도의 수법 같지는 않은데?"
　"백도의 수법은 별거냐?"
　"물론이지. 강호에 왜 정사가 있고, 흑백이 있고, 마정이 있겠어? 상승 무공은 단순한 싸움 기술이 아니야. 특히 무공을 펼치기 위한 독특한 심법은 사람의 심성마저 지배하기에 무공으로 인해 선악과 정사가 구분되는 거지."

　간단히 식사를 마친 은월영이 몸을 일으켜 무불악 옆으로
섰다.

　"상처 좀 보자."

　상의를 벗겨내자 붕대로 칭칭 동여맨 몸이 드러났다. 은월
영이 붕대를 풀려 하자 무불악이 손을 밀쳤다.

　"고름이 엉겨 있어 지금 풀면 엄청 아프다. 따뜻한 물로 수
욕을 하면서 끌러내야 돼."

　은월영은 붕대 사이로 드러나 촘촘한 상흔을 보고는 이맛
살을 찌푸렸다.

　"어마, 정말이지 지독한 도법이로군. 네가 갈기갈기 쪼개
지지 않은 게 다행이다. 최고의 금창약을 구해 발라야 상흔을
최대한 지울 수 있겠다."

　"내버려 둬. 이참에 흉터로 문신을 해야겠다. 그래야 내 얼
굴만 봐도 모두가 오금이 저릴 게 아니냐?"

　"훗, 무림공적이 되더니 아예 뼛속까지 악인이 되려는 거
냐? 하지만 진짜 악인은 절대 흉한 모습이 아니야. 독마 혈루
시산을 봐도 그렇잖아? 외모는 영락없는 신선이라고. 그런
자가 무서운 독공을 지닌 마왕이라고 누가 짐작이나 하겠
어?"

　무불악은 잠시 은월영을 바라보았다.

　"그래, 네 말대로 진짜 악인은 절대 흉한 모습이 아니다.
네년을 봐도 그 말이 진리다."

은월영은 의자에 앉아 다리를 꼬았다.

"불악, 이제 얘기해 봐. 무슨 원한이 있기에 건곤불패와 죽기 살기로 싸운 거야? 네 부상으로 판단하면 정말이지 네가 재수가 좋아 목숨을 부지한 거지, 건곤불패와 나란히 황천으로 갈 뻔했어."

"세상 사람들은 이번 사건에 대해 뭐라고 하더냐?"

"너와 내가 작당을 해서 무적궁을 격파한 것으로 알려졌는데, 이번에는 불패성을 접수하기 위해 네가 건곤불패의 암살했다고 하더군. 참, 네가 칠대악인 중 귀곡심악의 제자라고 하던데 사실이야?"

무불악은 건성으로 고개를 끄덕였다.

"틀리지 않다. 너도 그렇게 알고 있으면 돼."

"정말 이럴 거야? 이제 우리는 한 배를 탄 동지라고. 당금 천하에서 너를 보호해 줄 세력은 우리 사파연맹뿐이야. 따라서 우리 사이에는 비밀이 없어야 돼."

"착각하지 마라. 부상만 회복되면 곧바로 떠날 생각이다. 내가 힘이 없어 사파연맹 따위에 빌붙어 살 사람으로 보이냐?"

"홍, 여전히 자신만만하군."

은월영은 술을 한 모금 마시고는 진지하게 말했다.

"불악, 지금 천하는 삼분돼 있어. 사천성을 중심으로 중원 서부를 장악하고 있는 천풍무국, 불패성과 독보검궁이 주축이 된 백도 진영, 그리고 중원의 동부 지역을 점거하고 있는 우리 사파연맹. 냉정하게 평가해 전력상 우리 사파연맹이 다소 뒤지지만 사파연맹은 거점을 잃어도 얼마든지 재기할 수 있으니 누구와 싸워도 두렵지 않아. 만일 네가 지원해 준다면 천하독패도 가능하다고."

식사를 마친 무불악은 차로 입을 헹구며 시큰둥하게 말을 받았다.

"천하독패? 그따위 게 뭐냐? 경고하는데 지금의 사파연맹으로 만족해라. 그 이상 욕심부리면 내가 널 죽여 버릴 테니까."

"불악, 넌 정말 아무 욕심이 없는 거냐?"

"욕심이 없는 게 아니라 귀찮아서 그렇다. 졸개들 신경 써야 하지, 조직 관리해야지 그런 골치 아픈 경영을 왜 사서 한단 말이냐?"

은월영은 사르르 눈웃음을 쳤다.

"무불악, 넌 아주 멍청한 인간이거나, 아니면 아주 지혜로운 인간이다. 세상사에 관심이 없다면 넌 차라리 도인이 되었어야 했어."

"큭, 도인? 내 취미가 술과 계집, 도박, 적당한 싸움과 살인, 겁탈이다. 그런 짓 하는 도인 봤냐?"

"왜 없어? 진짜 도통한 사람은 그런 짓을 하고도 성인 소리를 듣지."

“허튼소리 마라. 난 최소한 위선자는 아니다.”

자리에서 일어선 무불악은 침소로 향했다.

“수욕 좀 해야겠으니 준비시켜. 금창약도 챙겨오고.”

은월영은 실소를 흘리고는 차갑게 쏘아붙였다.

“이 악당아, 네가 무슨 태상 맹주라도 되는 거냐? 내 침상까지 차지한 주제에 미안한 마음이라고는 눈곱만치도 없어. 불패성에다 확 팔아버릴까 보다!”

2

천이만사통 나단은 허름한 총사각에서 한운지를 맞이했다.

챙이 넓은 방갓을 벗은 한운지의 해쓱한 모습은 보기에도 안쓰러울 정도였다. 극심한 심적 고뇌를 겪었는지 양 볼은 홀쭉했고 별빛 같던 눈빛이 음울하게 가라앉아 있었다.

나단은 씁쓸한 차를 권하며 부드럽게 위로해 주었다.

“건곤불패의 타계는 애석하지만 천기무화에게는 도의적인 책임만 있을 뿐이니 너무 자책하지 말게나. 무불악이 아주 무도한 악적은 아니니 건곤불패를 살해한 데에는 필시 곡절이 있을 것이네.”

“어떤 이유에서든 건곤불패를 해쳐서는 안 되었습니다. 더군다나 천풍무국과 사파연맹이 호시탐탐 천하를 위협하는 상황이기에 더욱 그렇습니다. 당대의 절대자께서 쓰러지셨으니 향후 천하의 안위가 정말 걱정스럽습니다.”

그동안 많이 울었는지 한운지는 목소리는 깊이 잠겨 있었다.

나단은 차를 한 모금 마시고는 나직이 한숨을 내쉬었다.

“독보신검마저 은퇴를 선언하면서 강호는 세대교체를 이루었네. 하지만 젊은 불패성주와 독보검궁주가 과연 이 위기를 감당할 수 있을지 의문일세.”

“백을천 성주는 건곤불패로부터 진원지기를 전수받았습니다. 향후 천하의 판도는 백 성주의 손에 달렸습니다.”

“가장 안정적인 조합은 천기무화와 백 성주의 아름다운 연분일세. 두 사람이 맺어진다면 천하의 의협들이 모두 일어나 두 사람을 지원할 것이네.”

“……”

한운지가 아무런 대꾸도 하지 않자 나단이 화제를 돌렸다.

“무불악은 이미 무림공적으로 낙인찍혔네. 놈을 개화시키려 했던 천기무화로서는 정말 괴롭겠지만 이제는 포기할 수밖에 없네.”

“그 사람을 만나야겠어요. 왜 그렇듯 무도한 짓을 저질렀는지 꼭 알아야겠어요.”

“놈은 악녀 은월영과 작당해 천투무적을 살해한 악인일세. 본색을 드러낸 이상 무슨 짓이든 못하겠는가?”

한운지는 강하게 반박했다.

"나 총사께서도 정말 그렇게 생각하십니까? 그가 진정 악인이라고 확신하십니까?"

"천기무화, 세상에서 가장 판단하기 어려운 것이 바로 사람의 심성일세. 오직 하늘만이 그것을 알 수 있지. 한 소저의 판단이 맞을 수도 있겠지만 틀릴 수도 있을 것이네. 일단은 현실을 직시해야 하네. 한 소저가 사사로운 감정에 이끌려 아직도 무불악을 비호하려 한다면… 천등성현 선배의 높은 명성에 누가 될 수도 있음일세."

하늘과도 같은 사부의 존재가 거론되자 한운지의 표정에 더욱 짙은 그늘이 드리워졌다.

"어쨌든 사해천악을 만나야 합니다. 행방을 수소문해 보니 산서성 일대의 의원과 약방을 몇 곳 들른 것 같은데 이후 소재를 찾아낼 수가 없습니다. 총사께서 알아봐 주세요."

"놈은 무림공적일세. 당대의 여협인 한 소저는 놈을 만나면 반드시 처단해야 하네. 과연 그럴 수 있겠는가?"

"무 공자는 소녀를 두 번씩이나 구해준 은인입니다. 소녀가 천하에 죄를 지을지언정 차마 무 공자와 싸울 수는 없습니다."

"허어, 참으로 난감한 처지로군."

나단은 고개를 저으며 혀를 찼다.

한운지는 잠시 주변을 살피고는 목소리를 낮추었다.

“총사, 소문주는 왜 보이지 않는 거죠?”

“무불악이 소문주의 목숨을 담보 삼아 엄청난 요구를 해왔네. 천풍무국의 국주인 주상의 존재를 밝혀내라고 한 것일세. 그래서 소문주가 직접 천풍무국으로 잠입했네.”

“소녀가 그 문제를 해결해 드리겠습니다. 그러니 무 공자의 행방을 알려주세요.”

나단은 탁자에 바싹 다가앉았다.

“한 소저가 주상이란 자를 알고 있단 말인가?”

“확실치는 않지만 충분히 연관성이 있습니다. 그러나 워낙 중대 사안이니 절대 비밀을 지켜주셔야 해요.”

“알겠네. 얘기해 보게나.”

“소문주에게 천풍무국과 남양왕부와의 관계를 조사해 보라고 밀지를 보내세요.”

“남양왕부……?”

나단의 표정이 심각하게 굳어졌다.

“한 소저, 확실히 근거는 있는 것인가?”

“일부 단서는 제 눈으로 확인했습니다. 더 깊은 비밀은 차마 밝힐 수가 없습니다. 하시만 나 총사라면 충분히 짐작할 수 있을 것입니다.”

“알겠네. 천기무화가 누구인데 실수가 있겠는가?”

나단은 쓸쓸한 차로 목을 축이고는 말을 이었다.

“무불악은 산서성에 있지 않네. 심한 부상을 당한 것은 확

실하지만 일부러 흔적을 남기고 다른 곳으로 도피했을 가능
성이 높네. 무림공적으로 몰린 상황이기에 지금 그가 피신할
곳은 하나뿐일세."

"사파연맹 총단… 이란 말씀이세요?"

"그러하네. 만일 다른 사람이 찾아가면 무불악의 존재를
완강하게 부인하겠지만 한 소저가 찾아가면 만나줄 것이네."

"고맙습니다."

몸을 일으킨 한운지는 공손히 예를 올렸다.

나단은 불안한 눈빛으로 한운지를 바라보았다.

"한 소저는 백도의 마지막 희망일세. 우리 천해문이 감히
백도라 자처할 수 없지만 그래도 강호의 안녕과 화평을 지향
해 왔네. 부디 지나친 상심에서 벗어나게나."

한운지는 입술을 떨면서도 결연하게 말했다.

"안심하십시오. 소녀가 사해천악을 만나려 한 것은 꼭 전
해주어야 할 비밀이 있어서입니다. 그것이 소녀와 사해천악
과의 마지막 사적인 교류입니다. 이후로는 사해천악을 무림
공적으로 취급할 것입니다."

3

은월영은 무불악의 얼굴에 약초를 붙여주고 있었다.

"이거 아주 귀한 약초야. 몇 번만 바르면 얼굴의 상흔을 거

의 지울 수 있어.”

무불악은 시큰둥하게 응수했다.

“사내 얼굴 뜯어먹고 살 일 있냐?”

“그런 소리 마. 네가 이제 남도 아닌데 얼굴 관리도 잘해야지. 난 흉측한 사내는 질색이라고.”

“은월영, 잠자리 몇 번 같이 했다고 네가 내 마누라라도 된 줄 아냐?”

“말 함부로 하지 마. 나도 너 같은 인간을 남편으로 떠받들며 살 생각 없으니까. 하지만 나 외에 다른 계집은 건드리지 않는 게 좋을 거야. 너와 교접한 계집은 누구든 간에 모조리 죽여 버릴 테니까.”

은월영은 잔혹한 미소를 머금으며 무불악의 가슴을 어루만졌다.

“한운지도 예외는 아니야.”

“주둥이 닥쳐!”

무불악은 약초를 떼어내고는 벌떡 일어나 앉았다.

“네년이 세상 누구를 죽여도 상관없지만 한운지는 안 돼. 운지를 건드렸다는 네년은 물론이고 시파연맹 놈들 죄다 내 손에 죽게 될 거다.”

“정신 차려, 무불악. 넌 이미 무림공적으로 낙인찍힌 대악인이야. 너와 한운지는 절대 맺어질 수 없어.”

“너 혹시 질투하는 거냐?”

"흥, 명색이 사파연맹의 맹주께서 질투 따위를 하겠어? 다
만 네가 한심한 것 같아 깨우쳐 주는 거다. 행여 한운지를 조
금이라도 마음에 두고 있다면 깨끗이 잊어. 한운지는 철저한
협녀야. 그 계집이라면 무림공법을 준수하기 위해서라도 널
죽이려 할 거다."

은월영의 독설이 결코 과장은 아니었다.

무불악이 천투무적에 이어 건곤불패를 죽이면서 무림공적
으로 선포되었으니 한운지도 더 이상 그를 비호할 입장이 못
되었다. 한운지는 무림정기의 화신과도 같은 존재이기에 그
에게 검을 들이댈 수도 있는 일이었다.

무불악은 휘장을 밀치고 침소를 나섰다.

"난 분명히 경고했다. 한운지만큼은 건드리지 마."

이때 전각 밖에서 측근 시비의 음성이 들려왔다.

"맹주님, 천기무화가 찾아와 접견을 요청하고 있습니다."

은월영이 침소를 나서며 차갑게 소리쳤다.

"알았으니 잠깐 대기시켜라!"

은월영의 얼굴에 짙은 살기가 피어올랐다.

"한운지가 나를 만나러 올 이유가 없어. 아마도 네가 본 맹
에 피신해 있는 것을 간파한 것 같아. 네가 본 맹에 있다는 사
실이 알려지면 골치 아파져. 계집을 죽여야겠어."

무불악은 간장검을 허리춤에 차고 장삼을 걸쳤다.

"일단 네가 만나라. 운지와는 외부에서 만나겠다. 내가 양

산박에서 기다린다고 전해.”

“정말 만날 거야?”

“질투하지 말라고 했지?”

은월영은 무불악의 등을 끌어안았다.

“좋아. 대신 돌아오겠다고 약속해.”

“…….”

“싫다는 거야? 그렇다면 한운지를 죽여야겠군.”

“계집애, 내가 마음 편히 지낼 곳이 사파연맹 외에 달리 있
겠냐?”

몸을 돌린 무불악은 은월영의 잘록한 허리를 바싹 끌어안
았다.

“너를 품고 싶어서라도 꼭 돌아오겠다.”

성채 정문.

은월영은 화려한 복장에 작은 옥관을 쓰고 수뇌들을 대동
해 정문을 나섰다. 맹주로서의 위엄을 한껏 과시한 행차였다.

한운지는 은월영의 신분을 감안해 먼저 예를 올렸다.

“오랜만이에요, 맹주.”

상대가 자신의 등에 화혈독비를 꽂은 불구대천의 원수다.
한데도 이를 전혀 내색하지 않았으니 한운지의 자제력과 냉
철함은 놀라울 정도였다.

은월영은 지은 죄가 있기에 어색한 미소를 띠며 답례했다.

"다시 만나게 되어 반가워요, 한 여협."

"늦었지만 사파연맹의 맹주 등극을 감축드립니다."

"고맙군요."

"무 공자를 뵙고 싶어요."

"유감이군요. 나도 그를 만난 지 오래됐어요. 무불악이 건곤불패를 살해한 이후 행방이 묘연하다 들었는데 왜 본 맹에 와서 찾는 거죠?"

"그 사람이 머물 곳은 사파연맹밖에 없습니다. 꼭 전해야 할 얘기가 있으니 만나게 해주세요."

"내 말을 못 믿는단 말입니까?"

은월영은 수뇌들을 돌아보았다.

"너희 중 누가 무불악을 본 적이 있느냐?"

수뇌들은 무불악이 맹주의 처소에 은신해 있는 줄은 전혀 몰랐기에 정색하며 외쳤다.

"전혀 본 적이 없소이다!"

"맹주의 말을 불신한다는 것 자체가 불경이오. 당장 천기무화를 죽여야 하오!"

"맹주, 절호의 기회이니 천기무화를 제압합시다!"

은월영은 소매를 저어 수뇌들을 진정시켰다.

"예전에 내가 한번 빚 진 게 있으니 이번으로 신세를 갚겠다. 나서지 마라."

은월영은 도도한 미소를 띠며 한 걸음 다가섰다.

"무불악은 오지 않았어요. 이만 돌아가시죠."
"사파연맹 맹주의 명예를 걸고 맹세할 수 있나요?"
"호호, 내가 왜 한 여협에게 맹세를 해야 하죠? 자신있으면 마음껏 둘러봐요. 하지만 무불악을 찾아내지 못하면 응분의 대가를 치러야 할 겁니다."
은월영은 소매로 입을 가리며 넌지시 전음을 보냈다.
[무불악이 양산박에서 한 여협을 기다리고 있어요. 어서 가 보세요.]
한운지는 짐짓 성채를 둘러보고는 공손히 예를 올렸다.
"아무래도 내가 잘못 알고 찾아왔나 보군요. 이만 가보겠습니다."
몸을 돌린 한운지는 절정의 신법을 펼쳐 순식간에 멀어져 갔다.
사파연맹 수뇌들이 불만스럽게 내뱉었다.
"왜 그냥 보낸 것이오, 맹주?"
"언제간 적이 될 계집이니 죽였어야 했소."
은월영은 고깝다는 눈빛으로 수뇌들을 쓸어보았다.
"나도 한운지를 죽이고 싶어. 하지만 안타깝게도 당장은 죽일 수 없다. 이유는 묻지 마."
그녀는 몸을 돌려 성채로 향했다.
"조만간 싸움이 있을 것 같다. 술은 적당히 처먹고 순찰을 강화해라. 알겠냐?"

양산박.

산동성 양산 자락에 위치한 호수다. 예전에는 거야택(巨野澤)으로 불렸으며 송나라 시절 도적들의 소굴로 유명한 곳이다.

무불악은 호수가 내려다보이는 산중턱에서 나무등걸에 걸터앉아 있었다.

건곤불패와의 대결에서 입은 부상으로 인해 얼굴 전체에 흉터가 남아 있었다. 은월영이 정성껏 약초를 발라 치료해 주었지만 얼굴의 상흔은 쉽게 지워지지 않는다.

호수에서는 어부들이 그물을 던져 물고기를 잡고 있었다. 가을 호수는 쪽빛 하늘처럼 짙푸르러 하늘과 땅이 함께 푸르러 보였다.

이때 무불악 옆으로 한운지가 내려섰다.

모처럼 만의 만남이다. 당대의 협녀가 사파의 악인과 너무 가까이 지낸다는 세간의 비난을 감수하면서도 한운지는 그동안 많은 시간을 무불악과 보내왔었다.

예전 같았다면 반가움에 손이라도 잡았겠지만 지금 무불악을 직시하는 한운지의 눈에는 원망이 가득했다.

"왜… 대체 왜 그랬어요?"

무불악은 마른풀을 한 포기 뽑아 질겅질겅 씹었다.

"악인이 사람 죽이는데 이유가 있겠냐? 그냥 죽이고 싶었어.”

“거짓말 말아요!”

한운지는 무불악 옆으로 바싹 다가섰다.

“당신이 무적궁주를 살해한 것까지는 용서받을 수 있었어
요. 독마를 처단한 당신의 업적 때문에 천투무적의 죽음은 묻
힐 수 있었습니다. 하지만… 백도의 정신적 지주인 불패성주
는 다른 존재입니다. 더군다나 불패성주는 우리들의 친구인
멸사신룡의 사부가 아닙니까? 어떤 이유인지 몰라도 저와 상
의했어야…….”

“앉아!”

무불악은 한운지의 손목을 잡아끌어 자신 옆에 앉혔다.

“나도 조금은 고민했다. 하지만 활천편작을 위해서라도 죽
일 수밖에 없었어.”

“예에? 그게… 무슨 말씀이세요?”

“활천편작이 타계했다. 어떤 죽일 놈이 그런 성의를 해친
거지. 내가 활천편작 덕분에 팔 병신이 되지 않을 수 있었고
또한 너도 목숨을 구했잖아? 그러니 내가 어떻게 그 복수를
하지 않을 수 있겠냐?”

한운지는 영특한 여인이었기에 대번에 상황을 직시했다.

“하면 활천편작 선배님을 살해한 악적이… 불패성주란 말
입니까?”

“맞아, 사실이야.”

“아아……!”

한운지는 엄청난 충격에 젖어 자신의 머리를 감싸 쥐고 와들와들 떨었다.

“그럴 수가… 어떻게 그럴 수가……!”

“세상에서 내 말을 믿을 줄 사람은 너밖에 없기에 너한테만 밝히는 거다. 사실 활천편작과 건곤불패는 친형제지간이야. 그러니까 건곤불패는 자신의 친형을 살해한 패륜자이지.”

한운지는 더욱 경악에 젖어 석상처럼 굳어졌다. 숨도 제대로 쉬지 못했고 눈까풀도 깜빡이지 않았다.

“물론 건곤불패가 누구이든 중요치 않아. 활천편작의 복수를 위해서라면 난 누구라도 죽였을 테니까.”

무불악은 엽운청의 엄청난 비리에 대해 상세하게 얘기해 주었다.

한운지는 얘기를 듣는 동안 아무런 대꾸 없이 줄곧 울기만 했다. 엽운청은 그녀가 진심으로 존경해 왔던 절대자였기에 그녀가 받은 배신감과 충격은 이루 말할 수 없을 정도였다.

얘기를 마친 무불악이 쓴웃음을 흘렸다.

“내가 건곤불패를 죽이면서 가장 고민했던 것은 나한테 쏟아질 비난 때문이 아니었다. 너는 내 말을 믿어줄 테니까 상관없지만 백을천이 나를 불구대천의 원수로 생각할 것이기에 그것이 괴로웠다. 을천은 내가 진심으로 친구로 여겼던 녀석이었으니 말이다.”

한운지의 눈에서 하염없이 눈물이 흘러내렸다.

이윽고 지극한 충격과 슬픔 속에서 벗어난 그녀가 조용히 입을 열었다.

"이 비밀은 당신과 나만이 알고 있어야 합니다. 물론 당신이 진실이라고 공표해 봤자 누구도 그런 사실을 믿지 않을 겁니다. 오히려 당신만 더 추악한 인간으로 지탄받게 됩니다."

"나도 밝히고 싶은 마음은 전혀 없다. 그것이 을천에게 내가 해줄 수 있는 마지막 배려라고 생각했으니까."

"건곤불패는 정말 무서운 사람입니다. 마지막까지 당신을 절대 악인으로 몰아붙이고 자신은 명예롭게 죽었습니다. 만일 이런 사실을 백을천 성주가 알게 되면 얼마나 고통스럽겠습니까? 아마 충격과 배신감을 이기지 못하고 스스로 목숨을 끊을 것입니다."

한운지는 처연한 표정으로 호수를 바라보았다.

"이 사태를 어떻게 풀어야 할지… 정말이지 안타깝고 막막합니다."

"운지, 넌 나와 백을천이 대결하면 누구를 지원할 것이냐? 당연히 백을천이겠지?"

"정말 잔인하군요. 이런 상황에서… 그렇게 물어야겠어요?"

"궁금하잖아?"

"그래요. 난 백을천 성주를 지원할 것입니다. 천등성현의 제자로서 무림공적을 비호할 수 없으니까요. 이제 됐나요?"

한운지가 표독스럽게 내뱉자 무불악은 싱긋 웃었다.

"그래, 네가 그렇게 나온다니 다행이다. 나도 을천에 대한 미안함을 떨쳐 낼 수 있어 홀가분하다. 우리 셋이서 한번 제대로 붙어보자."

무불악이 몸을 일으키려 하자 이번에는 한운지가 그의 소매를 잡아끌어 앉혔다.

"아직 내 얘기는 시작도 하지 않았어요."

"뭔 얘기?"

"당신이 귀곡심악의 제자라는 사실이 밝혀지는 바람에 이제 당신은 옥면잔사의 표적이 되고 말았어요. 당신은 드러났고 그자는 숨어 있으니 어떻게 상대할 생각이에요?"

무불악은 가볍게 미간을 찡그렸다.

"현재로서는 마땅한 방도가 없어. 천해문에서 천풍무국의 주상이란 자에 대한 정확한 정보를 입수하기 전까지는 나도 몸을 사리면서 기다릴 수밖에."

한운지는 깊이 고심하다가 어렵사리 입을 열었다.

"무 공자, 당신이 그토록 찾으려 했던 악인을 내가 찾아낸 것 같아요."

"그게… 무슨 소리냐? 놈을 찾아냈으면 낸 것이지, 찾아낸 것 같다니?"

"확실치 않아서 그래요. 하지만 가능성은 꽤 높아요."

무불악은 강렬한 눈빛을 발했다.

"누구냐? 어떤 놈인지 내가 조사하면 바로 알아낼 수 있다."

"그게……."

한운지는 잠시 주저하다가 사실대로 밝혔다.

"저는 화운군주의 부탁을 받고 성혜왕후를 살해한 흉수를 추적했어요. 단서라고는 왕후의 시신에 남겨진 상흔뿐이었기에 추적이 쉽지 않았습니다."

"상흔이 뭔데?"

"금지된 마공인 천마파옥수였습니다."

"옥면잔사라면 그런 마공을 터득하고도 남을 놈이지. 네가 마공을 터득한 그놈을 찾은 것이냐?"

"그저 추정일 뿐 확인하지는 못했어요."

무불악은 답답한 심정에 그녀를 강하게 공박했다.

"한운지, 너답지 않게 왜 얘기를 빙빙 돌리는 거냐? 대체 놈이 누구냐?"

"그자의 신분이 확인될 때까지 절대적으로 비밀을 지켜야 합니다. 아시겠어요?"

"대체 누구인데 그래? 설마 건곤불패보다 더한 위신자란 말이냐?"

"그렇다고 할 수 있습니다."

무불악은 한운지의 어깨를 덥석 쥐었다.

"누구냐? 놈이 대체 누구야?"

한운지는 입술을 달달 떨었다.

"남양왕… 전하입니다."

"……!"

어지간해서 충격을 받지 않는 무불악이었지만 이번만큼은 둔기로 뒤통수를 맞은 심정이었다. 그의 시선이 한운지의 두 눈에 고정되었다.

"너… 지금 뭐라고 했어?"

"성혜왕후를 참혹하게 살해한 악적이 바로 남양왕입니다."

한운지는 차분한 어조로 설명해 주었다.

"무 공자가 추적하고 있는 악인 옥면잔사는 십칠 년 전 실종되었습니다. 지금의 남양왕이 성혜왕후와 혼례를 올린 때가 바로 그 십칠 년 전입니다. 또한 옥면잔사는 애 딸린 과부에게 장가를 들게 되었다고 했는데 성혜왕후와 일치합니다. 그리고……."

"됐어! 그 정도면 충분해!"

무불악은 환한 표정이 되어 소리쳤다.

"젠장, 이제야 모든 상황이 이해된다. 옥면잔사와 같은 악적이 왜 오랜 동료였던 악인들을 몰살시키려 했겠어? 공주와 혼례를 올리려면 자신의 추악한 과거를 말끔히 지워야 했겠지. 천맹상인은 놈이 무림계에는 없다고 단언했는데 역시 틀리지 않았다. 그런 악적이 당당히 군왕의 신분으로 변모했으니 누가 의심이나 했겠냐?"

무불악는 한운지를 와락 끌어안았다.

"운지, 넌 정말 천재다. 네가 아니었다면 놈의 정체를 절대 밝혀내지 못했을 거다. 고맙다, 정말 고마워."

한데 한운지는 무불악을 냉담하게 밀쳐 냈다.

"추정만으로는 부족하니 보다 확실한 증거를 찾아내야 합니다. 그리고 남양왕이 천풍무국의 주상일 가능성이 높습니다."

"뭐, 뭐야?"

무불악은 빠르게 생각을 굴리고는 고개를 끄덕였다.

"그렇구나. 옥면잔사, 그놈은 군왕이 되어서도 무림에 대한 야망을 버리지 않았어. 그래서 천풍무국이라는 거대한 집단을 만들어 천하를 지배할 야욕을 꾀한 거였군."

마침내 숨어 있는 원수를 찾았다는 생각에 무불악은 흥분과 격동을 금치 못했다.

"남양왕이라, 크훗. 놈과의 대면이 정말 기대된다."

"무 공자, 한 가지 부탁이 있어요."

"뭔데? 말해봐."

"화운군주는 모친을 잃은 큰 상처를 입었습니다. 한데 남양왕이 모친을 살해한 악인이라는 사실이 밝혀지면……."

"지금은 화운군주를 걱정할 때가 아니다. 내 정체가 밝혀졌으니 놈은 어떻게든 나를 죽이려 할 테니 내가 먼저 놈을 죽여야 돼."

무불악은 한운지의 우려를 일축하고는 둥실 떠올랐다.

"고맙다. 다음에 보자, 운지!"

비행술을 전개한 무불악은 순식간에 양산 능선 뒤로 사라졌다.

한운지는 깊은 고민에 빠졌다.

"건곤불패는 친형을 살해한 패륜자이며 금지된 마공을 수련한 악인이다. 따라서 그런 악인을 단죄한 무 공자는 죄인일 수 없다."

그러나 엽운청이 죽으면서 쳐놓은 견고한 위장 때문에 비밀을 공개할 경우 천하는 엄청난 혼란에 휩싸이게 된다. 엽운청은 평생 백도의 영웅으로 존경을 받아왔기에 누구도 그의 비리를 인정하려 들지 않을 것이다.

"아, 진정한 영웅인 무 공자가 오히려 무림공적으로 선포되었으니 이를 어떻게 바로 잡는단 말인가?"

무불악의 혐의를 벗겨주려면 백을천을 만나 사실을 알려주어야 하는데, 백을천이 이런 사실을 절대 인정하지 않을 것이기에 한운지는 고심할 수밖에 없었다.

한운지는 푸른 하늘을 올려보며 입술을 꼭 깨물었다.

"진실은 밝혀져야 돼. 어떤 고통과 충격이 따르더라도 진실을 묻어둘 수는 없다. 그것이 순리다."

第四十三章
절대마검의 위력

1

두두두—!

한 떼의 기마대가 남양왕부를 향해 달려가고 있었다.

기마대는 남만 정벌을 성공적으로 마치고 귀환하는 개선군이었다.

통상 개선군은 느긋하게 귀환하면서 백성들의 성대한 환영을 받는 것이 관례였지만 남양왕은 친위대 일부만 대동한 채 앞서 왕부로 귀환했다. 대신 본대는 관례에 따라 백성들의 환호를 받으며 천천히 행군하도록 조치해 두었다.

왕부로 들어선 남양왕은 환영 절차를 생략한 채 곧바로 성혜전으로 이동했다.

　주약란은 부친의 귀환 소식을 듣고 정문으로 마중을 나가려다가 다시 발길을 돌려 성혜전으로 향했다.

　성혜전은 성혜왕후를 위한 위패를 모셔놓고 유품을 전시한 빈전으로 바뀌어 있었다.
　"부인……."
　향을 사른 남양왕은 위패를 어루만지며 통한 어린 눈물을 뿌렸다.
　이때 소복 차림의 주약란이 빈전으로 들어섰다.
　"아버님!"
　"오, 약란아."
　남양왕은 위패를 내려놓고는 다가섰다.
　"얼마나 고생이 많았느냐? 이 아비가 감당해야 할 비통함과 상심을 어린 네가 모두 짊어졌으니 모두 아비의 죄다."
　"개선을 감축드립니다, 아버님."
　주약란은 공손히 절을 올렸다.
　"어서 일어나라."
　남양왕은 주약란을 부축해 일으키고는 부둥켜안았다.
　"이 아비가 돌아왔으니 이제 마음을 놓아라."
　"……!"
　주약란은 기이한 느낌에 젖어 가볍게 전율했다. 마치 낯선 사내의 품에 안긴 것처럼 이질감과 두려움이 엄습해 온 것이다.

남양왕도 무언가를 감지한 듯 포옹을 풀고는 한 걸음 물러섰다.

"네 얼굴이 너무 수척하구나."

"아버님 역시 오랜 원정으로 초췌해 보이십니다."

"그러하냐? 그래도 남쪽 오랑캐들을 정벌해 폐하의 성덕을 널리 떨칠 수 있어 조금도 피로한 줄을 몰랐다."

"폐하께서도 아버님의 공적을 높이 평가하실 겁니다. 연회를 준비시켜 놓겠습니다. 잠시 휴식을 취하십시오."

"연회는 당치 않다."

남양왕은 제단에 놓인 위패를 돌아보았다.

"중신들과 더불어 간단히 술잔이나 나눌 것이다. 연후 네 어머니를 추모하기 위해 삼칠일간 근신할 것이다. 그래야 장례를 제대로 챙기지 못한 죄를 조금이나마 씻을 수 있을 것 같구나."

그동안 굳게 닫혀 있었던 건명궁의 정문이 오랜만에 활짝 열렸다.

시녀들은 전각마다 창문을 활짝 열고 청소를 시작했고 정원사들은 마당과 정원의 꽃과 나무들을 다듬었다. 남양왕의 귀환으로 인해 오랫동안 그늘져 있던 남양왕부에 다시 햇살이 스며들었다.

간단히 수욕을 마친 남양왕은 유장고로 들어섰다.

유장고에 가득한 진귀한 문서와 골동품 등은 원정에 지친 그의 심신을 편안히 달래주기에 충분했다.

"역시 좋군."

남양왕은 그림을 감상하고 시를 읊조리고 도자기를 어루만지며 문화적 향취에 흠뻑 빠졌다.

일순 그의 짙은 검미가 곤두섰다.

"……?"

유장고 내부를 신중하게 살피던 그의 눈에서 강렬한 살기가 뿜어졌다.

"이게 어찌 된 일이지? 침입자가… 있었다."

물론 침입자가 남긴 흔적은 전혀 없었다. 그러나 남양왕은 유장고 안의 달라진 공기를 통해 그것을 직감할 수 있었다.

남양왕은 유장고 안쪽으로 미끄러졌다.

그그극……!

기관 장치가 작동되며 유장고 내의 비밀 서고가 열렸다.

서고에 비치된 책들은 하나같이 진귀한 무공 비급이었다. 상당수 비급은 수련이 금지된 사파의 절기와 악마지공으로 만일 이중 하나만 세상으로 유출되고 엄청난 혼란을 일으킬 것이다.

남양왕은 모든 서가를 면밀하게 검사해 분실된 비급이 없음을 확인했다. 그러나 침입자가 비밀 서고까지 침투한 것이 감지되었기에 그것이 더 심각한 사안이었다.

"쓸모없는 놈들."

촤아악!

건명궁 금원의 연못에서 사육되고 있는 악어 떼는 모처럼 먹이가 투입되자 다투듯 날뛰었다. 먹이를 놓고 다투느라 악어들끼리 서로 물어뜯기까지 했다.

남양왕이 한 수레분의 먹이를 쏟아붓자 악어 떼는 겨우 먹이다툼을 중단하고 다소 잠잠해졌다.

이때 건명궁 수비를 관장하는 호궁무장이 무지개다리를 올라섰다.

"부르셨습니까, 전하?"

"그래, 본좌가 없는 동안 건명궁에 침투한 자는 없었더냐?"

"물론입니다. 누가 감히 전하의 처소에 침투하겠습니까?"

"자신하지 마라. 그래서 성혜전까지 침투한 자객에 의해 왕후께서 횡사했단 말이냐?"

"소… 송구하옵니다, 전하."

호궁무장은 하얗게 질려 허리를 굽혔다.

남양왕은 난간에 서서 연못을 내려다보았다.

"혹시 군주가 건명궁에 들어오지 않았더냐?"

"전혀 없었습니다."

"흐음, 그래?"

몸을 돌린 남양왕은 지풍을 날려 호궁무장의 아혈을 점했다.

"그렇다면 대체 어느 놈이 유장고까지 침투했단 말이냐?"

일순 남양왕의 손이 투명한 핏빛으로 변했다.

퍼억!

남양왕의 손은 호궁무장의 갑옷을 뚫고 가슴뼈마저 으스러뜨렸다.

"대체 경비를 어떻게 했기에 침투를 당하고도 전혀 몰랐단 말이냐?"

심장이 터진 호궁무장의 입에서 시뻘건 피가 뿜어졌다.

남양왕은 절명한 호궁무장의 시체를 연못으로 내던졌다. 피 냄새를 맡고 몰려든 악어 떼에 의해 호궁무장의 시체는 갈기갈기 찢겨졌다.

맨손으로 사람의 가슴을 꿰뚫고 심장을 터뜨렸지만 남양왕의 손에는 피 한 방울 묻지 않았다. 악마지공인 천마파옥수의 위력 때문이었다.

남양왕은 천천히 무지개다리를 내려섰다.

"어떤 쥐새끼가 침투했는지 몰라도 계획을 조금 서둘러야겠군."

2

주약란은 혼자서 정원을 산책하며 골똘히 생각에 잠겨 있었다.

남양왕이 귀환했기에 주약란도 한시름 놓은 상황이었지만 이틀 전 부친의 품속에서 느꼈던 소름 끼치는 이질감 때문에 그녀는 불안감을 떨칠 수가 없었다.

남양왕이 비록 그녀의 생부는 아니었지만 자상하고 기품을 갖춘 새 아버지였다. 나이가 든 이후 부친의 품에 안겨본 적이 없었지만 이렇듯 오싹함이 느껴지기는 처음이었다.

'전에는 이런 적이 한번도 없었는데… 내가 아버님을 경계하다니……'

주약란은 오로지 자신의 문제로만 인식하며 스스로를 자책했다.

'비록 어머님이 돌아가셨다 해도 아버님이라는 사실에는 변함이 없다. 어린 나를 십수 년 넘게 돌봐주신 분이시다. 어머님이 살아 계실 때처럼 아버님으로 대해야 해.'

이때 호위장 양설군이 조용히 다가섰다.

"군주님, 웬 자가 수문장을 통해 서찰을 보내왔습니다."

"서찰……?"

"위험할 수 있으니 봉인은 제가 열겠습니다."

"그래."

주약란은 연못가 수각으로 올랐다.

양설군은 봉인을 뜯고 봉투 안에서 서찰을 꺼내 들었다. 어떤 독성도 감지되지 않자 양설군은 그제야 서찰을 주약란에게 올렸다.

무심코 서찰을 펼쳐 본 주약란은 깜짝 놀라 눈을 동그랗게
떴다.

군주 전,
남악 만화림에서 기다리겠다.

필체가 다소 조악했고 아무런 서명도 기재되지 않았다. 하
지만 주약란은 대번에 서찰을 보낸 사람인지 짐작할 수 있었
다.
군주인 자신에게 이렇듯 무례한 서찰을 보낼 수 있는 사람
은 오직 한 사람밖에 없기 때문이다.
'무불악 공자……'
주약란은 무불악과의 대면이 다소 두렵기도 하지만 왠지
설레기도 했다.
'운지 언니와 헤어졌다고 들었는데… 나를 찾아왔다는 게
의외로군.'
주약란은 양설군에게 시선을 돌렸다.
"양 호휘장, 산책 삼아 잠시 출타할 생각이야. 준비해."
"군주님, 출타를 하시려면 일천 군병을 대동하셔야 합니다."
"소란 피울 것 없어. 아버님께서 남만을 평정하고 오셨는
데 무슨 걱정이야? 더군다나 멀리 갈 것도 아닌데."
"알겠습니다."

양설군은 감히 상전의 지시를 거역할 수 없기에 예를 올리고 물러갔다.

주약란은 서찰을 찢어 찻물을 끓이는 화덕에 던져 넣었다. 서찰은 화덕 속에서 이내 재로 화했다.

남악 만화림은 남양왕부에서 그리 멀지 않은 숲이다.

남방이다 보니 사철 꽃이 지지 않기에 수백 수천의 꽃이 어우러진 만화림은 무릉도원을 방불케 했다.

마차를 타고 만화림에 이른 주약란은 호위장인 양설군조차 대동하지 않은 채 만화림으로 들어섰다.

양설군은 여인 호위들에게 만화림 외곽을 포위하도록 지시했다. 갑작스런 납치에 대비하도록 조치를 취한 것이다.

주약란은 벌, 나비가 노니는 꽃나무 사이를 천천히 걸었다.

그녀는 다소 경계하는 눈빛으로 주변을 살폈다. 한데 꽃나무 그늘 속에서 나직한 음성이 들려왔다.

"여전히 굼뜨구만."

그늘 속에서 밖으로 나선 사람은 역시 무불악이었다.

주약란은 군주의 신분임에도 먼저 예를 올렸다.

"오랜만이에요, 무 공자."

"간단한 진법을 펼쳐 놓았으니 소리만 지르지 않으면 계집 호위들한테는 들리지 않을 거다."

무불악은 주약란을 쓸어보고는 한마디 던졌다.

“얼굴이 많이 상했구나.”

주약란은 씁쓸한 웃음을 곱씹었다.

“무례한 언사는 여전하군요.”

“천성이 어디 가겠어? 아니꼬우면 너도 말 까.”

“아, 아닙니다.”

“그렇겠지. 나 같은 놈과 동등하게 말을 트고 지내봤자 너만 손해니까. 일단 앉자.”

무불악은 주약란에게 자리로 권하고 자신은 바위에 걸터앉았다.

주약란은 나무등걸에 앉으며 주변을 살폈다.

“운지 언니와 함께 오지 않았어요?”

“이제는 한운지와 함께 다닐 수가 없다. 세상 놈들이 죄다 나를 죽이려 하거든.”

“무슨 큰 잘못을 하신 건가요?”

“죽어 마땅한 놈을 죽였는데 그 바람에 무림공적으로 몰리게 되었다.”

“무림공적이요?”

“쉽게 비유하면 대역죄인이다. 군왕 정도를 죽였다고나 할까?”

주약란은 눈썹을 찡그리다가 고개를 저었다.

“이해가 되지 않는군요. 제가 무림에 대해서는 아는 바가 없지만 그래도 흑백은 구분할 수 있습니다. 죽어 마땅한 사람

을 죽였다면 무 공자의 행위는 정당하며 오히려 협행으로 찬
사를 받아야 하는 것 아닌가요?"

"그게 순리인데 세상이 어디 순리대로 돌아가겠어? 죽어
마땅한 악당들과 위선자들이 높은 자리를 꿰차고 있는 게 현
실이다. 그 바람에 대부분의 진실은 묻히고 말지."

"그렇지 않습니다. 사필귀정이라는 말이 있듯 세상사는 반
드시 옳은 쪽으로 돌아가게 돼 있습니다."

주약란이 단호하게 말하자 무불악은 헛웃음을 흘렸다,

"후훗, 그래서 네가 단순하다는 거야. 하기는 온실 속에서
자라온 화초가 무엇을 알겠어? 만일 네가 허름한 옷을 입고
수행원 하나 없이 저잣거리로 나서 봐라. 누가 너를 존귀한
군주로 생각하겠냐? 그게 현실이다."

"저를 모욕하려고 오신 건가요?"

주약란의 눈매가 샐쭉해지자 무불악이 비로소 본론을 꺼
냈다.

"화운 군주, 내가 오랑캐 놈들로부터 군주를 구해준 은인
임은 인정하지?"

"예, 인정합니다."

"좋아, 그럼 세 가지만 묻겠다. 솔직하게 대답해야 돼. 알
겠어?"

"제가 답변할 수 있는 사안이면 숨기지 않겠어요."

무불악은 꽃잎을 뜯어먹으며 물었다.

"남양왕과 네가 친부녀 간이 아니라던데 사실이냐?"

"사실이에요."

"구체적으로 말해봐."

"아버님은 십칠 년 전 제 어머님과 혼례를 올리셨어요. 어머님은 재혼이지만 아버님은 초혼이라 들었어요."

무불악은 한운지에게 들었던 얘기를 확인하기 위해 물은 것인데 막상 주약란의 입을 통해 친부녀 간이 아님을 듣게 되자 절로 흥분되었다.

"두 번째 질문이다. 혹시 네 새아버지의 가문과 식솔에 대해 아는 거 있어?"

주약란은 잠시 눈동자를 굴리다가 고개를 흔들었다.

"아버님은 선대에 상서를 지냈던 숭조가문(崇趙家門) 출신이라 들었어요. 하지만 가문이 몰락하는 바람에 혈혈단신으로 어렵게 자랐다고 하시더군요. 아버님의 식솔과는 한번도 만난 적이 없어요."

무불악의 입가에 은근한 웃음이 피어올랐다.

"이제 마지막 질문이다. 새 아버지에 대해 한번도 의심해 본 적이 없었냐?"

"의심이라니요?"

"십칠 년 동안 보아왔으니 뭔가 의심스런 구석이 조금이라도 있었을 것 아냐? 무언가를 숨기려 한다거나, 너나 성혜왕후한테도 보이지 않으려는 비밀 같은 것 말이야. 그런 것을 전혀 느끼지 못했어?"

비로소 심각한 상황임을 인식한 주약란이 따져 물었다.

"무 공자, 지금 무엇을 알고자 하는 겁니까? 감히 군왕의 배후를 탐문하는 이유가 뭡니까? 그 자체가 대역죄임은 알고 있는 거예요?"

"화운군주, 난 말이야 이미 무림공적으로 낙인찍혔어. 조금도 두려울 게 없는 사람이지. 공교롭게도 군주와 내가 무관하지 않으니 이것도 인연인가 보군."

"그게 무슨 말입니까? 저와 무 공자가 왜 무관하지 않다는 거죠?"

"사실은 말이야……."

무불악은 한운지가 밝혀낸 비밀을 말해주려다가 입을 다물었다.

네 어머니를 무참하게 살해한 악마는 바로 네 새 아버지 남양왕이다!

너무도 잔인한 폭로였다. 주약란의 여린 심성을 감안한다면 아마 피를 토하고 쓰러질 것이다.

무불악은 생각을 고쳐먹었다.

'백을천을 위해서 건곤불패의 추악한 진면목을 묻어두었다. 마찬가지로 주약란을 위해서라도 남양왕의 사악함을 공

개하지 않는 편이 낫겠다. 내가 원하는 것은 진실 공개가 아니라 복수뿐이니까.'

무불악은 품속에서 서찰을 꺼내 주약란에게 건넸다.

"남양왕 전하께 대신 전해다오. 네가 직접 전달해야 전하께서 내 서한을 볼 것이다."

서찰은 단단히 밀봉돼 있었다.

주약란은 의혹 어린 눈빛으로 그를 직시했다.

"내 아버님께 어떤 무례를 범하려는 거죠?"

"화운군주, 그 안에는 무례가 아니라 진실이 담겨 있다."

"그 진실이 뭐예요?"

"아직 확인되지 않은 상황이라 밝힐 수가 없다."

자리를 털고 일어선 무불악은 화목진을 해소했다.

"서찰을 꼭 전해야 한다."

무불악은 주약란의 볼을 가볍게 어루만지고는 몸을 돌렸다. 두 걸음을 내디디는 사이 무불악은 사라져 버렸다.

주약란은 의혹과 아쉬움에 젖은 눈빛으로 허공을 망연히 바라보았다.

"……!"

잠시 후 주약란은 밀봉된 서찰에 시선을 고정시켰다.

"이 안에 비밀이 담겨 있다고?"

주약란의 심장이 쿵쿵 뛰기 시작했다.

의혹!

지난 세월이 주마등처럼 뇌리를 스쳐 가며 지금까지는 한 번도 깊이 생각해 보지 않았던 무수한 의혹들이 우후죽순처럼 피어올랐다.

주약란의 입에서 신음 섞은 한숨이 흘러나왔다.

"그래, 난 아버님에 대해 아는 것이 너무 없어."

3

남양왕 친전,

이미 세상에 알려진 대로 나는 네가 죽이려 했던 여섯 악인 중 유일하게 생존한 귀곡십악의 제자다.

남양왕, 당신이 칠대악인의 막내 옥면잔사였을 줄이야!

당신의 사악함과 치밀함에 진심으로 경의를 표한다. 아마 당신과 같은 악당은 전무후무할 것이다. 과부가 된 공주를 유혹해 군왕의 신분까지 올랐으니 흉측한 뱀이 용이 된 격이로구나.

구양절 저녁 악인곡에서 만나자.

만일 나오지 않는다면 너의 정체는 물론이고 성혜왕후를 참살한 너의 악행을 세상에 공표할 것이다.

대다수 멍청이들은 전혀 믿지 않겠지만 그래도 안목이 있는 자들은 진실을 믿게 될 것이다. 또한 성혜왕후의 죽음에 대한 재조사가 이루어지면 너의 신분에 대한 추적이 진행될 것이다.

옥면잔사, 네가 군왕의 직위를 유지하기 위해서는 나를 죽여야 할 것이다. 나만 죽이면 너의 추악한 낯짝을 영원히 숨길 수 있다.

그러나 나를 못 죽이면 네가 죽는다.

구양절까지는 아직 시일이 남아 있으니 군왕으로서의 권위와 향락을 마음껏 누려라. 어떻게 오른 군왕의 권좌인데 후회가 없어야 하지 않겠느냐?

그럼 악인곡에서 기다리겠다.

무불악.

서찰을 읽는 동안 남양왕은 잔잔히 미소를 머금을 뿐 전혀 당황해하지 않았다.

남양왕은 서찰을 봉투에 담으며 담담한 웃음을 흘렸다.

"하하, 재미있군."

주약란이 의아한 눈빛으로 물었다.

"대체 무슨 내용인데… 즐거워하십니까?"

"군주를 구해준 영웅이니 아비가 한번 만나주어야 할 것 같구나."

"아, 예……."

"군주가 무불악이란 자를 직접 만난 것이냐?"

"예, 아버님."

"그자가 달리 말한 것이 없더냐?"

주약란은 슬며시 봉투 쪽으로 시선을 돌렸다.

"그 안에 비밀이 담겨 있다고 했습니다."

남양왕은 자연스럽게 봉투를 접어 책 사이에 끼웠다.

"군주가 본 무불악은 어떤 사람이냐?"

"그 사람은… 무례하고 불손합니다. 잔인하며 속임수도 뛰어납니다. 하지만… 욕심은 없는 것 같습니다. 명예욕도 없고 재물에도 관심이 없습니다. 그것이 그 사람의 유일한 장점입니다."

"흐음, 그래도 그자가 사람에 대해서는 욕심이 대단하구나. 감히 군주와의 혼사를 강력하게 청원했으니 말이다."

"예에……?"

주약란의 얼굴이 화끈 달아올랐다.

"소… 소녀에게 청혼을 했단 말입니까?"

"그래, 참으로 당돌한 녀석이 아니더냐? 평민 주제에 감히 금상황이 총애하는 질녀를 넘보다니 말이다."

남양왕은 느긋하게 차를 마셨다.

"지금은 네 어머니를 위한 애도 기간이니 혼사를 거론하는 것은 당치 않다. 하지만 군주가 녀석을 마음에 두고 있다면 아비가 한번 추진해 볼 의향도 있다."

"아, 아닙니다, 아버님. 소녀는 아직… 혼사에 대해 생각해 본 적이 없습니다."

목덜미까지 발갛게 물든 주약란은 급히 예를 올리고 건명궁을 나섰다.

혼자가 되자 남양왕의 눈에서 살기가 폭사되었다.

'귀곡심악이 용케 죽지 않았군. 역시 목을 벴어야 했어.'

남양왕은 책갈피 사이에 꽂아둔 봉투를 빼 들었다.

'무불악! 너 따위가 감히 내게 도전한단 말이냐?

화르륵……!

강력한 삼매진화에 의해 서찰은 한줌 재로 화했다.

자리에서 일어선 남양왕은 뒷짐을 쥔 채 창가로 섰다.

'구양절이라… 놈을 죽이기에는 충분한 시간이군.'

한편 자신의 처소로 돌아온 주약란은 여전히 부끄러움을 떨쳐 내지 못하고 있었다.

'무 공자가 내게 청혼을 했다고……?

황족과 평민의 혼사는 원칙적으로 불가능했다. 하기에 남양왕이 무불악의 청혼을 수용한다는 것을 있을 수 없는 일이었다.

그것을 모르는 주약란이 아니었지만 그녀는 무불악이 자신에게 청혼을 했다는 말에 묘한 설렘과 감동에 휩싸였다. 그 바람에 그녀는 부친에 대한 의혹을 씻은 듯 잊어버렸다.

이것이 남양왕의 교활한 계략이었다.

남양왕은 워낙 눈치가 빠른 사람이라 평소와 다른 주약란의 눈빛을 통해 이미 자신을 의심하고 있음을 간파했다. 그가 거짓으로 무불악과의 청혼을 언급한 것은 자신에 대한 주약란의 의혹을 무마하기 위한 책략이었다.

주약란과 같은 순진한 여인을 다루는 것은 어린아이 손목 비틀기보다 쉬웠기에 남양왕은 말 한마디로 주약란의 심리를 뒤흔들 수 있었던 것이다.

그것을 전혀 간파하지 못한 주약란은 저 혼자 고민에 빠져야 했다.

'아, 어떻게 해야 무 공자가 상심하지 않을 수 있을까?

4

두두두—!

백여 필의 기마대가 사파연맹 성채 앞에 이르렀다.

기마대는 불패성의 정예들로 무불악의 행방을 알아내기 위해 결성된 추격대였다. 이들을 이끌고 온 추격대장은 악붕투권 뇌진표였다.

무적궁이 패망하면서 불패성에 몸을 담게 된 뇌진표는 무불악과 사파연맹이라면 철천지원수이기에 우선적으로 사파연맹을 찾아와 무불악의 행방을 닦달했다.

"사파연맹은 들어라! 네놈들에 대한 징계는 다음으로 미루겠다. 하지만 무림공적 무불악은 반드시 잡아 죽여야 한다. 당장 놈을 내놓아라!"

보고를 받은 은월영이 정문 성루 위로 모습을 드러냈다.

"무불악을 왜 본 맹에서 찾는 것이냐? 지난번 천기무화가 찾아왔을 때 이미 무불악이 없음이 확인되었다. 본 맹에서도 무림공법에 따라 무림공적이 된 무불악을 추적하고 있다. 그러니 괜한 시비 걸지 말고 어서 꺼져라!"

은월영을 본 뇌진표는 피를 뿜듯이 외쳤다.

"이 사악한 계집! 당장 나와라! 무불악에 앞서 네년부터 죽여주겠다!"

은월영은 가소롭다는 듯 뇌진표를 내려다보았다.

"호호, 뇌진표! 지난번에는 쥐새끼처럼 달아난 주제에 불패성을 등에 업었다고 제법 설치는구나? 가만, 네게 줄 선물이 있다."

곧바로 성채의 정문이 열리며 네 명의 무사가 관을 메고 달려나왔다. 그들은 관을 내려놓고는 다시 성채로 돌아갔다.

마상에서 내려선 뇌진표는 다소 긴장한 표정으로 관 뚜껑을 열어보았다.

천투무적 뇌천후의 시신.

무불악이 전개한 전광삼분참에 의해 목과 허리가 동강났지만 장의사가 꿰매놓았기에 시신은 비교적 온전한 상태였다.

"크윽, 아버님."

뇌진표는 관 앞에 털썩 무릎을 꿇으며 원통한 분루를 뿌렸다.

은월영은 뇌진표를 바라보며 놀리듯 외쳤다.

"어서 돌아가 네 아비의 장례나 치러라! 다시 한 번 본 맹을 찾아오면 그날이 네 제삿날이 될 것이다."

벌떡 일어선 뇌진표가 성채를 향해 달려갔다.

"은월영, 이 사악한 계집! 네년을 찢어 죽이겠다!"

뇌진표가 경공을 펼쳐 치솟아오르자 무수한 화살과 암기 세례가 쏟아졌다.

피피핑—!

칼을 휘둘러 화살을 쳐낸 뇌진표는 어쩔 수 없이 물러서야 했다. 추격대 영주들이 달려와 뇌진표를 에워쌌다.

"진정하시오, 대장."

"우리는 무불악의 행방을 찾아내는 것이 임무요."

"사파연맹 악적들은 차후 토벌될 것이오."

영주들의 만류에 뇌진표는 겨우 감정을 자제했다.

"알겠네. 내 아버님의 시신을 운구해야 하니 마차를 준비하게나."

"알겠소."

수석영주가 무사들을 몇 명 호출해 지시를 내렸다.

한데 이때였다. 기마대 뒤편이 어수선해지며 말 울음소리가 연이어 울려 퍼졌다.

이히히힝—!

뇌진표는 영주들을 대동해 기마대 후미로 달려갔다.

"무슨 일이냐?"

기마대가 좌우로 갈라지는 사이로 한 사람이 어슬렁어슬렁 걸어오고 있었다. 비교적 키가 큰 노인인데 워낙 말라 마치 해골처럼 보였다.

구멍이 숭숭 뚫린 장삼을 걸치고 있는 노인의 모습은 몹시 추레했다. 손에는 한 자루 녹슨 쇠막대를 쥐고 있는데 병기가 하기에는 너무 보잘것없었다.

그러나 노인의 전신에서 뿜어지는 예리한 기운은 너무도 강렬해 누구 하나 노인을 저지할 엄두를 내지 못했다.

뇌진표 역시 심적인 압박감을 감당하지 못하고 옆으로 물러섰다.

"물러들 서라!"

상대가 먼저 공격을 펼쳐 오지 않았기에 굳이 행보를 막을 이유가 없었다. 기마대가 길을 열어주자 노인은 녹슨 막대를 질질 끌며 사파연맹 성채로 향했다.

은월영은 성루 위에서 노인을 내려다보며 짜증스럽게 중얼거렸다.

"아니, 저 걸어다니는 해골은 뭐야?"

노인은 성채를 올려보며 탁한 음성으로 외쳤다.

"무불악이 있으면 당장 내보내라!"

은월영은 노인의 모습이 워낙 추레해 말도 섞고 싶지 않았다.

"없애!"

　은월영이 손을 내젓자 성곽 위의 무사들이 화살과 암기를 발사했다. 상대의 신분조차 확인하지 않고 대뜸 죽이려 드는 행위는 역시 사파다운 악독함이었다.

　피피핑—!

　수십 발의 화살과 수백 개의 암기가 허공을 새까맣게 뒤덮으며 노인을 향해 쏟아졌다.

　노인은 엄청난 암기세례를 물끄러미 바라보다가 쇠막대를 들어 가볍게 원을 그렸다. 아주 간단한 동작이었지만 찰나지간 시간이 정지한 듯 믿을 수 없는 변괴가 발발했다.

　쏟아지던 암기세례가 마치 보이지 않는 방벽에 부딪힌 듯 우수수 떨어져 내렸다.

　깜짝 놀란 은월영이 성곽 아래로 훌쩍 몸을 날렸다.

　"모두 멈춰라!"

　사파연맹 무사들은 바싹 긴장한 모습으로 암기를 회수하고는 이를 지켜보았다.

　노인 앞으로 다가선 은월영이 깍듯하게 예를 올렸다.

　"저는 사파연맹의 맹주 은월영이라 합니다."

　"무불악! 놈을 내놓아라."

　"노선배님, 무불악은 오래전 본 맹을 떠난 후 돌아오지 않았습니다. 정 믿지 못하시겠다면 성채 전체를 노선배님께 개방하겠습니다."

　노인은 은월영에게로 시선을 돌렸다.

　노인의 눈빛을 접한 은월영은 가슴이 덜컥 내려앉았다. 마치 투명한 끈이 목을 조이는 듯 제대로 숨을 쉴 수가 없었다.

“네년이 무불악과 함께 독마 아우를 해친 것이냐?”

은월영은 비로소 노인의 정체를 짐작하게 되었다.

“거… 검마 구주파천……?”

은월영이 뒷걸음질을 치자 노인이 짤막하게 경고했다.

“한 걸음 더 움직이면 네년은 살아남지 못할 것이다.”

은월영의 얼굴에서 핏기가 싹 가셨다. 엄청난 공포에 휩싸인 그녀는 털썩 무릎을 꿇었다.

“검마왕님을 뵈옵니다.”

그러했다. 사파연맹을 찾아온 노인은 바로 오대천마 중 유일한 생존자 검마 구주파천이었다. 그의 행색이 워낙 추레한 데다 마왕 특유의 마기마저 발출하지 않기에 눈치 빠른 은월영조차 이제야 그 신분을 알게 된 것이다.

은월영은 눈물을 글썽이며 말했다.

“검마왕님, 독마왕은 제게 사부와도 같은 존재인데 소녀가 어찌 감히 해칠 수 있겠습니까? 둘의 대결을 최대한 막으려 했지만 독마왕의 원한이 워낙 깊어 제지할 수가 없었습니다. 결국 독마왕은 무불악의 어기비검에 쓰러지게 된 것입니다.”

“네년이 어디서 거짓말을 늘어놓는 것이냐? 노부가 놈과 일초를 겨뤄봐서 아는데 놈의 무공으로는 절대 독마 아우를 이길 수 없다. 필시 네년이 합공을 펼쳤을 것이다.”

"흑흑, 억울합니다, 검마왕님. 독마왕 사부님은 제게 천마혈
서까지 전수해 주신 분인데 제가 어찌 배신할 수 있겠습니까?"

은월영이 눈물을 뿌리며 천마혈서를 언급하자 구주파천의
강렬한 눈빛이 다소 가라앉았다.

천마혈서는 금마곡에서 죽은 사대천마의 유품이기에 구주
파천도 이를 소중하게 여기고 있었다. 하기에 천마혈서의 계
승자임을 자처하는 은월영을 일단 신뢰할 수밖에 없었다.

"네가 독마 아우를 사부로 생각했다면 왜 무불악을 죽이지
않은 것이냐?"

"흑흑, 참으로 안타깝게도… 무불악은 제가 연모하는 사내
입니다. 이미 깊은 관계까지 가졌기에… 차마 제 손으로 해칠
수가 없었습니다."

은월영의 연기력은 워낙 뛰어나 구주파천은 그 말을 조금
도 의심치 않았다.

"역시 계집을 제자로 거두는 것은 부질없는 짓이다. 연정
따위에 치우쳐 사부의 죽음을 대하고도 복수조차 시도하지
않았으니 말이다."

구주파천은 성채를 향해 돌아섰다.

"독마 아우의 시신은 수습했느냐?"

"그게… 어기비검에 의해 육신이 조각나 수습할 수가 없었
습니다."

"뭐야? 하면 너희 버러지 같은 놈들이 감히 내 아우의 시신

을 밟고 지낸다는 것이냐?”

구주파천은 쇠막대를 치켜들었다.

“독마 아우, 자네를 위해 무덤이라도 만들어주겠네.”

은월영은 깜짝 놀라 성채에 있는 사파연맹 무사들에게 외쳤다.

“모두 나와라, 어서! 당장 피신해!”

사파연맹 무사들은 영문을 몰랐지만 맹주의 지시이기에 천천히 성채에서 나섰다. 무사들이 꾸물거리자 은월영이 다급하게 닦달했다.

“뒈지고 싶으냐? 달려, 어서 달리란 말이다!”

쇠막대를 치켜든 구주파천의 전신에서 화염과도 같은 마기가 피어올랐다.

슈아아아……!

쇠막대 끝에서 뿜어지는 예기가 하늘까지 치솟아올랐다. 일순 구주파천의 동공이 사라지며 엄청난 광채가 뿜어졌다.

“차아앗!”

구주파천은 힘찬 기합을 발하며 성채를 향해 쇠막대를 내려쳤다. 쇠막대에서 뿜어진 심광이 그대로 성채를 강타했다.

콰아아앙!

계단식으로 조성된 사파연맹의 거대한 성채가 요동쳤다. 마치 지진이라도 일어난 듯 성채 전체가 주저앉기 시작했다. 상단의 성채라 무너지더니 이내 중단의 성채가 와해되었고,

마지막으로 하단의 성채마저 산산조각이 나고 말았다.

콰— 콰콰쾅—!

실로 믿을 수 없는 변괴였다. 단 일 초의 검식으로 거대한 성채가 파괴된 것이다.

이를 지켜본 은월영과 사파연맹은 새하얀 공포에 사로잡혔고 뇌진표가 이끄는 불패성의 추격대 역시 경악을 금치 못했다.

그들의 눈에 비친 구주파천은 인간이 아니다.

마신(魔神)!

이미 인간 한계를 넘어선 절대마신인 것이다.

사파연맹의 성채는 완전히 파괴돼 거대한 돌무덤으로 화했다. 그곳이 무적궁과 사파연맹의 총단이었다는 흔적은 눈을 씻고도 찾아보기 힘들었다.

구주파천은 쇠막대를 어깨에 걸치며 은월영 앞을 지나쳤다.

"무불악, 그놈을 찾아가 전해라. 쥐새끼처럼 도주하지 말고 당당히 나를 찾아오라고 말이다. 알겠느냐?"

은월영은 턱을 덜덜 떨었다.

"예예… 알겠습니다, 검마왕님."

구주파천은 터벅터벅 걸음을 옮겼다. 그다지 빠른 걸음은 아니었지만 그는 이내 언덕 너머로 사라졌다.

한편 와해된 성채를 바라본 뇌진표는 아쉬움과 통쾌함을 동시에 느꼈다. 어차피 당장 사파연맹을 공격해 복수할 수 없는 상황이기에 성채가 괴멸된 것을 아쉬워할 이유가 없었다.

뇌진표는 은월영을 향해 외쳤다.

"은월영, 이 사악한 계집아! 이제 집도 절도 없는 신세가 되었구나! 네년의 모가지는 훗날 잘라주겠다! 그때까지 대가리를 잘 간수해라!"

말에 오른 뇌진표는 추격대를 이끌고 달려갔다.

사파 수뇌들이 은월영 주변으로 모여들었다.

"맹주, 이제 어떻게 할 거요?"

"이거 어디 접나서 총단이라도 다시 세우겠소?"

"구주파천은 인간이 아니라 대마왕이오. 그런 대마왕과 싸울 마음은 추호도 없소."

은월영은 거대한 돌무덤으로 화한 바위산을 바라보았다.

"일단 사련회를 접수해 그곳을 총단으로 삼겠다. 세상에 구주파천을 쓰러뜨릴 사람은 없다. 세월이 그를 죽일 때까지 기다리는 수밖에."

그녀는 무불악을 떠올리며 고개를 흔들었다.

"불악, 절대 구주파천과 맞설 생각은 마라. 그것은 계란으로 바위 치기야."

第四十四章
천해문에서의 혈전

惡中俠 악중협

1

쐐애액―!

목검의 검극에서 뿜어진 예기가 허공을 가르며 뻗어나간
다. 그러다 공력이 해소되면서 뿜어진 예기가 소멸되며 수많
은 검화를 뿌려낸다.

무불악은 은하성천검법의 수련을 마치고 바닥으로 내려섰
다.

그는 목검을 어깨에 걸치며 주변을 쓸어보았다.

바닥과 주변이 온통 바위로 둘러져 있는데 무수한 검흔이
새겨져 있었다. 그나마 검극에 공력을 싣지 않았기에 수련장
일대가 와해되는 참상을 피할 수 있었다.

　무불악은 바닥에 새겨진 검흔을 밟으며 천천히 걸음을 옮겼다.

　"옥면잔사, 놈은 워낙 교활해 악인곡으로 나오지 않을 수도 있다."

　무불악의 편지 한 통에 대뜸 소화산을 찾아온 건곤불패는 오히려 순진한 악인이라 할 수 있었다. 건곤불패는 자신의 명성이 조금이라도 훼손되는 것을 원치 않아 무불악의 입을 막으려는 의도로 나섰다가 죽임을 당했다.

　그러나 건곤불패에 비하면 옥면잔사는 훨씬 냉철하고 잔인한 악당이기에 쉽게 준동할 사람으로는 생각되지 않았다.

　그럼에도 불구하고 무불악이 옥면잔사에게 선뜻 도전장을 띄운 것은 옥면잔사의 반향을 조금이라도 헤아리기 위함이었다.

　군왕의 신분인데다 사상 최강의 집단 천풍무국의 주상!

　그런 상대와 싸우기 위해서는 일단 한번쯤 흔들어놓을 필요가 있었다. 상대에게 자신의 존재를 인식시키기 위함이기도 했지만 한운지가 간파한 대로 남양왕이 정말 옥면잔사인지 확인할 필요가 있었다.

　"남양왕이 진짜 옥면잔사라면 자신이 직접 나서지 않는다 해도 악인곡으로 수하들을 보내 날 죽이려 할 것이다. 그것으로 남양왕이 옥면잔사임이 입증되는 것이다. 그것이 확인되는 순간 옥면잔사 네놈은 반드시 내 손에 죽게 될 것이다."

무불악은 자신이 지나쳐 온 수련장을 돌아보았다.

바닥과 벼랑에 새겨진 무수한 검흔은 그가 건곤불패를 죽일 때 구사했던 검법이었다.

구주파천에 의해 창안된 절대마검으로 독보신검에 의해 검법의 원리가 밝혀진 그 수법이었다.

무불악은 독보신검이 새겨놓은 검흔을 통해 마검의 원리를 연구하면서 은하성천검법의 정화를 첨가했다. 그렇게 해서 탄생된 검법이 바로 마정파천황이었다.

당대의 절대자인 건곤불패를 죽음으로 몰아넣은 검법이니 가히 당대 최강의 절기로 자부할 수 있었다.

그러나 건곤불패의 방심을 유도했던 당시 상황과 자신이 당한 극심한 부상을 감안한다면 절대적인 절기라고 자신하기에는 다소 의심의 여지가 있었다.

"마정파천황을 보다 더 연구해야 한다. 놈은 건곤불패처럼 순진하게 당할 악당이 아니다. 놈은 건곤불패보다 더 많은 악마적 절기를 수련했을 것이다. 그 모든 것을 파훼할 절기를 터득해야 한다."

무불악은 누군가의 지도라도 받고 싶은 심정이었지만 이미 무림공적으로 몰린 상황이라 찾아갈 사람이 없었다.

독보검궁을 찾아갔다가는 독보신검을 만나기도 전에 집중 공격을 받게 될 것이고, 한운지를 만나고 싶어도 과연 그녀가 예전처럼 자신을 비호해 줄지 의문이었다.

무불악은 씁쓸한 입맛을 다셨다.

"그래, 내 문제는 내가 해결한다. 그것이 내 방식이야."

중양절까지는 아직 스무 날이나 남았다.

그가 혼신을 기울인다면 마정파천황을 보완하기에는 충분한 시간이었다.

무불악은 어깨에 걸친 목검을 다시 쳐들었다.

"그래, 무불악. 너 평생 처음이자 마지막으로 진지하게 노력해 보자. 그런 악당한테 패해 죽을 수는 없잖아?"

2

"주상을 뵙게 해주겠다."

천향무후의 나른한 음성에 냉소채는 가슴이 설레면서도 바싹 긴장했다.

"아, 주상께서… 귀환하신 겁니까?"

"그래, 네 처지에 대해 말씀을 올렸더니 관심을 표명하셨다. 네가 성심껏 아뢴다면 네 복수를 이룰 수 있을 것이다."

"고맙습니다, 무후."

냉소채가 사의를 표하자 천향무후는 냉소채를 부둥켜안으며 뜨거운 숨결을 토했다.

"소채, 네가 주상을 섬기기 전에 안고 싶구나."

천풍전(天風殿)은 금성 내에서도 가장 비밀스런 전각이라 그 존재를 아는 사람이 드물다.

냉소채는 천향무후를 따라 천풍전으로 들어섰다.

스스슥……!

한 사람이 넓은 탁자 위에 화선지를 펼쳐 놓고 그림을 그리고 있었다. 높은 봉우리에서 층층이 쏟아지는 폭포를 묘사한 그림으로 여산의 삼첩천 폭포를 의미하는 풍경화였다.

먹물을 듬뿍 찍어 그림을 그리는 붓놀림이 워낙 유려하고 깨끗해 냉소채는 그 화법(畫法)에 절로 감탄하고 말았다.

그림을 마친 중년인이 붓을 내려놓으며 고개를 들었다. 완숙한 중년의 나이였지만 주름살 하나 없는 관옥 같은 피부와 또렷한 이목구비는 젊었을 적 미공자로서의 풍모가 고스란히 간직하고 있었다.

"주상을 뵈옵니다."

천향무후가 예를 표하자 냉소채는 얼른 무릎을 꿇고 절을 올렸다.

"하늘과 같은 주상을 뵙게 되어 영광입니다."

수려한 풍모의 중년인이 바로 당대 최고의 신비인인 천풍무국의 주상이었다.

주상은 먹물이 마르기를 기다렸다가 그림을 집어 들었다.

"천향영주, 네가 사문의 복수를 간절히 원한다고 들었다. 아직도 그 마음이 변함없느냐?"

"물론입니다, 주상. 그 원수 놈을 죽일 수 있다면 제 목숨을 바쳐도 여한이 없습니다."

냉소채가 간곡하게 청하자 천향무후가 슬쩍 거들었다.

"주상, 무불악은 감히 본 국을 두 번씩이나 침범한 죄인이기도 합니다. 소채를 보내 놈을 죽인다면 일석이조가 아니겠습니까?"

"내가 듣기로 무불악은 마왕들은 물론이고 당대의 절대자라는 건곤불패까지 죽였다고 하더구나. 과연 천향영주가 놈을 죽일 수 있겠느냐?"

"소채는 그동안 본 국의 절기를 여러 가지 터득했습니다. 또한 복수심이 강렬하기에 기대해 볼만 합니다."

주상은 자리에 앉으며 그림을 두루 살폈다.

"복수와 대결은 별개다. 감정을 앞세운다면 이미 절반은 패한 것이나 다름없다."

기대와는 달리 남양왕의 반응이 시큰둥하자 냉소채는 더욱 몸이 달았다.

"주상, 제발 소녀가 복수를 할 수 있도록 은총을 내려주십시오. 눈물로써 청합니다."

주상은 물끄러미 냉소채를 바라보다가 허공으로 그림을 던졌다.

"만일 네가 이 그림을 벨 수 있다면 윤허하겠다."

그림은 마치 끈에 매달린 것처럼 허공에 둥실 뜬 상태였다.

그림을 올려본 냉소채는 엄청난 환각에 빠지고 말았다.

"아아……!"

그녀의 눈에 삼천도 그림은 단순한 그림이 아니었다.

콰르르릉……!

아득한 봉우리에서 거대한 폭포가 쏟아진다. 마치 하늘의 둑이 터져 지상으로 거대한 물기둥을 쏟아내는 듯한 엄청난 광경에 숨조차 쉴 수가 없었다.

폭포수의 중압감에 눌린 냉소채가 고개를 떨어뜨리자 주상은 섭물진기를 발휘해 그림을 거둬들였다.

"그런 나약한 정신력으로 어찌 복수전을 감행할 수 있겠느냐? 차라리 복수를 잊고 사는 게 낫다."

냉소채는 고개를 조아리며 눈물로써 호소했다.

"주상, 제발 원수를 죽일 절기를 하사해 주십시오. 놈과 동귀어진을 하더라도 반드시 복수를 해야 합니다. 그렇지 않고서는 죽을 수도 없습니다. 흑흑……!"

주상의 입가에 희미한 미소가 감돌았다.

"네 의지가 정 그렇다면 한 가지 절기를 하사해 주겠다."

냉소채는 감격에 겨워 거듭 절을 올렸다.

"망극하옵니다, 주상."

주상은 붓을 놀려 육십사 절의 구결을 단숨에 써내려갔다.

"성심껏 수련하면 보름 안에 네 무공이 열 배는 증진될 것이다. 그러나 네 몸의 모든 잠재력이 소진돼 넌 열흘 이내에 죽게 된다. 그래도 절기를 수련할 의지가 있는 것이냐?”

보름 동안의 수련 기간과 열흘의 잔여 생명.

절기를 수련하면 한 달도 안 돼 죽어야 한다는 사실에 냉소채는 순간적으로 갈등했지만 기꺼이 절기를 청했다.

“무불악을 죽일 수만 있다면 제 영혼도 팔 생각이었습니다. 복수를 이룰 수 있다면 죽음도 두렵지 않습니다.”

냉소채는 당당히 절기가 적힌 구결을 받아 들었다.

천향무후가 안쓰럽게 말했다.

“무리하지 마라, 천향영주. 너는 아직 젊다. 청산이 변치 않는 한 땔감 걱정이 없는 법이니 복수는 시간을 두고 생각하려무나.”

“아닙니다. 검마 구주파천이 마왕들의 복수를 위해 무불악을 찾아다닌다고 들었습니다. 원수가 검마에 의해 죽기 전에 제 손으로 죽여야 합니다.”

냉소채가 결연하게 말하자 주상은 천향무후에게 지시를 내렸다.

“영주의 의지가 참으로 감동적이구나. 반드시 복수를 이룰 수 있도록 무후가 은총을 베풀어라.”

“예, 주상.”

천향무후는 품속에서 비단 주머니를 꺼내 냉소채에게 쥐어주었다.

“이 단약은 본 국의 영단인 천풍신단이다. 네 공력을 크게 증진시켜 줄 것이다.”

“감사하옵니다, 무후.”

절기와 영단을 손에 넣은 냉소채는 거듭 절을 올리고는 천풍전을 나갔다.

천향무후는 다소 아쉬운 듯 고개를 저었다.

“주상, 이대로 죽이기에는 아까운 계집입니다.”

“본 국의 충성스런 수하가 될 계집이 아니다. 개인적인 복수에만 혈안이 돼 있는 계집이니 연연해할 것 없다.”

“하온데… 냉소채가 과연 절명마공을 수련해 무불악을 죽일 수 있을까요?”

주상은 차를 한 모금 마시고는 냉랭하게 응수했다.

“건곤불패는 천하에서 다섯 손가락 안에 드는 절대고수다. 경위야 어찌 됐든 무불악이 건곤불패를 죽였다면 냉소채가 무불악을 죽일 가능성은 많지 않다.”

“그렇다면 공연한 개죽음이 아닙니까?”

“아까운 천풍신단까지 투입했는데 개죽음이 된다면 너무 무의미하지 않겠느냐?”

주상의 입가에 싸늘한 미소가 감돌았다.

“냉소채에게 벽력화탄을 주어라.”

“주상……?”

“무불악은 귀곡심악의 제자다. 그런 잡초 같은 놈은 뿌리째 뽑아야 한다. 이번 기회에 확실하게 죽이도록 조치해라.”

실로 잔혹한 차도살인지계.

그러나 주상이 바로 칠대악인 중 가장 잔혹한 옥면잔사였기에 그 어떤 조치도 당연한 수순일 뿐이었다. 이제 그의 주특기에 몰살 작전이 펼쳐질 차례였다.

"조만간 혈세(血洗)를 시작할 것이다. 출전을 준비해라!"

3

다각다각……!

한 필의 말이 을씨년스런 몽산 자락을 향해 달려가고 있었다. 마상의 청년은 눈빛이 다소 나른했다.

개인 수련을 마치고 하산한 무불악이 찾아온 곳은 천해문 총단이었다.

"내가 혹시 죽을지 모르니 귀 큰 늙은이 목부터 베어야겠군. 최소한 천맹상인의 부탁을 들어주어야 하니 말이야."

무불악이 천해문 관할 구역으로 들어서자 곳곳에 세워진 망루에서 향전이 치솟고 경종 소리가 울려 퍼졌다.

땡땡땡―!

무불악은 자신의 출현에 또다시 야단법석을 떠는 천해문의 반응에 짜증스런 표정을 지었다.

"새끼들, 곱게 맞아줄 때가 없어."

정문 앞에는 천해문 소속 무사들 수백 명이 도열해 있었다.

천해문에 의뢰를 하기 위해 찾아온 고객들이 전혀 보이지 않는 것으로 미루어 영업 활동은 중단한 듯싶었다.

정문 앞에 이른 무불악은 마상에서 훌쩍 내려섰다.

"뭐야, 한번 해보자는 것이냐?"

그러자 천해문 영주들이 나서며 무불악을 에워쌌다.

"무림공적 무불악! 본 문은 무림공법에 따라 너를 죽이기로 결의했다!"

"세상에서 네가 설 곳은 없다!"

"네 죄를 알고 스스로 목숨을 끊어라!"

무불악은 영주들을 쓸어보고는 가소롭다는 듯 냉소를 쳤다.

"큭, 지렁이도 밟으면 꿈틀한다더니 처음으로 강호인답게 행동하는구나."

그러면서 그는 정문을 향해 천천히 걸음을 옮겼다.

"쳐라!"

"죽여라!"

천해문 무사들이 악을 써대며 일제히 몰려들었다.

무불악은 쳐다보지도 않고 양 소매를 힘껏 뿌렸다.

"꺼져라, 버러지들!"

전신에서 강력한 광명구양신공이 분출되었다. 자색 강기가 급속도로 확산되면서 주변을 휩쓸었다.

"컥!"

"으아아악!"

광명구양강기에 부딪친 수십 명이 튕겨져 나갔고 정면으로 충돌한 십수 명은 몸이 으스러지는 참살을 당했다. 단 일초의 격돌이었지만 도저히 상대가 되지 않음을 절감한 천해문 무사들이 길을 열어주었다.

"크으, 잔악한 놈! 예전보다 더 강해졌다니!"

"물러들 서라! 총사께서 놈을 제거할 것이다!"

무불악은 도열해 있는 천해문 무사들 사이를 지나쳐 정문으로 들어섰다. 출도 이래 천해문은 수시로 드나들었기에 이제는 눈을 감고도 총사각을 찾아갈 만큼 길이 훤했다.

움막 같은 총사각의 허름함은 여전했다.

천이만사통 나단은 텅 빈 총사각 내에서 차를 준비하고 있었다. 서가에 빼곡한 문서는 말끔하게 치워져 있어 분위기가 썰렁했다.

"어서 오게나."

나단은 찻잔에 차를 따라 통나무 탁자 위에 내려놓았다.

"예상보다 조금 빨리 왔군."

"그럴 사정이 생겼소. 중양절 때 한 가지 처리할 일이 있는데 그전에 나 총사와의 용무를 매듭지어야 했기에 며칠 앞당겼소."

"사람은 누구나 일각이라도 더 살려 하는 법일세. 자네의 개인적 용무 때문에 내 목숨을 먼저 거두려 한다는 것은 지나친 만행이네."

"거 살 만큼 산 것 같은데 목숨에 너무 연연하지 맙시다."

무불악은 텅 빈 서가를 쓸어보았다.

"이미 정리를 해둔 것으로 봐서 당장 죽는다 해도 문제는 없을 것 같군."

"어쩌면 마지막일 수도 있는데 차라도 한잔하게나."

"알겠소. 그래도 이 년을 알고 지낸 사이인데 차 한잔 마실 시간 정도는 기다려 줄 수 있지."

차를 한 모금 마신 무불악은 의외로운 듯 눈썹을 슬쩍 치켜 올렸다.

"흐음, 차 맛이 아주 좋군. 나뭇잎 삶은 물이 아닌데?"

"비싸게 구한 항주 용정차일세."

"사람이 죽을 때가 되면 착해진다고 들었는데, 나 총사 역시 죽을 때가 되니 인심이 후해졌군."

차를 비운 무불악은 간장검을 뽑아 들었다.

"이 검은 전설적인 신병 간장검이오. 워낙 예리해 나 총사는 고통을 느끼지도 못할 것이오. 속히 끝냅시다."

나단은 물끄러미 간장검을 주시하다가 무불악에게 시선을 돌렸다.

"소문주와 본 문에 대한 안위는 보장하는 것인가?"

"물론이오. 참, 천풍무국 주상이란 자에 대해서는 조사할 필요 없소. 이미 놈이 누구인지 밝혀냈으니까."

"그래……? 대체 그자가 누구인가?"

무불악은 손끝으로 간장검을 더듬다가 대답해 주었다.

"좋아, 당신이 도주하지 않았으니 대답해 주지. 천풍무국의 주상이란 놈은 바로 옥면잔사요."

"뭐, 뭐야?"

나단은 충격에 젖어 눈을 부릅떴다.

"옥면잔사라면… 칠대악인에 해당되는… 그자란 말인가?"

"그렇소. 칠대악인은 악인곡에서 연회를 즐기다가 옥면잔사의 배신으로 인해 몰살되었소. 귀곡심악만 유일하게 살아남았지. 귀곡심악은 내게 반드시 복수하라는 유명을 남겼기에 나는 출도 이래 놈을 찾아다닌 것이오."

"하면 자네가 천맹상인의 소재를 알려했던 것은……?"

"옥면잔사란 놈이 어떻게 변신해 있는지 정보를 얻기 위함이었소. 워낙 단서가 없어 천맹상인도 놈에 대해 짐작하지 못했지만 나름대로 훌륭한 단서를 제공해 주었소. 옥면잔사는 오랜 세월 전혀 다른 사람으로 살아왔던 것이오."

무불악은 느릿느릿 나단에게 다가섰다.

"천풍무국의 주상이 누구인지는 밝히고 싶지 않소. 나 역시 놈을 만나보지 못해 확신할 수가 없기 때문이기도 하지만… 공연히 누군가를 아프게 하고 싶지 않아서 그렇소."

"자네 같은 악당이 남을 다 걱정하는가?"

"악당도 인간이니까. 하지만 옥면잔사는 단순한 악당이 아니라 악마요. 그래, 놈의 비밀을 한 가지 더 알려주지.”

“뭔가?”

“금마곡의 절진을 파훼한 자가 누구일 것 같소?”

나단은 긴 한숨을 내쉬었다.

“그래, 마왕들을 탈출시켜 득을 볼 자가 누구이겠는가? 천풍무국의 주상, 옥면잔사뿐이겠지.”

무불악은 간장검을 높이 치켜들었다.

“총사의 호기심을 충분히 해소시켜 주었으니 이제 죽어도 만족할 정도는 될 거요.”

“유감이네, 무불악.”

나단은 뒤로 미끄러졌다.

“천풍무국의 본격적인 움직임이 포착되었네. 나로서는 천해문을 지켜야 하기에 자네의 뜻에 응할 수 없네. 이 점을 깊이 양지하게나.”

“천이만사통, 당신 하나 살자고 천해문 버러지들을 모두 죽이겠다는 건가?”

무불악의 표정이 서늘해지며 간장검이 총사각을 갈랐다.

와르르……!

대번에 총사각이 와해되며 잔해가 사위로 흩어졌다.

나단은 어느새 이십여 장 밖으로 피신해 있었다.

소문주 정소빈은 천해문의 정예 수백 명을 대동해 진형을 갖추고 있었다.

“무림공적 무불악! 너의 악행도 오늘로써 끝이다!”

무불악은 가소롭다는 듯 실소를 흘렸다.

“크훗, 니들이 죽여달라고 통사정을 하는구나. 그래, 귀 큰 늙은이가 죽는 게 두려워 약조를 어겼으니 이제 네년도 함께 죽여주겠다.”

“흥, 네놈이 세상의 심판자라도 된단 말이냐? 정작 천하인들의 심판을 받아야 할 자는 바로 너다!”

“정소빈, 네년이 무엇을 잘못 처먹은 것이냐? 대체 뭘 믿고 이렇게 대드는지 모르겠다.”

“바로 무림 공법이다!”

“하핫, 세상에서 가장 졸렬한 버러지들이 감히 무림 공법을 거론한단 말이냐?”

무불악은 정소빈을 향해 성큼성큼 다가섰다.

한데 이때였다. 허공 저편에서 두 줄기의 섬광이 날아들었다. 하나는 무수한 그림자를 동반한 검형이었고 다른 하나는 눈부신 발광체였다.

“어엇, 어기비검?”

깜짝 놀란 무불악은 광명구양신공을 운기해 몸을 보호하면서 간장검을 휘둘렀다.

콰— 쾅—!

엄청난 폭음과 함께 소용돌이 경기가 휘몰아치며 주변을 휩쓸었다. 그 바람에 전각 십여 채가 주저앉았고 바닥으로 분화구와 같은 구덩이가 형성되었다.

충격의 여파로 뒤로 밀린 무불악은 놀라움을 금치 못했다.

'뭐, 뭐야?'

건곤불패를 격파한 그의 무공은 당대 최강의 반열에 올랐기에 적수가 드물 정도였다.

"와아아!"

"무림공적을 심판하자!"

사방에서 함성이 울려 퍼지는 가운데 육백여 명의 무사가 몰려들며 천해문 무사들과 합류해 주변을 철통같이 포위했다. 복장으로 미루어 독보검궁의 검수들과 불패성의 무사들이었다.

이어 두 사람이 무불악 앞으로 내려섰다.

불패성의 신임 성주 백을천.

독보검궁의 신임 궁주 손정휴.

백을천을 대면한 무불악은 도의적인 가책에 쓴웃음을 지었다.

"백 형, 오랜만이오."

하지만 백을천의 눈에는 적개심이 가득했다. 두 눈에서 뿜어지는 원한이 화살이었다면 무불악을 관통했을 것이다.

"무불악! 너를 죽여 무림의 공법을 밝히고 사부님의 원한을 갚을 것이다!"

무불악은 그의 심정을 충분히 이해하기에 더는 자신을 위해 변명하지 않았다.

"좋을 대로 해라. 어차피 죽고 죽이는 게 강호의 생리 아니었던가? 하지만 공법 따위는 내세우지 마라. 그냥 네 사부를 복수를 한다고 말해라. 그것이 보다 인간적이니까."

"무불악, 너는 여러 명의 마왕들을 죽여 강호의 정기를 밝힌 영웅이기도 했기에 내 개인적인 감정만으로 너를 단죄할 수는 없었다. 하지만 천하인 모두가 너를 무림공적으로 선포한 이상 나도 무림 공법을 준수해야 한다. 이 점을… 깊이 인지해야 할 것이다."

"……"

무불악은 백을천의 두 눈에 서린 고뇌를 통해 그의 고통스런 심정을 헤아릴 수 없었다.

무불악이 백을천을 친구로 생각한 만큼 백을천 역시 무불악을 친구로 여겼기에 두 사람 사이에는 깊은 우정이 자리해 있었다.

한데 신뢰했던 친구가 자신의 사부를 해쳤으니 그 배신감은 이루 말할 수 없을 것이다.

무불악은 백을천의 고뇌를 덜어주기 위해 진실을 밝히고 싶었지만 그 또한 너무 잔인한 짓이기에 입을 다물었다.

'그래, 을천을 위해 묻어두기로 한 이상 끝까지 비밀을 지키자. 지금 상황에서는 오히려 건곤불패를 음해하기 위한 추악한 모함으로만 여겨질 것이다.'

무불악은 손정휴에게로 시선을 돌렸다.

"불패성이야 복수 때문에 나섰다 해도 독보검궁은 그럴 처지가 아니지 않느냐?"

손정휴는 냉담하게 응수했다.

"무불악, 너는 내 사제와 본 궁의 검수들을 해친 원수다. 무림 공법이 아니더라도 나는 너를 용서할 수 없다."

"네 사부가 지시한 것이냐?"

"사부님께서는 이미 은퇴하셨다. 본 궁의 모든 결정은 내 권한이다."

"알겠다. 나를 죽이겠다면 싸울 수밖에."

무불악은 일급 무사들로 결성된 삼파의 무사들을 쓸어보았다.

"오늘 여러 놈 죽겠구만."

백을천이 검을 뽑아 들고 앞서 나섰다.

"너는 내가 상대해 주겠다!"

검극에서 일 장 길이의 검기가 뿜어지며 무불악을 향해 내리꽂혔다.

무불악은 백을천과 함께 천풍무국에서 인질을 구해온 적이 있기에 백을천이 무공 수위에 대해 익히 알고 있었다. 당시에도 그의 적수가 못 되었기에 지금은 더욱 그의 상대가 될 수 없다 싶어 백을천의 공격을 대수롭지 않게 여겼다.

한데 그의 자만은 크나큰 착각이었다.

번— 쩍!

무수한 검형과 함께 내리꽂히는 검기는 가히 산악이라도 무너뜨릴 검법 절기였다.

"어엇?"

무불악은 비로소 잠시 전 자신을 향해 날아든 어기비검을 상기하고는 급히 방어에 나섰다.

차차창—!

눈부신 섬광이 교차하면서 주변의 지면이 연이어 폭발했다.

"으음……!"

답답한 신음을 토하며 뒤로 물러선 사람은 뜻밖에도 무불악이었다.

마왕들을 연파하고 천투무적과 건곤불패를 살해한 무불악은 일초 대결에서 밀린 것이 당최 이해가 되지 않았다. 그가 아는 한 백을천은 절대 자신의 상대가 아니었던 것이다.

무불악은 자신의 몸에 그어진 검흔을 살피고는 백을천을 직시했다.

"제법이구나. 언제 이렇게 강해졌지?"

"사부님께서는 임종 직전에 내게 당신의 진원지기를 주입시켜 주셨다. 무불악, 너는 내 손에 죽는 게 아니라 내 사부님의 정기에 의해 죽는 것이다."

"빌어먹을, 그 간악한 늙은이가 죽어서까지 내게 복수를 하려고 했군."

"닥쳐라! 차라리 나를 욕해라, 무불악. 평생을 군자처럼 살아오신 내 사부님의 존재가 네 더러운 입에 오르는 것조차 원치 않는다!"

백을천은 상승 검법인 검강으로 무불악을 공격했다. 동시에 좌우 측면에서 손정휴와 정소빈의 합공이 펼쳐졌다.

"죽어랏, 원수!"

"여기도 있다, 악적!"

정소빈은 무불악이 무림공적임을 언급해 합공의 당위성을 백을천에게 설득했다. 이에 손정휴가 동조했고 백을천도 복수심에 치우쳐 이를 묵인했기에 합공이 전개될 수 있었던 것이다.

백을천과의 단독 대결도 쉽지 않은 상황인데 손정휴와 정소빈이 가세하지 무불악은 바싹 긴장했다.

차― 차창!

엄청난 격돌이 십초를 넘어가면서 무불악은 냉정하게 현실을 인식했다.

'그래, 내가 지금 이들과 목숨을 걸고 싸울 이유가 없다.'

그는 손정휴나 정소빈은 몰라도 백을천을 죽이고 싶은 마음은 추호도 없었다. 죽일 수 없는 상대와 오래도록 싸울 이유가 없으니 지금의 대결은 정말 무의미했다.

"차아앗!"

백을천의 공격을 받아낸 무불악은 몸을 회전시키며 정소빈을 향해 날아들었다. 무불악이 신검합일로 공세를 펼쳐 오자 정소빈은 깜짝 놀라 뒤로 물러섰다.

정소빈의 퇴각으로 합공의 포위망에 틈새가 생기자 무불악은 허공으로 치솟아올랐다.

"귀 큰 늙은이, 날 속였으니 너희 천해문은 무사하지 못할 것이다!"

무불악은 삼파 정예들이 형성하고 있는 포위망을 향해 몸을 날렸다.

백을천이 신속하게 신법을 전개해 뒤쫓아왔다.

"어림없다, 무불악!"

몸을 빙글 회전시킨 백을천은 허공을 딛고 선 채 무불악을 향해 검을 겨누었다.

번— 쩍!

눈부신 섬광과 함께 그의 손에 쥐어진 검이 허공을 가로질렀다. 어검술의 기초 단계인 어기비검이었다.

초극 절기의 공세에 무불악은 어쩔 수 없이 도주를 멈추고 이를 막아내야 했다.

"은하비성월!"

무불악 역시 어기비검을 전개해 백을천의 공격과 맞섰다.

아찔한 광휘가 사위를 휩쓸었다. 둔탁한 폭음과 함께 두 줄기 섬광이 교차되면서 세상이 순간적으로 숨을 멈추었다. 이어 지반의 요동치며 엄청난 굉음이 잇달았다.

　“콰— 콰콰쾅—!”

　폭풍이 몰아치고 지표가 폭발하면서 수십 장 밖에 포위망을 형성하고 있던 삼파의 고수들마저 휩쓸렸다.

　“으아악!”

　“캐액!”

　수십 명이 기혈이 터져 쓰러지고 일부는 섬광의 잔해에 팔다리가 잘렸다. 실로 엄청난 격돌이 아닐 수 없었다.

　“흐으윽!”

　백을천이 피를 토하며 지상으로 추락했다.

　“백 성주!”

　정소빈이 급히 몸을 날려 백을천을 부축해 바닥으로 내려섰다.

　무불악 역시 상당한 내상을 입었지만 피를 뿜지는 않았다.

　‘젠장, 건곤불패의 화신이로군.’

　무불악은 목구멍까지 치솟은 피를 다시 삼키고는 포위망 속으로 파고들었다.

　“꺼져라!”

　그가 간장검을 내려치자 수십 자루의 병장기가 대번에 박살났다. 하지만 삼파의 고수들은 전혀 두려워하지 않고 뒤로 물러서면서 재차 포위망을 보강했다.

　그러는 사이 손정휴가 날아들며 검강으로 무불악을 압박

했다.

"독보천영!"

무불악은 은하성천검법으로 손정휴의 검강을 막아내고는 다시 포위망을 돌파하기 위해 달려들었다.

차차창—!

간장검에서 검기가 빌출될 때마다 병장기가 박살나고 삼파의 고수들이 쓰러졌지만 포위망은 여전히 견고했다.

다섯 겹 포위망은 무불악이 돌파를 시도하면 열 겹으로 늘어났다. 이는 나단이 고안한 금천대라진으로 천신도 가둘 수 있는 강력한 진법이었다.

퍼— 퍼펑—!

무불악은 닥치는 대로 부딪치며 검을 휘두르고 공력을 쏟아냈지만 여전히 포위망을 벗어나지 못하고 있었다.

이때 기력을 회복한 백을천이 바람을 가르며 날아들었다.

"무불악! 반드시 너를 죽이겠다!"

역한 피비린내는 인간의 자제력을 마비시킨다.

혈투를 거치는 동안 감정이 극대화된 무불악은 강렬한 살기를 뿜어냈다.

"오냐, 내가 죽기 전에 너부터 죽여주겠다!"

무불악은 백을천을 향해 쏜살같이 달려들었다. 찰나지간 무불악의 검에서 두 줄기 섬광이 발출되었다.

번— 쩍!

혈영자의 살인 절기 중 하나인 전광삼분참이었다. 목과 허리를 동시에 동강내는 죽음의 비기.

백을천은 절대적인 위기 속에서도 냉철함을 잃지 않았다. 그는 검을 휘둘러 목으로 날아드는 검기를 차단하고 왼팔을 뻗어 허리를 노리는 검기를 막아냈다.

퍼억!

백을천의 왼팔이 팔뚝서부터 댕강 잘렸다. 죽음의 위기를 모면했지만 팔 하나를 잃었으니 심각한 부상이며 손실이었다.

"흐으윽……!"

백을천이 비틀거리며 뒤로 물러서자 정소빈이 내려서며 옷을 찢어 팔뚝의 상처를 싸매주었다.

"백 성주, 괜찮으세요?"

손정휴는 백을천을 막아서며 공격을 지시했다.

"뭣들 하는 것이냐? 모두 저 악적을 죽여라!"

백을천이 팔을 잃는 부상을 당하자 불패성 무사들이 가장 분개했다.

"무도한 악마를 죽이자!"

"성주님을 지켜야 한다!"

살심을 이기지 못하고 백을천의 팔을 벤 무불악은 크게 자책했다.

'젠장, 내가 을천의 팔을 베다니!'

크게 자책한 무불악은 전의가 사그라졌다.

무불악은 포위망을 벗어나기 위해 높이 몸을 솟구쳤다. 그러자 사방에서 무수한 암기와 화살이 발사되며 그의 탈출을 저지했다.

무불악은 호신강기를 펼쳐 몸을 보호하며 계속 몸을 날렸다. 하지만 금천내라진이 급속도로 확산되며 다시 그를 포위했다.

바닥으로 내려선 무불악은 이를 질끈 물었다.

"오냐, 네놈들이 끝까지 나를 막겠다면 모조리 죽여 버리겠다!"

무불악은 격한 분노를 뿜어내며 포위망을 향해 돌진했다.

한데 이때였다. 요란한 함성이 울려 퍼지며 수백 명의 무사가 천해문 총단 내로 뛰어들었다.

"카카, 죽여야 할 놈들이 죄다 모였군."

"닥치는 대로 죽여라!"

압천금라진의 배후를 급습한 자들은 뜻밖에도 사파 고수들이었다. 이들 사파연맹 고수들이 이끌고 온 사람은 다름 아닌 은월영이었다.

"어서 비켜!"

은월영은 천마혈서의 마공을 전개해 포위망의 배후를 강타했다. 금천대라진은 모든 공격력을 전면에만 쏟아붓는 진형이기에 배후의 공격에는 아주 취약했다.

은월영이 이끄는 사파연맹에 의해 기습을 당하자 포위망은 대번에 와해되었다.

무불악 옆으로 내려선 은월영은 공치사부터 했다.

"불악, 내가 정말 눈물나게 고맙지?"

"계집애, 오려면 빨리 올 것이지 왜 이렇게 굼떠?"

무불악은 오히려 힐책하고는 포위망 밖으로 몸을 날렸다.

은월영은 눈을 흘기며 입술을 비죽거렸다.

"치이, 저 자식은 도와줘도 문제야."

그녀는 백을천 주변으로 모여 있는 삼파의 수뇌들을 향해 외쳤다.

"이봐, 무불악은 무림공적이 아니라 마왕들을 참살한 무림의 영웅이다! 왜 그의 협행에는 눈을 감는지 모르겠다! 정작 싸워야 할 적은 무불악이 아니라 천풍무국이다!"

훌쩍 떠오른 은월영은 천해문 외곽으로 날아갔다.

"퇴각해라— 모두 퇴각해!"

삼파의 고수들을 공격하던 사파연맹 무사들은 즉시 몸을 돌려 물러났다.

손정휴가 삼파 고수들에게 공격을 명하자 나단이 길게 한숨을 내쉬며 제지했다.

"그만두시오, 손 궁주. 악녀의 말이 아주 틀린 것은 아니요."

"뭐요? 그렇다면 무불악 그 악적을 이대로 살려 보내자는 말이오?"

"무불악의 무공이 생각보다 강했소. 은월영과 사파연맹이 합세한 상태에서는 도저히 죽일 수 없소."

나단은 시체가 널브러진 주변을 쓸어보았다.

"게다가 우리 삼파의 피해도 너무 심하오. 백 성주 또한 속히 부상을 치료해야 하오."

손정휴는 심한 부상을 당한 백을천을 돌아보고는 한숨을 토했다.

"삼파가 전력을 다해도 놈을 죽이지 못했으니… 무슨 수로 놈을 죽인단 말인가?"

침통한 심정은 누구보다 백을천이 더 깊었다. 그는 하늘을 올려보며 비통하며 외쳤다.

"내가 팔 하나 잃은 것은 전혀 아깝지 않소. 다만 반드시 심판해야 할 무림공적을 놓쳤으니 그것이 원통할 따름이오!"

第四十五章
비극적인 최후

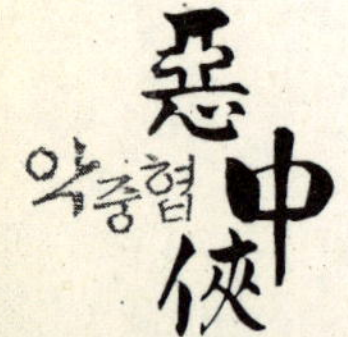

1

　호젓한 별장이기에 훼방꾼은 신경 쓰지 않아도 좋았다.

　무불악은 은월영이 정성껏 금창약을 발라주고 탕약을 달여준 덕분에 내외상의 부상을 털어낼 수 있었다. 하지만 예전답지 않게 그의 심정이 우울했다.

　강호에서 명망 높은 화훼문주와 건곤불패를 죽였을 때도 전혀 가책을 받지 않은 그였지만 백을천의 팔을 벤 행위에 대해서는 못내 후회스러웠다.

　무불악은 정자 난간에 걸터앉아 가을빛으로 물든 정원을 물끄러미 바라보고 있었다.

　'젠장, 전광삼분참을 펼칠 필요까지는 없었는데… 그나마

내 평생 처음으로 친구처럼 생각한 을천의 팔을 베다니.'

그는 당장에라도 불패성을 찾아가 건곤불패의 비리와 잔악함을 밝혀 자신의 정당함을 입증하고 싶었다. 세상 모든 사람들에게 손가락질을 받아도 상관없지만 백을천과는 오해를 해소하고 싶었다.

하지만 신실을 밝혀도 인정되지 않을 것이기에 그의 심정이 더욱 답답할 수밖에 없었다.

이때 은월영이 술과 안주를 소반에 받쳐 들고 정자 안으로 들어섰다.

"이제 거의 회복됐으니 술 한잔해도 되는 거지?"

"내가 언제 술을 마다했더냐?"

무불악은 술병을 집어 들고 병째로 벌컥벌컥 들이켰다.

은월영은 그의 입에 안주를 넣어주고는 넌지시 물었다.

"한데 왜 기분이 언짢아 보이는 거야? 백을천을 못 죽여서 그래? 내가 대신 죽여줄……."

"뒈지고 싶어?"

무불악은 우악스럽게 은월영의 목을 움켜쥐었다.

"내가 어쩔 수 없이 백을천의 팔을 벴지만 네넌은 손가락 하나 까딱하지 마. 알았어?"

은월영은 무불악의 손을 밀치고 뒤로 한 걸음 물러섰다.

"쳇, 죽이지 말아야 할 인간이 또 하나 생겼군. 한운지에 이어 백을천이라니. 그나마 계집이 아니라 조금 낫군."

무불악은 술병을 내려놓았다.

"중양절까지 며칠 남았냐?"

"사흘 전이야. 왜 함께 중양절에 축제라도 열게?"

"귀신 씻나락 까먹는 소리 마라. 지금 축제를 즐길 상황이냐?"

은월영은 한잔 술을 마시고는 탁자에 걸터앉았다.

"당분간 나서지 않는 게 좋아."

"왜?"

"수상쩍은 놈들이 산동과 안휘성 쪽으로 대거 몰려들고 있어. 백도 놈들은 확실히 아니고 흑도의 무리들도 아니야."

"흑백도가 아니라면… 마도냐?"

"마도의 추종자들도 아니야."

"그럼 대체 뭐 하는 놈들인데?"

"천풍무국! 내 짐작이 맞는다면 분명 천풍무국의 전사들이야."

무불악은 난간에서 내려섰다.

"천풍무국이 결국 출동한 것이냐?"

"그래, 한데 놈들의 목적은 우리 사파연맹뿐만이 아니야. 입수된 정보에 의하면 독보검궁, 불패성, 소림, 무당, 화산, 개방, 종남 등을 향해 동시에 진군 중이라고 했어. 천풍무국과 인접한 청성과 아미는 아미 점거됐다고 하더군."

"옥면잔사! 그 사악한 놈이 결국 본색을 드러냈군."

"내가 사부님한테 듣기로 옥면잔사의 특기는 몰살이라고 하더군. 천풍무국의 주상이라는 자가 옥면잔사가 분명하다면 놈은 기존의 무림계를 말살해 자신의 무림왕국을 건설하려 할 거다."

은월영은 머리카락을 귀 뒤로 넘기며 도도한 미소를 머금었다.

"하지만 구파일방을 비롯한 백도의 명문세가들이 죄다 말살돼도 우리 사파는 끄떡없어."

"네가 천풍무국의 공격을 받아낼 비책이 있다는 거냐?"

"물론이지. 싸우지 않으면 되는 거야."

"싸우지 않겠다고?"

"그래. 이럴 때는 성채를 박살 내준 구주파천이 오히려 고맙더라고. 덕분에 총단 사수에 연연해할 필요가 없게 됐지. 수하들에게도 당분간 맞서지 말고 피하라고 했으니 천풍무국 놈들이 아무리 눈에 불을 켜도 다녀도 사파의 졸개들 몇 명 죽이는데 그칠 거다."

무불악은 정자를 나서며 차갑게 내뱉었다.

"비열한 계집. 그게 네 한계다."

은월영이 급히 그를 따라 나섰다.

"바보, 사파가 뭐겠어? 자존심 팽개치고 졸렬하고 비겁하지만 일단 생존할 수 있다는 게 바로 사파의 장점이야. 백도 놈들처럼 뻔히 죽을 줄 알면서 사문의 현판을 지키려 한다면 그게 열협이며 의인이지 어디 사파겠어?"

"그래, 세상이야 어찌 되든 열심히 살아라."

침소로 들어선 무불악은 장삼을 걸치고 간장검을 허리춤
에 꽂았다.

그러자 은월영이 무불악의 등을 끌어안았다.

"아직 내상도 완쾌되지 않았는데 어디를 가려는 거야?"

"꼭 만날 놈이 있어. 놈이 과연 약속 장소에 나올지는 모르
지만 가봐야 한다."

"나도 같이 갈게."

"됐어."

무불악은 몸을 돌려 은월영을 마주 보았다.

"혹시 내가 돌아오지 못하면 네가 옥면잔사를 죽여라. 그
것이 네가 나를 위해 해줄 수 있는 유일한 복수다."

"내가 어떻게……?"

"네 사악한 두뇌를 쥐어짜 봐. 아니면 네 알량한 몸뚱이라
도 바치던가."

무불악은 은월영의 볼을 가볍게 토닥이고는 침소를 나갔
다.

"불악!"

은월영이 급히 따라 나섰지만 전각을 빠져나간 무불악은
이내 사라져 버렸다.

은월영은 문설주에 기대선 채 잠시 생각에 잠겼다.

"불악은 걱정하지 않아도 돼. 어떤 상황에서도 죽지 않을 자이니까."

그녀는 향후 정세에 대해 보다 깊이 숙고했다.

"천풍무국과 천하 무림의 격돌이라……. 우리 사파연맹은 굳이 나설 필요 없다. 양측이 공멸한다면 기막힌 어부지리로 사파천하를 이룩할 수 있시."

은월영은 장밋빛 환상에 젖어 배시시 미소를 머금었다.

"호호, 사상 최초의 무림여제가 결코 꿈은 아니야."

2

팔이 잘린 부상은 심각한다. 평범한 사람이라면 고통과 충격에 죽을 수도 있을 정도다. 그러나 평생을 싸움판 속에서 살아가는 강호인들은 팔 하나 잘렸다고 죽지 않는다.

불패성주 백을천은 심후한 공력을 지녔기에 빠른 속도로 회복될 수 있었다.

치료를 마친 백을천은 울적함을 씻기 위해 모처럼 침소를 나서 정원을 산책했다.

섬서성은 비교적 겨울이 빠르기에 낙엽이 수북한 정원이 다소 을씨년스럽기까지 했다. 가벼운 바람에도 낙엽이 아우성치며 구르고 있었다.

연못가에 선 백을천은 무불악의 대결을 상기했다.

"사부님의 진원지기를 전수받고도 놈을 죽이지 못하다
니……."

손정휴와 정소빈의 지원을 받았지만 무불악을 죽이지 못
하고 오히려 팔을 잃는 부상까지 당했으니 변명의 여지가 없
는 참패였다.

백을천은 패배에 대한 부끄러움보다 사부의 복수를 이루
지 못했다는 사실이 더욱 괴로웠다.

"사부님, 이 못난 제자를 꾸짖어주십시오."

문득 무불악의 의문스런 한마디가 새삼 떠올랐다.

"그 간악한 늙은이가 죽어서까지 내게 복수를 하려고 했군."

당시는 사부에 대한 모욕으로 여겨 일축했지만 왠지 석연
치 않았다. 더불어 자신의 사부를 살해한 무불악의 행위에 대
해 다시 한 번 생각하게 되었다.

'무불악은 왜 위험을 무릅쓰고 사부님을 해친 것일까? 사
부님께서는 암살을 당하셨다고 하지만… 암산 따위에 치명
상을 당하실 사부님이 아니다. 강호인들은 무불악이 사파연
맹과 결탁해 사파천하를 이룩하기 위해 악행을 저질렀다고
했지만 이 또한 타당성이 없다. 내가 아는 무불악은 권력과
명예, 탐욕과는 무관한 자다. 만일 그가 몇 가지 잔혹한 악
행만 저지르지 않았다면 당대의 영웅으로 손색이 없었을 것

이다.'

백을천은 연못가 정원석에 걸터앉았다.

'무불악의 무공은 확실히 나보다 앞선다. 만일 그가 작심했다면 나를 죽일 수도 있었다.'

그는 천으로 감싼 왼팔 부위를 매만졌다.

'그가 내 팔을 벤 것은 차마 목을 벨 수 없기 때문이었을까……?

그는 사부에 대한 복수심 때문에 무불악과 원수가 되었지만 심정은 정말 괴로웠다.

그 역시 무불악에게 깊은 우정을 느끼고 있었다. 친구라고 확신했던 사람이 원수가 되었으니 복수심보다 배신감이 더 클 수밖에 없었던 것이다.

깊이 고심하던 백을천은 가벼운 발걸음 소리에 흠칫하며 상념에서 깨어났다.

연못을 돌아 다가서는 여인은 갈대처럼 가냘픈 몸매의 소유자로, 또렷한 이목구비는 가히 절색인데 양 볼에 새겨진 상흔이 그야말로 옥에 티였다.

"한 소저!"

백을천은 반색하며 얼른 몸을 일으켰다.

그러했다. 가을날보다 더욱 짙은 처연한 기색으로 다가서는 여인은 다름 아닌 천기무화 한운지였다.

백을천 앞에 이른 한운지는 털썩 무릎을 꿇었다.

"성주, 모두 소녀의 죄입니다. 소녀를 벌하십시오."

"왜 이러는 거요, 한 소저."

백을천은 한운지의 소매를 쥐고 일으켜 세웠다.

한운지는 백을천의 텅 빈 왼 소매를 보며 눈물을 글썽거렸다.

"무불악은 세상을 해칠 악당이었는데… 소녀가 그자를 구하는 바람에 너무도 엄청난 폐해가 일어났습니다. 성주께서 이렇게 팔까지 잃으시다니……."

"진정하시오, 한 소저. 강호인으로 팔 하나 잃은 것이 무어 대수겠소? 독보신검께서는 팔과 다리를 잃은 불구의 몸으로도 의연함을 잃지 않으셨소. 난 아직 두 다리는 멀쩡하오."

"송구합니다. 정말 죄송해요."

한운지가 뜨거운 눈물을 뿌리자 백을천은 따뜻하게 그녀를 포옹하며 등을 다독여 주었다.

"한 소저, 내게 있어 무불악은 분명 원수요. 내 팔까지 잘랐으니 반드시 복수할 것이오. 한데… 어찌 된 일인지 그 악당에 대해서는 분노나 원한보다 안쓰러움이 앞서는지 모르겠소. 그래도 한때는 친구로 생각했는데… 상황이 왜 이렇게 됐는지 너무도 가슴이 아프오."

백을천은 서글픈 넋두리를 뇌까리다가 현실을 인식하고는 얼른 포옹을 풀어주었다.

"미, 미안하오."

"개의치 마세요."

한운지는 눈물을 훔치고는 가슴을 진정시켰다.

"성주, 만일 무불악이… 피치 못할 상황으로 건곤불패 선배님과 대결하게 됐다면… 무불악의 처지를 이해하실 수 있겠어요?"

"그게… 무슨 밀이오? 피치 못할 상황이라니……?"

"아, 아닙니다. 연유야 어찌 됐든 당대의 영웅이신 선배님을 암습한 죄는 결코 용서받을 수 없습니다."

"……?"

백을천은 잠시 한운지를 바라보다가 연못으로 시선을 돌렸다.

"한 소저는 내가 모르는 비밀을 알고 있는 것 같구려. 하지만 난 듣지 않겠소. 내 사부님과 무불악 사이에 어떤 비밀이 있는지는 몰라도 무불악이 내 사부님을 해친 원수임에는 변함이 없소. 난 유명을 받들어 반드시 복수할 것이며 연후 진실을 확인한 후 내게 잘못이 있다면 죽음으로 사죄할 것이오."

백을천의 결연한 모습에 한운지는 더욱 엽운청의 죄악에 대해 언급할 수가 없었다. 그나마 백을천이 무불악에 대해 일말의 아쉬움을 지니고 있음을 확인한 것으로 만족해야 했다.

'지금은 때가 아니다. 어떻게든 오해를 해소시켜 두 사람의 충돌을 막아야 돼. 만일 두 사람 중 누구라도 죽는다면 이

는 커다란 비극이며 강호의 손실이다.'

한운지는 백을천 옆으로 서며 가볍게 손을 쥐었다.

"백 성주, 지금은 무불악에 대한 원한을 잠시 접어두십시오. 당장은 천풍무국의 공세를 막아내는 것이 우선입니다."

백을천은 힘있게 고개를 끄덕였다.

"그럽시다. 천하의 안녕이 우선이오."

한데 이때 요란한 경종 소리가 불패성 전체를 진동시켰다.

땡— 때때땡—!

흠칫 놀란 백을천과 한운지는 정문 쪽으로 몸을 날렸다.

두두두—!

이백여 마리의 기마대와 팔백여 전사가 불패성 정문을 향해 서서히 진군해 오고 있었다. 도합 천 명에 달하는 대규모 병력이었다.

높이 휘날리는 기치에는 천풍무국이란 글자가 분명하게 새겨져 있었다.

일천 전사를 대동해 침공한 자들은 판에 박은 듯 똑같은 용모의 청년들이었다. 바로 천향무후의 측근인 쌍둥이 형제 흑백쌍절이었다.

한운지는 백을천과 함께 성루 위에서 이들을 살펴보다가 나직이 한숨을 내쉬었다.

"엄청난 병력입니다. 단순한 시위가 아니라 불패성을 와해시키는 대대적인 침공입니다."

백을천은 흑백쌍절에게로 시선을 고정시켰다.

"천풍무국의 국주는 아닌 것 같군."

"그렇군요. 천풍무국의 국주는 천향무후이지만 실질적인 총수는 주상입니다. 그들이 직접 출동하지는 않았다면 다행입니다."

"천이만사통에 의하면 천풍무국의 총수가 옥면잔사라 하던데… 그게 사실이오?"

"거의 확실합니다. 옥면잔사는 또한……."

한운지는 말끝을 흐리고는 흑백쌍절 쪽으로 시선을 돌렸다.

"저들은 천풍무국의 수뇌 급에 해당되는 흑백쌍절일 겁니다. 무불악이 황금문의 인질들을 구출하는 와중에 잠시 겨룬 적이 있는데 둘의 합공을 감당하지 못했다고 했습니다."

이때 흑백쌍절이 말을 몰아 정문 아래로 다가섰다.

등에 검을 멘 백의청년이 성루를 향해 소리쳤다.

"난 천풍무국의 백검절이다! 천하는 이미 본국 휘하에 들어왔다! 순순히 항복하겠다면 주상의 은총을 기대할 수 있지만 대항한다면 전멸이 있을 뿐이다! 성주 백을천은 현명하게 판단해라!"

백을천은 뒷짐을 쥔 채 흑백쌍절을 내려다보았다.

"무도한 놈들! 본 성을 침범한 죄를 물어 너희 모두를 단죄할 것이다!"

한운지는 훌쩍 몸을 날려 성루에서 내려섰다.

"독보검궁 역시 침공을 받은 것이냐?"

그러자 검은색 복장을 한 흑도절이 대답했다.

"물론이다. 독보검궁에는 주상과 무후께서 친히 납시셨다. 그들에게는 항복조차 용납되지 않는다. 하지만 주상께서 특별히 불패성에 대해서는 관대함을 베푸셨기에 항복할 기회를 주는 것이다."

한운지는 몸을 솟구쳐 성루 위로 올라섰다.

"천풍무국의 최고 수뇌가 나섰다면 독보검궁은 온전하지 못할 것입니다."

"걱정할 것 없소. 태상궁주로 물러앉으신 독보신검께서 계시지 않소? 독보신검의 검법은 여전히 백도 최강이오."

"성주, 옥면잔사의 무공에 대해서는 추측할 수 없습니다. 하지만 그자가 금마곡에 침투해 절진을 파훼했다면 그자의 무공 수위는 상상 이상일 겁니다."

"설마 구주파천보다 더 강한 자이겠소? 정 우려된다면 이들을 격파한 후 독보검궁으로 가봅시다."

한운지는 심각한 모습으로 음성을 낮추었다.

"백 성주, 양측이 정면으로 격돌하면 몰살할 가능성이 높습니다. 만일 불패성마저 와해된다면 백도는 희망이 없습니다."

“싸워서 이기는 것 외에는 달리 방법이 없지 않소?”

“정면 대결만이 능사는 아닙니다.”

“무슨 묘책이라도 있소?”

“불패성의 명예와 자존심을 조금만 꺾는다면 피해를 최소로 줄일 수 있습니다.”

“……”

백을천은 잠시 고심하다가 결단을 내렸다.

“불패성을 고수해야 명예와 자존심도 지킬 수 있소. 한 소저의 묘책에 따르겠소.”

백을천은 불패성의 무사들 이백여 명을 대동해 성밖으로 나섰다.

백검절은 오만한 눈빛으로 불패성 무사들을 쓸어보았다.

“고작 이 정도냐? 나머지 놈들은 왜 나서지 않는 것이냐?”

“오합지졸 따위를 상대하는데 본 성의 전력이 출동한다는 것은 수치다. 네놈들을 몰아내는 데는 이백여 정예면 충분하다.”

“크홋, 깨나 목숨이 부담스러운가 보군.”

백검절은 검을 뽑아 들며 외쳤다.

“모조리 죽여라!”

“와아아아!”

천풍무국 전사들의 제일대 이백여 전사가 출동했다. 그들은 군병들처럼 조련을 받았는지 대오를 이루어 진군하다가 불패성 무사들 속으로 뛰어들었다.

불패성의 전주들이 반원형으로 포진해 성문을 사수했다.

"물러서지 마라!"

"한 놈도 성내로 들어서는 안 된다!"

양측 사백여 명이 충돌하면서 성밖은 아수라장을 이루었다.

백검절과 흑도절은 한 몸처럼 몸을 날려 백을천을 공격했다. 두 사람 모두 초절정고수인데다 도법과 검법의 달인이라 한 초식 한 초식이 절기였다.

백을천은 침착하게 흑백쌍절을 상대했다.

비록 무불악에 의해 한 팔이 잘리는 부상을 당했지만 건곤불패의 심득과 공력을 전수받은 그는 절세 급 고수이기에 혼자서 능히 흑백쌍절을 감당할 수 있었다.

퍼— 퍼펑—!

불패성 앞 넓은 평원은 삽시간에 거대한 전장으로 화해 비명과 금속성이 난무했다.

차차창—!

불패성은 과연 당대 최강의 문파였다.

천풍무국의 제일대 전사들이 상당한 피해를 입고 고전하자 즉시 제이대가 투입되었다.

"와아아!"

제이대가 투입되면서 양측의 대결은 더욱 격렬해졌다.

불패성 무사들의 저지선이 조금씩 뒤로 밀리자 천풍무국 전사들은 더욱 거칠게 밀어붙였다.

전세가 기울어지자 백을천은 흑백쌍절을 밀어내고는 성문을 향해 몸을 날렸다.

"내성까지 퇴각하라!"

백을천은 불패성 무사들이 최대한 안전하게 퇴각할 수 있도록 시간을 벌기 위해 수뇌 급들과 함께 저지선을 지켰다.

불패성 무사들이 후퇴하자 흑백쌍절은 모든 전사들을 출전시켰다.

"공격하라!"

"불패성을 초토화시켜라!"

성문이 협소하기에 천풍무국 전사들은 성곽에 갈고리와 줄사다리를 걸고 올라섰다.

백을천은 마지막까지 천풍무사들의 공격을 막아내면서 성내로 후퇴했다.

"와아아—!"

외성을 점거한 천풍무국 전사들은 외성의 모든 전각을 때려부수고 불을 질렀다.

그들의 임무는 불패성 점령이 아니라 와해였다. 불패성의 모든 무사들을 죽이고 성곽이며 전각 모두를 무너뜨린 후 소각하라는 지시를 받은 것이다.

천풍무국 전사들 일부가 외성을 파괴하는 동안 나머지 전사들이 내성으로 뛰어들었다.

내성은 아름드리 수목이 우거진 데다 전각들이 빽빽하게 들어서 있어 통행로가 비교적 협소했다.

앞서 뛰어든 전사들은 불패성의 매복을 의심했지만 배후에서 밀고 들어오는 동료들의 기세에 떠밀려 앞으로 전진할 수밖에 없었다.

그러자 수목림과 전각 내에 은신해 있던 불패성 무사들이 일제히 뛰쳐나왔다. 그 바람에 천풍무국 전사들의 진격은 토막토막 끊긴 형국이 되었다.

"으아악!"

"크악!"

기습을 당한 측은 심리적으로 위축될 수밖에 없었다.

천풍무국의 전사들은 앞뒤에서 동시에 공격을 받게 되자 크게 당황했다.

공간이 협소하다 보니 압도적으로 우세한 병력이 별다른 위력을 발휘하지 못했다. 오히려 동료들과 뒤엉키다 보니 제대로 공격을 펼치기도 전에 저희들끼리 죽고 죽이는 사태까지 발생했다.

한운지는 내성의 성루에서 전황을 내려다보며 불패성 무사들을 지휘했다.

불패성 무사들은 절반만 출동했고 그사이 한운지는 나머

지 무사들을 요처에 배치해 두었다. 백을천의 퇴각은 사실 유인작전이었기에 천풍무국 전사들은 함정에 빠지고 만 것이다.

전세는 역전되었다.

내성과 외성의 경계에 세워진 성벽은 불패성의 정예들이 점거했기에 천풍무국의 지원군은 성문을 통해서만 진입할 수 있었다. 하지만 그들은 성문을 들어서는 즉시 참살을 당했기에 지원군이 아니라 불속으로 뛰어드는 불나방에 불과했다.

흑백쌍절은 비로소 사태의 심각성을 인식했다.

불패성의 외성을 점거해 마음껏 파괴하고 불을 지르며 승리를 만끽했지만 그것은 커다란 착각이었다.

"젠장, 속았군."

"이대로는 우리가 몰살을 당하겠다."

흑백쌍절은 금을 울려 퇴각을 명했다.

"퇴각하라— 모두 퇴각해!"

그들은 수뇌들을 출동시켜 전사들의 퇴각을 최대한 지원했다. 그러나 밀고 나오는 불패성의 기세가 워낙 강력해 성밖으로 밀릴 수밖에 없었다.

천풍무국 일천 전사들 절반이 목숨을 잃었으니 이는 대참패였다.

백을천과 한운지가 이끄는 불패성의 무사들이 일제히 성을 나서며 반격을 펼쳐 오자 흑백쌍절은 전의를 상실했다.

"철수한다! 전원 무국으로 귀환하라!"

천풍무국 전사들은 사방으로 흩어져 도주했다. 진군해 올 때는 호호탕탕한 파도였지만 퇴각할 때는 희뿌연 물거품이었다.

불패성 무사들은 승리의 환호성을 외쳤다.

"와아아— 이겼다!"

"천풍무국 악도들을 물리쳤다!"

불패성의 피해도 상당했지만 어쨌거나 천풍무국 전사들을 몰아냈으니 영광스런 전투였다.

백을천은 성루에서 외각을 내려다보며 깊은 탄식을 흘렸다.

"아, 사부님께서 심혈을 기울여 세워놓으신 기반이 이렇듯 소멸되다니. 사부님을 뵙기가 부끄럽구나."

한운지가 옆으로 내려서며 부드럽게 위로했다.

"백 성주, 불타고 무너진 전각은 다시 세울 수 있습니다. 불패성의 위엄과 명성을 지켰으니 다행입니다."

"고맙소. 만일 한 소저가 지원해 주지 않았다면 외성이 아니라 불패성 전체가 와해되었을 거야."

"당치 않습니다."

"아니요. 나의 무모함은 내가 잘 알고 있소. 불패성의 명성을 지켜야 한다는 강박관념 때문이라도 나는 전력을 동원해 성문을 사수하려다 모든 것을 잃고 말았을 것이오. 이런 상황에 한 소저가 본 성을 찾아주었으니 이는 사부님의 가호요."

"불패성은 요행히 기반을 유지했지만 독보검궁이 어찌 됐을지 불안합니다. 천풍무국의 주상과 국주가 직접 출동했다면… 쉽지 않은 싸움이 전개되었을 겁니다."

백을천은 남서쪽 하늘로 시선을 돌렸다.

"아무래도 내가 가봐야겠소. 독보검궁이 무너지면 본 성의 힘만으로는 천풍무국과 대적할 수 없소. 무엇보다 독보신검께서 생존해 계셔야 전 무림이 연합해 천풍무국과 맞설 수 있소."

"소녀가 가보겠습니다."

"그럼 같이 갑시다."

"아닙니다. 백 성주께서는 불패성을 지켜야 합니다. 천풍무국이 비록 패퇴했지만 저들은 고작 일 할의 손실만 입었을 뿐입니다. 제가 입수한 정보에 의하면 화산과 종남도 천풍무국의 침공을 받았습니다. 그들이 회군하면서 다시 불패성을 공격할 수도 있으니 성주께서는 방비를 갖추셔야 합니다."

한운지의 지혜로운 조언에 백을천은 출타를 포기하고 정중히 예를 표했다.

"부끄럽지만 한 소저에게 부탁해야겠구려. 독보검궁에서 궁을 지킬 수 없는 상황이면 이곳 불패성으로 피신토록 조치해 주시오."

“알겠습니다.”

“그리고… 한 가지 어려운 부탁이 있소.”

“말씀하세요.”

“그게…….”

백을천은 수북한 시체들을 수습하고 있는 무사들을 내려다보며 어렵사리 입을 열었다.

“천풍무국은 과거의 그 어떤 마단보다 공포스러운 전력을 지닌 집단이오. 지금은 정사무림 모두가 연합해야만 생존할 수 있소. 현 상황을 타개하려면 절세고수가 지원이 절실하오.”

“성주……?”

“그렇소. 무불악을 찾아가 지원을 부탁해 주시오. 세상에서 그자를 움직일 수 있는 사람은 한 소저뿐이오.”

“그를… 용서하시는 겁니까?”

“아니오!”

백을천은 건곤불패의 유해가 묻힌 능선으로 시선을 고정시켰다.

“내 사부님의 복수는 결코 잊지 않을 것이오. 하지만 그것은 내 개인적인 감정이오. 무불악이 백도를 지원해 준다면… 무림공적이라는 오명은 벗게 될 것이오. 그가 원치 않아도 영웅의 명예를 얻을 수도 있소.”

“만일 백 성주께서 원한을 잊겠다면 소녀가 책임지고 그를 설득해 보겠습니다.”

“그럴 수는 없소. 내 몸에는 아직도 사부님의 정기와 통한 이 서려 있소. 내 마음은 그를 용서하고 싶지만… 내 감정은 복수를 간절히 원하오.”

몸을 돌린 백을천은 정중히 예를 표했다.

“너무 내 욕심만 챙기는 것 같아 송구하오.”

“아닙니다. 백 성주의 심정을 충분히 이해합니다. 현 상황을 타개하기 위해서는 무불악의 지원이 절실합니다. 그가 나서준다면 사파연맹에서도 협력할 테니 천풍무국과 자웅을 겨뤄볼 만합니다.”

“나 또한 그것을 바라고 있소.”

“성주, 대신 무불악과의 대결 때 소녀가 입회할 수 있도록 허락해 주십시오.”

“…….”

“소녀는 그저 더 큰 비극을 막고 싶을 따름입니다.”

“알겠소. 내 독단으로 무불악과 대결하지는 않겠소. 하지만 한 소저가 무슨 말을 해도… 난 복수를 중단하지 않을 것이오.”

백을천은 외성의 잔해 속으로 몸을 날렸다.

한운지는 무불악과 백을천의 대결이 유예되었다는 사실에 그나마 안도했다.

‘그래, 희망이 생긴 거야. 시간이 흐를수록 백 성주의 복수

심은 희석될 수 있어.'

꼿꼿하게 솟구친 한운지는 비행술을 전개해 날아갔다.

'무불악, 당신이 악명을 씻을 유일한 기회입니다. 제발 악중협으로 돌아와 주세요!'

3

두두두—!

수백 필의 기마대가 독보검궁의 성벽을 향해 돌진했다.

성벽 가까이 이르자 천풍무국의 기마대는 성곽을 지키고 있는 독보검궁 검수들을 향해 연속적으로 화살을 쏘아댔다.

독보검궁의 검수들은 검법을 주로 수련했기에 암기는 전혀 소지하고 있지 않고 있었다. 또한 활도 준비하고 있지 않았기에 일방적으로 공격을 받을 뿐 대응이 마땅치 않았다.

검수들이 화살을 쳐내는 사이 천풍무국의 돌격대가 투입되었다.

돌격대는 성벽에 박힌 화살을 밟고 솟구쳤고, 갈고리가 달린 밧줄을 성곽에 던져 본격적인 공성전에 돌입했다.

궁주 손정휴와 부궁주 악침은 성곽 좌우를 뛰어다니며 검수들을 독려했다.

"한 놈도 들여서는 안 된다!"

"성곽을 사수하라!"

성벽을 사이에 양측의 치열한 공방전은 한 시진이 넘도록 계속되었다. 수백 명의 사상자가 생기면서 우세한 전력을 지닌 천풍무국의 전사들이 하나둘씩 성곽에 올라 교두보를 확보했다.

휘장이 둘러진 교자.

천풍무국의 주상은 느긋하게 기대앉아 공성전을 관전하고 있었다. 마치 전장에 나선 군왕의 모습이었다.

천향무후는 곁에 앉아 술을 따라주면서 애교를 부렸다.

"천하가 이제 주상의 발아래 굴복할 것입니다. 주상께서는 최초의 무림제국을 창건한 무림황제로 등극하시게 됩니다."

"속단하지 마라. 무림사 이래 수많은 문파가 천하일통을 외치며 정복에 나섰다가 와해되었다."

"그거야 힘만 앞세운 자들의 무모함 때문이 아니었습니까? 주상께서 수립한 혈세지계는 전무후무한 대작전입니다."

"후훗, 무려 이십 년을 계획해 온 전략이었다. 실수가 있어서는 안 된다."

주상은 황금 술잔을 입으로 가져갔다.

"그럼 입궁하자."

천향무후는 친위무사들을 향해 영을 내렸다.

"어서 문을 열어라! 주상께서 입궁하신다!"

친위무사들은 교자를 둘러메고 독보검궁의 정문을 향해 달려갔다.

둥… 둥… 둥……!

우렁찬 군고 소리가 울려 퍼지자 성곽 공략에 나선 돌격대가 더욱 드세게 몰아붙였다. 성곽 대부분이 점거 당하자 손정휴는 퇴각을 명했다.

"모두 퇴각해라! 연무장에서 재집결하라!"

검수들이 모두 물러가자 성곽을 점거한 돌격대 일부가 내려와 정문을 열었다. 그러자 수백 필의 기마대가 돌진하며 진입로를 형성했다.

주상과 천향무후가 탄 교자는 기마대가 도열한 사이를 지나 연무장에 이르렀다.

독보검궁 검수들의 숫자는 대략 이백여 명.

성곽 사수를 위한 공방전에 검수들 절반이 목숨을 잃었으니 그 피해는 심각했다. 물론 창건 이래 처음으로 침공을 받아 정문이 돌파 당했으니 심리적인 충격은 더욱 컸다.

천풍무국의 전사들은 학익진 대형으로 연무장에 포진했다.

교자가 바닥으로 내려지자 천향무후가 앞서 나서며 휘장을 걷었다. 이어 금룡포 차림의 주상이 밖으로 나섰다.

천풍무국 전사들이 일제히 군례를 올렸다.

"주상을 뵈옵니다!"

독보검궁 검수들은 이런 위용에 찬 모습에 사기가 위축되었다.

손정휴가 악침을 대동해 앞으로 나섰다.

"천풍무국의 수괴는 들어라! 네 어찌 본 궁을 침범한 것이냐?"

도도한 미소를 머금은 천향무후가 대신 답변했다.

"손정휴, 네놈의 무례한 한마디로 인해 독보검궁은 몰살을 면치 못하겠구나. 하지만 에석해할 것 없다. 전통의 구파일방이 봉문을 당하고 오대세가가 충성을 맹세하며, 불패성과 천해문, 사파연맹 모두가 와해될 테니 말이다."

손정휴는 자신의 귀를 의심했다.

"뭐, 뭐라? 무림천하를 동시에… 침공한 것이란 말이냐?"

"호호, 그렇다. 세상에는 오직 천풍무국만이 존재하며 천하 무림은 모두 본 국에 귀속될 것이다."

주상이 뒷짐을 쥔 채 한 걸음 나섰다.

"독보신검은 왜 보이지 않는 것이냐? 본좌가 친히 나선 것은 독보신검을 굴복시키기 위함이다. 어서 통보해라."

그러자 악침이 격분하여 달려 나왔다.

"이런 무도한 놈! 사부님께서 어떤 분이신데 너 같은 놈을 상대하신단 말이냐? 네놈은 내가 죽여주겠다!"

악침은 힘찬 기합을 발하며 주상을 향해 육중한 장검을 내려쳤다.

주상은 뒷짐 쥔 손을 풀어 가볍게 쳐들었다.

순간 장검을 내려치던 악침의 몸이 석상처럼 굳어졌다. 혈도가 제압돼서가 아니었다. 무형지기에 휩싸인 악침은 꼼짝할 수가 없었다.

"후훗, 어리석은 놈."

주상은 차가운 미소를 머금으며 손목을 돌렸다.

악침의 손에 쥐어진 장검이 방향을 틀며 오히려 악침의 심장을 겨누었다. 악침의 얼굴은 충격과 공포로 물들었다. 그의 의지와는 무관하게 장검은 그의 심장으로 파고들었다.

보다 못한 손정휴가 뛰쳐나왔다.

"웬 사술이냐!"

한데 천향무후가 부공술로 미끄러지며 그를 가로막았다.

"주상께서 벌을 내리시는 중이다. 지켜보고 있어라!"

"비켜라, 요녀!"

손정휴는 화려한 검기를 발출해 천향무후에게 맹공을 가했다.

천향무후는 연검을 뽑아 들고 비스듬히 내리그었다.

"호호, 독보검법의 단조로움은 이미 파악했다."

차차창—!

손정휴의 검기가 대번에 차단되었다.

이때 악침의 고통스런 비명이 울려 퍼졌다.

"아아악!"

장검은 악침의 심장을 꿰뚫고 등판까지 비집고 나왔다. 악침의 입에서 붉은 피가 댓살처럼 뿜어졌다.

손정휴는 참담한 심정을 금할 수 없었다.

"사제……!"

독보검궁의 검수들 또한 두려움과 전율에 젖어 몸서리를 쳤다. 악침과 같은 절정 급 검수를 손끝 하나로 쓰러뜨린 주상의 존재가 그들에게는 무신처럼 보인 것이다.

천향무후는 잔혹한 웃음을 띠며 외쳤다.

"모조리 죽여라!"

"와아아—!"

천풍무국의 칠백여 전사는 함성을 외치며 연무장을 가로질렀다.

손정휴는 검수들을 돌아보았다.

철저한 수련을 통해 좀처럼 동요하지 않는 검수들이었지만 공성전 패배와 악침의 허무한 죽음으로 인해 분위기가 크게 침체되어 있었다.

손정휴는 이미 종말을 예감했다.

'아, 독보검궁이 이대로 무너지겠구나.'

한데 이때였다. 허공 저편에서 무수한 검형이 내리꽂히며 연무장을 가로지르는 천풍무국 전사들을 강타했다.

퍼— 퍼퍼펑—!

연이은 폭음이 터지며 천풍무국의 전열이 괴멸되었다. 무려 칠십 명에 달하는 전사가 몰살을 당한 것이다.

한 사람이 부공술을 전개해 검수들 뒤편에서 날아왔다. 풍성한 도포 차림의 노인은 다름 아닌 독보신검 하후패였다.

궁주 직을 제자에게 물려주고 폐관에 들어갔던 하후패가 다시 출관한 것이다.

하후패의 출현에 손정휴를 비롯한 검수들은 감격과 환희를 금치 못했다.

"사부님!"

"태상궁주님을 뵈옵니다!"

하후패가 비록 구주파천과의 대결에서 패해 불구의 몸이 되었지만 여전히 백도 최강의 검객이었다. 일각에서는 하후패가 패배를 당한 이후 오히려 더 높은 검도를 성취했다는 얘기도 있었다.

하후패의 출현으로 인해 장내의 분위기는 역전되었다.

천풍무국 주상은 하후패를 향해 간단히 포권을 취했다.

"독보신검, 예상과 달리 여전히 신위가 대단하군."

하후패는 주상을 직시하며 물었다.

"풍문에 의하면 네가 칠대악인 중 가장 악독한 옥면잔사라 하던데 사실이냐?"

"하하, 본좌가 과거에 누구인지는 중요하지 않다."

"그 말은 네 정체를 시인하는 것이냐?"

"본좌는 천풍무국의 주상으로 이제 무림황제이기도 하다."

"가당치 않다. 악의 괴수라면 걸맞겠구나. 하지만 본 궁을 침범한 이상 너의 흉악한 야욕도 끝이다.”

주상은 조롱의 미소를 띠며 비아냥댔다.

“구주파천조차 이기지 못한 주제에 감히 본좌를 상대하겠다는 것이냐?”

신랄한 모욕에도 하후패는 의연하게 응수했다.

“패배는 그저 과정일 뿐이다. 패배를 통해 얻은 것이 많다면 오히려 값진 패배가 아니겠느냐? 하지만 너 같은 족속은 한번의 패배로 좌절할 것이다.”

“하하, 그럴지도 모르지. 하지만 난 절대 패하지 않으니 그럴 일은 없을 것이다.”

주상은 장삼 자락을 젖히고 검을 뽑아 들었다.

스르릉……!

고색창연한 푸른빛이 감도는 청동검이었다.

“이 검은 천고의 신병인 태아검(太阿劍)이다. 이런 검에 죽는다는 것도 영광이다.”

“명검이든 신검이든 그저 검일 뿐이다.”

“하하, 이미 병기의 한계를 초월한 사람처럼 말하는군.”

주상은 태아검을 가볍게 휘둘렀다.

퍼퍼펑—!

연무장의 석판이 연이어 폭발하며 엄청난 검기가 노도처럼 뻗어나갔다.

하후패가 가볍게 손을 쥐자 손아귀에서 일곱 자 길이의 기검이 발출되었다. 진기로 형성된 기검은 초극 고수들만 발출할 수 있는 최고 절예 중 하나다.

하후패가 기검을 내리긋자 태아검에서 발출된 검기가 쪼개지며 좌우로 흩어졌다.

콰— 콰쾅—!

갈라진 검기는 지표를 가르며 수십 장이나 뻗어나갔다.

간단한 일초 교환만으로 사위로 폭풍이 휘몰아치자 손정휴는 급히 뒤로 물러섰다.

“최대한 물러서라!”

천향무후 역시 초극 고수들의 격돌이 어떠한 파괴력을 지니고 있는지 잘 알고 있기에 백 장 밖으로 피신했다.

“백사(白士) 이하의 전사들은 성곽까지 퇴각하라!”

천풍무국의 백사라면 일류 고수들이지만 그들 역시 격돌의 여파를 감당하지 못할 것으로 예상한 것이다.

주상은 자신의 일초가 간단히 무산되자 한껏 호기를 부렸다.

“하하, 모처럼 겨뤄볼 적수를 만났구나.”

그가 두 걸음을 내딛자 열여섯 개의 환영이 형성되었다. 각각이 환영은 제각기 다른 초식을 전개하며 하후패의 전신 요혈을 노렸다.

팔과 다리가 하나밖에 없는 하후패는 운신이 여의치 않기에 제자리에서 방어할 수밖에 없었다.

"천예만류!"

기검에서 엄청난 검화가 뿜어지며 마치 유성이 폭발하듯 비산되었다. 주상이 만들어낸 환영은 무수한 검화에 관통되면서 하나씩 소멸되었다.

주상은 현란한 환영술을 해소하고는 허공 높이 치솟아올랐다.

"자뢰폭!"

번— 쩍!

마치 천지를 가를 듯 강렬한 섬광이 지상으로 내리꽂혔다.

하후패는 천천히 기검을 회전시켜 원을 그렸다. 일순 거대한 태극도형이 형성되며 내리꽂히는 섬광을 막아냈다.

콰아아앙!

어마어마한 굉음이 터지며 연무장의 모든 석판이 치솟아올랐고 지표가 요동쳤다. 충돌의 여파로 인해 백여 장 밖의 전각이 와해됐고 수목이 뿌리째 뽑혔다.

"아아악!"

"크윽!"

천풍무국 전사들에 비해 연무장 가까이 운집해 있던 독보검궁의 검수들 수십 명이 오공으로 피를 토하며 나동그라졌다. 엄청난 내공의 충돌로 인해 오장육부가 으스러진 것이다.

한바탕 맹렬한 흙먼지가 피어오르다가 서서히 가라앉으며

격돌의 현장이 드러났다.

연무장은 흔적도 없이 사라졌고 거대한 분화구가 형성돼 있었다. 하후패가 딛고 선 일 장 이내만 온전했고 파헤쳐진 구덩이에서 뜨거운 열기가 피어올랐다.

천향무후는 바싹 긴장했다.

"으음, 믿을 수 없군. 불구의 몸으로 감히 주상의 절기를 막아내다니."

바닥으로 내려선 주상은 자신의 몸을 살펴보았다. 화려한 금룡포 일부가 찢겨져 있었다. 무시할 정도의 손상이었지만 하후패가 전혀 피해를 입지 않았다는 점을 감안한다면 자존심이 상한 결과였다.

일순 주상의 두 눈에서 은은한 핏빛 기운이 감돌았다.

"과연 독보신검이로군. 만일 이번 공격도 막아낸다면 독보검궁을 보존시켜 주겠다."

슈우우우……!

주상의 몸에서 검붉은 기류가 뿜어졌다.

하후패의 표정이 심각하게 굳어졌다.

"극마지기? 네가 악마지공을 수련한 것이냐?"

"카하핫, 병기를 구분하지 않은 당신이 무공은 구분하는 것인가?"

주상은 두 손으로 태아검을 감싸 쥐었다.

"혼천멸황세!"

찰나지간 세상의 모든 빛이 소멸되었다.

암흑천지.

그 절대적인 어둠 속에서 섬뜩한 귀곡성이 울려 퍼졌다.

하후패는 정광을 발하는 눈빛으로 칠흑 같은 어둠을 직시했다.

"아수라파천마공(阿修羅破天魔功)?"

순간 어둠 속에서 백팔 개의 검형이 내리꽂혔다. 핏빛처럼 붉은 검형은 마치 악마의 손톱처럼 귀기스러웠다.

하후패는 기검을 해소하고는 한 손을 가슴에 앞에 세웠다.

"오냐, 기꺼이 악마와 함께 죽겠다!"

하후패의 신형이 어른거리더니 눈부신 섬광으로 화했다. 검도 최절정인 어검술을 전개한 것이다.

번— 쩍!

백색 섬광은 암공을 가로지르며 백팔 개의 핏빛 검형과 연이어 충돌했다.

콰— 콰쾅—!

하늘과 땅이 뒤바뀔 굉음.

마치 천신과 마신의 격돌인 양 두 초극고수의 대결은 형상이 사라진 채 섬광과 폭음만 난무했다. 독보검궁 전체가 요동치며 전각과 담장이 무너져 내렸고 공력이 약한 자들은 오공으로 피를 흘리며 주저앉았다.

절세 급 고수인 천향무후조차 격돌이 어떻게 진행되고 있는지 제대로 파악할 수가 없었다.

'아, 주상께서는 무극지경에 이르셨다. 하지만 독보신검 역시 검신의 경지에 이르렀구나!'

마침내 엄청난 폭음이 터지며 주변을 뒤덮은 어둠이 스러졌다. 대신 희고 붉은 섬광이 사위로 폭사되었다.

퍼― 퍼퍼펑―!

지표면이 연이어 폭발하며 흙먼지가 자욱하게 피어올랐다.

독보검궁의 검수들과 천풍무국의 전사들은 잔뜩 긴장한 채 상황의 추이를 지켜보았다. 인간 한계에 이른 초극고수들의 승패 결과에 따라 양측이 운명이 걸려 있기 때문이다.

휘이이잉……!

세찬 소용돌이가 잦아들면서 장내의 전모가 드러났다.

주상은 안색이 창백하게 변색된 채 가늘게 떨고 있었다. 화려한 금룡포가 심하게 찢긴 것으로 미루어 상당한 내외상을 당한 듯싶었다.

그러나 하후패의 부상은 더 참혹했다. 무수한 검형에 관통된 그의 몸은 온통 피투성이였다.

풀썩……!

하후패가 주저앉듯 쓰러지자 손정휴가 급히 달려왔다.

"사부님! 사부님!"

손정휴는 하후패를 부축해 앉혔다.

“사부님, 괜찮으십니까?”

하후패의 입에서 연신 피가 뿜어지고 있었다.

“정휴야… 검궁을 지키지 못해… 부끄럽구나.”

하후패는 통한의 한숨을 내쉬고는 고개를 옆으로 꺾었다.

절명.

건곤불패에 이어 마지막 절대자가 장렬한 최후를 맞은 것
이다.

주상은 천향무후의 부축을 받으며 교자 안으로 들어섰다.
천풍무국 내에서 그는 신적인 존재였기에 부상당한 모습을
보이는 것 자체가 치욕이었다.

주상은 교자 안에서 가부좌를 틀고 앉았다.

“무후가 책임지고 독보검궁을 접수해라. 한 놈도 살려두지
마라.”

“예, 주상. 쥐새끼 한 마리 남기지 않겠습니다.”

명을 내리는 자나 그것을 수행하는 자나 잔혹하기는 마찬
가지였다.

교자를 나선 천향무후가 표독스럽게 외쳤다.

“주상의 신기에 독보신검은 죽었다! 졸개들을 모조리 죽여
라!”

“와아아!”

천풍무국 전사들은 검수들을 향해 노도처럼 달려들었다.

몸을 일으킨 손정휴가 분연히 외쳤다.

"태상 궁주님의 복수다! 최후까지 싸워라!"

죽음의 공포를 넘어선 독보검궁의 검수들은 당당히 맞서 싸웠다.

차차창—!

피와 죽음의 싸움터.

당대 최강 문파 중 하나인 독보검궁은 그렇게 무너져갔다.

까악까악……!

죽음의 냄새를 맡고 날아든 까마귀 떼가 독보검궁의 터전을 새까맣게 뒤덮었다.

독보신검 하후패를 비롯해 오백여 검수가 전멸했다. 모든 전각과 담장은 철저하게 파괴되었고 참상을 오래 남기기 위해 시체는 핏물 속에 남겨졌다.

이때 하나의 섬세한 인영이 참화의 현장으로 내려섰다.

눈앞에 펼쳐진 참혹한 광경에 한운지는 쏟아지는 눈물을 주체할 수가 없었다.

"흑……!"

누구보다 정의로운 협녀였기에 그녀는 독보검궁의 파멸을 자신의 죄로 돌렸다.

"죄송합니다, 노궁주님. 소녀가 무능해 아무런 도움도 드리지 못했습니다."

한운지는 비통함에 젖어 오랫동안 한 서린 눈물을 뿌렸다.

이윽고 깊은 상심에서 벗어난 한운지는 시체들을 수습하기 시작했다. 한두 구가 아니라 수백 구에 달하는 시체였지만 그녀는 힘겨운 작업을 혼자서 해냈다.

거대한 분화구처럼 파인 구덩이가 시체더미로 가득 차자 한운지는 주변의 흙을 끌어들여 거대한 봉분을 만들었다.

독보검궁은 철저하게 파괴되었지만 한운지 덕분에 망자들의 시신이 더 이상 훼손되지 않았으니 그나마 다행이었다.

한운지는 지전과 향을 사르며 독보검궁의 영령들을 위로했다.

"독보검궁은 위대했습니다. 사악한 무리들이 와해되면 검궁은 열사들의 성역으로 추앙을 받게 될 것입니다."

애도를 마친 한운지는 천천히 돌아섰다.

낙조에 물든 하늘이 더없이 붉다.

한운지는 붉은 하늘을 올려보며 결연하게 내뱉었다.

"하늘이 영원히 붉을 수는 없다. 아무리 밤이 깊어도 새벽은 온다. 무림 정기는… 이대로 말살되지 않을 것이다."

第四十六章
죽인 자의 책임

악중협 惡中俠

1

휘이잉……!

싸늘한 가을바람이 휩쓸고 지나가는 계곡은 모든 생명이 사라진 듯 을씨년스럽기만 했다. 계곡은 십수 년 전 붕괴된 이래 잡초조차 자라지 않는 죽음의 땅으로 남아 있었다.

이때 누군가 바위를 밟으며 계곡 안으로 들어섰다.

애초에는 깊은 계곡이었지만 한번 붕괴되면서 평범한 계곡으로 변해 버렸다.

이곳은 과거 칠대악인들의 비밀 회합 장소인 악인곡이었다. 하지만 그 내력을 알고 있는 사람은 천하에서 오직 두 사람뿐이다.

그 두 사람 중 한 명이 귀곡심악의 제자 무불악이었다.

무불악도 악인곡을 직접 찾아와 보기는 이번이 처음이라 조금은 흥미로웠다.

"이곳이 바로 악인들의 무덤이겠군. 세상에서 가장 잔인하고 음험한 악인들을 다섯이나 죽였으니 옥면잔사야말로 악중악이다."

무불악은 허공에 뜬 달로 시선을 올렸다.

"옥면잔사가 과연 직접 나타날까?"

옥면잔사가 직접 나설 일은 없겠지만 또한 자신의 도전장을 무시하지는 않을 것으로 짐작되었다. 어쨌거나 누구라도 악인곡으로 온다면 남양왕이 옥면잔사임을 인정하는 반증이기에 그것만으로 큰 소득이었다.

무불악은 악인곡으로 들어서기 전에 주변을 세심하게 수색했다.

옥면잔사와 같이 잔악하고 교활한 자가 자신을 살려두지 않으려 할 것이기에 매복이 있는지 확인해야 했다. 한데 예상과 달리 매복이나 함정은 전혀 설치되어 있지 않았다.

무불악은 오히려 그 점이 석연치 않았다.

"옥면잔사는 정말 나쁜 새끼다. 명예와 영광을 위해 자신의 과거를 숨길 수는 있지만, 십수 년 동안 살을 맞대고 살아온 아내를 죽였으니 인간이 아니라 짐승이다. 그런 놈이라면 나를 악인곡에 파묻으려 할 것이 당연한데 말이야……."

문득 주변의 공기가 달라졌다.

어둠을 환히 밝혀주던 달이 서서히 붉게 물들어가고 있었다.

혈월(血月)…….

무불악은 그것이 극마지기에 의한 현상임을 직감했다.

'이런 마기는 악마지공을 수련한 자들만이 뿜어낼 수 있다. 그렇다면 옥면잔사가 직접 왔단 말인가?'

전신의 솜털이 곤두서며 피가 끓어올랐다.

'옥면잔사! 마침내 네놈과 만나게 되었구나!'

이때 계곡 벼랑 위에서 붉은 섬광이 내리꽂혔다.

역한 비린내를 풍기는 붉은 섬광은 마왕의 거대한 손처럼 급속하게 확산된 장인(掌印)이었다. 그것이 악마지공 중 하나인 천마파옥수임을 무불악은 알지 못했다.

무불악은 빙글 회전하며 간장검을 후려쳤다.

"인사가 거칠구나!"

퍼엉……!

악마지공과 검강이 충돌하며 악인곡 전체가 요동쳤다.

"오호호호!"

면사로 얼굴을 가린 여인은 요사한 웃음을 흘리며 재차 공세를 펼쳤다. 길게 도드라진 손톱은 그 자체가 무서운 병기였다.

여인의 손톱이 스쳐간 벼랑이 맥없이 허물어졌다.

무불악은 상대가 옥면잔사가 아니라 여인이라는 사실에
적이 실망했다.

"마녀야, 옥면잔사는 어디 가고 네가 나선 것이냐?"

면사여인의 모발에는 푸른빛이 감돌고 두 눈에서는 핏빛
살광이 뿜어지고 있어 인간으로는 생각되지 않을 정도였다.

무불악이 신법으로 이동하자 마녀는 그림자처럼 따라붙으
며 혈옥수를 전개했다.

"죽어라, 원수!"

무수한 장인이 어지럽게 허공을 수놓으며 무불악의 전신
으로 내리꽂혔다.

무불악은 광명구양신공을 운기해 초운십팔장으로 맞섰다.

콰— 콰쾅—!

연이은 폭음이 터지며 곳곳의 벼랑이 무너져 내렸다.

"으윽……!"

무불악이 답답한 신음을 토하며 뒤로 미끄러지자 마녀는
더욱 짙은 마기를 발산하며 달려들었다.

"악적! 네놈을 찢어 죽이겠다!"

무불악은 잠시 마녀를 직시하다가 간장검을 내려쳤다.

"월성류— 은한파—!"

은하성천검법의 화려한 절기가 연속적으로 발출되면서 마
녀를 휘감았다. 그러나 마녀는 방어 따위는 전혀 생각지 않았
다. 그녀의 긴 손톱은 사신의 발톱처럼 무불악의 몸으로 파고

들었다.

"젠장!"

무불악은 급히 검법을 해소하고 뒤로 물러섰다.

찌이익―!

무불악의 왼쪽 어깨서부터 가슴까지 선명한 손톱자국이 새겨졌다. 그의 호신강기가 파훼됐으니 마녀의 조공은 실로 파괴적이었다.

그러나 무불악의 발출한 검기에 의해 마녀도 약간의 부상을 당하게 되었다. 베인 옷자락을 통해 드러난 피부가 울긋불긋했다.

마녀의 면사 일부가 베어지면서 무불악은 비로소 상대가 누구인지 알게 되었다.

"소채……?"

마녀는 흠칫하며 자신의 얼굴을 더듬었다. 비로소 면사가 베어진 것을 인식한 마녀는 면사를 마저 찢어버렸다.

끔찍한 마기를 뿜어내고 있지만 마녀의 이목구비는 인형처럼 또렷했다. 놀랍게도 마녀는 바로 잔광혈화 냉소채였다.

무불악는 가볍게 눈살을 찌푸렸다.

"냉소채, 대체 어떻게 된 거냐?"

냉소채의 입가에 싸늘한 미소가 감돌았다.

"무불악! 네놈을 죽이기 위해 악마의 절기를 수련했다."

"미친 계집! 네가 제정신이냐? 네 몰골을 봐라. 이러고도 네가 화훼문의 계승자라 할 수 있단 말이냐?”

“내 수명이 얼마 남지 않았는데 내 외모 따위가 무슨 대수란 말이냐? 네놈이 죽이기 위해 난 모든 것을 버렸다!”

냉소채의 피를 뿜는 듯한 원한에 무불악은 몸서리를 쳤다.

“소채, 우리 냉정하게 얘기해 보자. 내가 너와 잠시 다투었을 뿐인데 넌 나를 죽이려 했다. 모든 빌딘은 너 때문이었다. 왜 나를 건드려 화를 자초했단 말이냐?”

“네놈은 죽어야 할 악적일 뿐이다! 칠대악인의 후계자라면 네 행위에 관계없이 죽어 마땅하다!”

냉소채는 귀곡성을 발하며 천마파옥수를 전개했다.

무불악은 차마 냉소채를 죽일 수 없기에 피하기만 했다.

“멈춰, 이 바보 같은 계집! 넌 지금 속고 있는 거다! 정작 죽어야 할 놈은 네게 악마지공을 전수한 악적이다!”

“악마지공은 내가 간곡하게 청해서 수련한 것이다. 난 주상의 성은에 감사할 따름이다.”

“제기, 정말 단단히 미쳤군.”

무불악은 도저히 얘기가 통하지 않자 간장검을 꽂고 광명구양신공을 운기했다.

“네년 따위는 아무리 수련을 해도 내 상대가 못 돼.”

장심 가득 공력을 운집한 무불악은 폭풍벽파신권을 전개했다. 의천무경 중에서 가장 패도적인 절기답게 뇌성벽력이 울려 퍼지며 거대한 폭풍이 몰아쳤다.

마성의 포로가 된 냉소채는 오로지 복수만을 목표로 하고 있기에 무불악의 어떤 공격도 두려워하지 않았다.

"호호홋, 함께 죽겠다는 것이냐?"

냉소채는 핏빛 혈강으로 몸을 감싼 채 폭풍 속으로 뛰어들었다.

냉소채의 저돌적인 공세에 무불악은 찰나지간 갈등했다.

그가 광명구양신공을 극한까지 발출하면 냉소채를 악마지공을 격파할 자신이 있었다. 하지만 화훼문주에 이어 냉소채마저 자신의 손으로 죽여야 한다는 사실에 망설이지 않을 수 없었다.

그가 갈등하는 사이 냉소채는 바싹 접근하며 천마혈옥수를 내질렀다.

"죽어라, 원수!"

콰아앙!

가슴에 장인이 적중된 무불악은 피를 토하며 뒤로 나가동그라졌다. 그는 비로소 후회했지만 냉소채의 공세는 계속되었다.

"악천파혈!"

냉소채는 무불악을 찢을 듯 양손의 손톱을 세워들고 달려들었다.

무불악은 지그시 이를 물었다.

"오냐, 네년이 정 죽기를 원한다면 소원대로 죽여주겠다!"

허공으로 솟구친 무불악은 간장검을 뽑아들고 혼신의 진기를 운집했다.

번— 쩍!

세상의 모든 어둠이 스러질 아찔한 광휘가 확산되었다. 찬란한 빛의 세상 속에서 한 줄기 섬광이 긴 궤적을 이끌며 지상으로 내리꽂혔다.

검도 최고의 경지인 어검술.

퍼억—!

섬광으로 화한 간장검은 냉소채의 혈강을 파훼하고 그대로 관통했다.

"아아악!"

처절한 비명 소리와 함께 냉소채의 몸이 칠 장 밖으로 나가동그라졌다.

허공을 딛고 선 무불악은 앞으로 뻗은 손을 가볍게 쥐었다. 수백 장 밖으로 날아간 간장검이 곧바로 회수되며 무불악의 손에 쥐어졌다.

발검, 비검, 환검으로 이어지는 어검술을 삼 단계를 완벽하게 전개한 것이다.

무불악은 냉소채 옆으로 내려섰다.

"소채……."

가슴이 관통되면서 악마지공을 상실한 냉소채가 본래의 모습을 되찾았다. 병적으로 흰 피부와 또렷한 이목구비는 가히 당대 최고의 절색으로 손색이 없었다.

"우욱… 끝내… 너를 죽이지 못하다니……."

냉소채는 울컥 피를 토해냈다.

두 눈에 서린 무시무시한 핏빛 살광이 사라졌다. 대신 생명이 꺼져가면서 잿빛 기운이 짙게 피어올랐다.

무불악은 냉소채를 기대앉혀 주었다.

"이 바보야, 차라리 화훼문의 절기를 배워 복수를 할 생각을 해야지… 이게 무슨 꼴이냐?"

"억울해… 너무 억울해……."

냉소채의 눈에서 통한의 눈물이 흘러내렸다.

무불악은 그녀가 안쓰러웠지만 이미 가슴이 관통된 상태라 그녀를 되살릴 수도 없었다.

"소채, 마지막으로 소원이나 말해봐라. 가능하면 들어주겠다."

냉소채의 입가에 공허한 미소가 감돌았다.

"내 소원은… 너와 함께… 죽는 거다."

"그런 허튼소리 말고 다른 것을 말해봐. 물론 너를 이 지경으로 만든 놈은 반드시 죽여주겠다."

"나쁜 놈… 넌 나와 함께 죽어야 돼."

냉소채는 허리춤에서 솜으로 감싸져 있는 상자를 꺼내 들었다. 상자를 열자 밤톨만 한 구슬이 보였다.

무불악은 구슬에서 풍겨지는 매큼한 유황냄새에 공연히

불안해졌다.

"그게 뭐냐?"

냉소채는 주황빛이 감도는 구슬을 손에 쥐었다.

"무불악, 이제 함께… 황천으로 가는 거다."

"무… 무슨 소리냐?"

"이것은 벽력사가 남긴… 벽력회탄이다."

무불악이 피신하려 하자 냉소채는 두 손으로 벽력화탄을 감싸 쥐었다.

"멈춰!"

아무리 신법이 빨라도 산악을 통째로 날려 버리는 벽력화탄의 파괴력을 피해낼 수는 없었다.

"젠장."

무불악은 피신을 포기하고 냉소채 앞에 걸터앉았다.

"그래, 죽여라. 이 독한 계집!"

냉소채는 잿빛 눈으로 무불악을 직시했다.

"악인곡으로 오는 도중… 믿을 수 없는 풍문을 듣게 되었다. 천풍무국의 주상… 주상께서 옥면잔사라고 했다. 그것이 네 주장이라고 하더군… 그게 사실이냐?"

"틀림없는 사실이다. 놈은 자신의 정체를 숨기기 위해 칠대악인 중 다섯을 죽였다. 짐독 때문에 귀곡심악도 제 명을 못 살았으니 육대악인을 모두 죽였다고 해야겠지."

"왜… 왜……?"

무불악은 밤하늘을 올려보았다. 마기에 의해 변색됐던 붉은 달이 본래의 빛을 되찾았다.

"옥면잔사는 인간이 아니라 악마다. 놈은 자신의 사악함을 철저하게 숨기고 황실의 공주와 혼례를 올리기 위해 육대악인을 해친 것이다. 그래서 군왕의 지위까지 올랐으니 엄청난 성공이었지."

"군왕이라니……?"

"남양왕이 바로 옥면잔사다. 놈은 자신의 직위를 이용해 천풍무국이라는 거대한 세력을 창건했다. 놈의 특기가 몰살이니 이제 무림 천하가 와해되는 것은 시간문제다."

"맙소사……."

냉소채의 얼굴이 고통으로 일그러졌다.

"내가… 내가… 그런 악마의 소굴에… 몸을 담았었단 말인가?"

"그래, 이 바보 같은 계집아. 본래 이 악인곡에는 옥면잔사 그놈이 나왔어야 했다. 한데 그 사악한 놈이 너를 보내리라고는 꿈에도 생각지 못했다."

"……."

냉소채는 참담한 모습으로 고심하다가 무불악에게 시선을 돌렸다.

"주상… 아니, 그 악마는… 너무 강하다. 누구도… 악마를 이기지 못할 거다. 너도… 마찬가지야."

무불악은 냉담하게 응수했다.

"이제 황천으로 가게 됐는데 놈과 싸울 기회나 있겠냐?"

벽력화탄을 감싸쥐고 있는 냉소채의 손이 달달 떨린다.

냉소채는 가쁜 숨을 몰아쉬며 벽력화탄을 다시 상자에 담았다.

"무불악, 네가… 악마를 죽여라."

"소채……?"

"오해 마라. 네놈을… 용서하는 게 아니니까. 하지만… 지금은 악으로써 악을 제거해야 할 상황인 것 같구나……. 우욱!"

냉소채는 울컥 피를 쏟고는 고개를 뒤로 젖혔다.

"사부님… 복수를 이루지 못한… 저를 용서……."

"소채……?"

무불악은 가까이 다가서며 냉소채의 손을 쥐었다. 이미 생명의 기운이 사라졌는지 싸늘한 한기가 느껴졌다.

눈도 못 감은 통한의 운명.

무불악은 냉소채의 눈을 감겨주었다.

"독한 계집, 정말이지 너를 만난 게 후회된다."

돌이켜 보면 두 사람은 사소한 다툼에서 시작돼 화훼문주가 죽고 이제 냉소채마저 목숨을 잃은 비극으로 끝나고 만 것이다.

무불악은 벽력신단을 챙겨 넣고는 냉소채를 안아 들었다.

"화훼문에 데려다 주겠다. 그것이 내가 해줄 수 있는 유일한 배려인 것 같구나."

악인곡 입구.

무불악은 뜻밖에도 한운지를 만나게 되었다.

"너… 어떻게 알고……?"

"당신은 행적에 대해서는 언제나 파악하고 있죠. 한데 그 여인은……."

한운지는 무불악의 품에 안겨 있는 냉소채를 대번에 알아보았다.

"아니, 잔광혈화 냉 소저가 아닙니까?"

냉소채의 맥을 짚어본 한운지는 하얗게 질려 무불악을 직시했다.

"다… 당신… 냉 소저까지……?"

무불악은 한운지 옆으로 지나치며 무겁게 내뱉었다.

"그럼 어떻게 해? 내가 죽었으면 좋겠어?"

한운지가 무불악의 등을 향해 외쳤다.

"멈춰, 이 살인마야!"

무불악이 그대로 걸음을 옮기자 한운지가 훌쩍 몸을 날려 그를 막아섰다.

"이 악독한 살인마!"

막사검을 뽑아 든 한운지는 무불악의 목을 겨누었다.

"어떻게… 어떻게 이럴 수 있어? 당신은 너무도 많은 명사들을 죽였어. 화훼문주, 천투무적, 건곤불패, 그리고 이제 냉소저까지……."

한운지의 얼굴이 눈물로 얼룩졌다.

무불악은 막사검을 밀쳐내고는 한운지를 지나쳤다.

"옥면잔사 그 악독한 놈이 소재를 대신 보냈다. 소채는 나에 대한 복수심 때문에 무서운 악마지공까지 수련했다. 나로서는 어쩔 수 없었다."

"아아……!"

한운지는 긴 한숨을 내쉬며 막사검을 거둬들였다. 그녀는 무불악과 어깨를 나란히 했다.

"얘기 좀 해요."

아무리 늦은 시각에 찾아가도 문전박대를 받지 않는 상점이 있다.

늙은 장의사가 냉소채를 염습하는 동안 무불악은 한운지와 함께 관에 걸터앉아 술을 마셨다.

"정말 기분이 찜찜하다."

무불악은 거푸 독한 죽엽청을 마셔댔지만 취기를 전혀 느낄 수 없었다.

귀곡심악의 제자가 된 이후 갖은 악행과 살인을 저질렀지만 이렇듯 기분이 더럽기는 처음이었다. 냉소채의 죽어가는 모습을 지켜보는 심정이 너무도 불편하고 착잡했었다.

한운지는 잔뜩 원망 어린 눈빛으로 무불악을 쏘아보다가
술병을 잡아챘다.

"이렇게 괴로워할 것이면서 왜 냉 소저를 해친 겁니까?"

"운지, 내가 냉소채 때문에 이러는 줄 알아?"

"그럼 왜……?"

"옥면잔사 그 악랄한 놈의 존재를 미리 찾아내지 못해 화
가 나서 이러는 거다. 정말이지 잔악한 새끼야. 나를 죽이기
위해 냉소채를 이용한 거지. 바보 같은 계집애가 그것을 전혀
몰랐으니 얼마나 한심하냐?"

무불악은 다시 술병을 빼앗아 들고 입에 쏟아부었다.

한운지는 그의 심정을 헤아려 부드럽게 위로했다.

"무 공자, 그만 자책해요. 냉 소저가 비록 복수를 이루지
못했지만 벽력화탄을 터뜨리지 않았다는 것은 나름대로 당신
을 용서했기 때문입니다."

"내가 누군데 그따위 계집한테 용서를 구한단 말이냐?"

"당신의 이런 모습 때문에… 소녀가 당신을 미워하고 싶어
도 미워할 수가 없습니다."

"……"

"사해천악답게 자책은 그만하세요. 그 분노와 끓는 피를
천풍무국을 향해 쏟아부으세요. 그것이 바로 냉 소저가 벽력
화탄을 터뜨려 당신과 함께 죽지 않은 이유입니다."

무불악은 벽에 기대앉았다.

“천풍무국 놈들이 뭔 짓을 하던 난 개입하고 싶지 않다. 난 옥면잔사 그놈만 죽이면 돼.”

“그 악마를 죽이기 위해서라도 천풍무국을 와해시켜야 합니다. 그렇지 않고서는 절대 그 악마를 죽일 수 없어요.”

“그럼 무림 천하가 천풍무국의 세상이 될 때까지 기다리겠다. 놈이 자신의 무림 제국을 둘러보기 위해 한번쯤은 순례에 나설 것 아니겠어? 그때 놈을 찾아가 죽이겠다.”

무불악이 시종 천하 정세를 외면하자 한운지가 매섭게 쏘아붙였다.

“세상이 이렇게 된 것은 모두 사해천악 당신 탓입니다. 만일 화훼문주와 천투무적, 건곤불패가 건재했다면 천풍무국이 이렇듯 전방위적인 공격은 전개하지 못했을 겁니다. 아니, 아예 무림대전이 발발하지 않았을 지도 모릅니다. 따라서 이 모든 사태는 당신이 책임져야 합니다!”

“그런 억지 같은 소리 마.”

“억지가 아니라 순리입니다. 매듭은 묶은 자가 풀어야 하듯 당신이 천하를 지탱해 온 기둥들을 무너뜨렸으니 대신 천하를 짊어져야 합니다!”

역한 감정을 토해낸 한운지는 소매로 얼굴을 가리며 고개를 돌렸다.

“진심으로… 부탁드립니다…….”

“……”

무불악은 오열하고 있는 한운지를 물끄러미 바라보다가 몸을 일으켰다.

"그만 좀 울어. 슬퍼도 울고, 기뻐도 울고, 화나도 울고, 괴로워도 울고……. 너는 울지 않을 때가 없어."

"소녀를 이렇게 만든 사람은… 당신입니다."

"알았으니 그만해."

무불악은 한운지의 어깨를 다독이며 활달하게 말했다.

"네 말대로 이번 한번만 내가 책임을 지겠다."

"무 공자……?"

한운지의 그늘진 얼굴에 배꽃처럼 환한 미소가 피어올랐다.

"진심이세요?"

"그래. 말해봐. 내가 어떻게 해주었으면 좋겠냐?"

2

안휘성 황산.

천고의 명산이 사흘 전부터 피와 죽음으로 얼룩지고 있었다.

구주파천에 의해 성채를 잃은 사파연맹은 사련회를 터전으로 삼았다가 천풍무국의 침공을 받자 황산으로 도피했다.

그러나 천풍무국 전사들은 집요하게 추격을 펼쳐 왔고 사파연맹은 험준한 황산 준령을 경계로 삼아 천풍무국과 치열한 공방전을 벌이는 중이었다.

사파연맹 침공을 지휘하는 자는 천풍무국의 삼상(三相) 중 하나인 혈잔상(血殘相)이었다.

혈잔상은 과거 구대천마에 버금갈 대마두였는데 천등성현에 의해 구대천마가 금마곡에 감금되자 세상에서 모습을 감추었다. 그런 마왕이 여태 살아 있었던 것이다.

혈잔상은 무풍전주와 금령과 은령 등의 수뇌 급들을 모아 놓고 총공격을 명했다.

"오늘 싸움에서는 사파의 쓰레기들을 철저하게 소탕해야 한다. 특히 맹주인 요녀는 반드시 죽여야 한다. 실패한다면 너희를 참할 것이다."

단단히 으름장을 놓은 혈잔상은 선두에 서서 흑사곡으로 들어섰다.

온통 거무튀튀한 바위로 이루어진 흑사곡은 황산에서 가장 험준한 계곡이었다. 좌우 벼랑은 아주 높았고 넓은 계곡이 갑작스럽게 좁아지기도 하는데다 표고차가 심해 가파른 고개가 관문처럼 길을 막기도 했다.

천풍무국 전사들이 좁은 협곡을 지나게 되자 좌우 벼랑에서 불화살, 암기, 바윗덩이가 쏟아져 내렸다.

"케헤헤, 또 죽으려 왔느냐?"

"지독한 놈들이로군."

“오늘은 아예 씨를 말려 버리자!”

천풍무국 전사들은 일제히 방패를 쳐들어 견고한 방어막을 형성했다. 일부 전사들이 바윗덩이에 정통으로 맞아 방패와 함께 두개골이 깨지기도 했지만 진군은 비교적 순조로웠다.

“차아앗!”

혈잔상을 비롯한 수뇌 급들이 급경사를 차고 올라 좌우 벼랑 위로 올라섰다.

벼랑 위에서 공격을 펼치던 사파연맹 무사들은 잽싸게 동혈 속으로 뛰어들었다. 벼랑 위에는 개미 구멍처럼 복잡한 동혈이 뚫려 있어 은신에 아주 유리했다.

혈잔상은 동혈 입구를 파괴했다.

“놈들의 이동로를 폐쇄하라!”

퍼— 퍼펑!

벼랑 위에서의 공격이 봉쇄되자 천풍무국 전사들은 보다 수월하게 진군할 수 있었다.

협곡을 벗어나자 넓은 계곡이 펼쳐졌다.

계곡 저편으로 사파연맹의 무사들이 도열해 있었다. 단순히 머릿수로만 계산한다면 천풍무국 전사들보다 훨씬 많았다.

은색 바람막이를 두른 은월영은 여덟 개 사파 세력의 종주들인 팔대수괴를 대동해 선두에 서 있었다.

천풍무국 전사들은 이십여 장 거리를 두고 진군을 멈추었고 혈잔상이 수뇌 급들을 대동해 은월영 앞으로 내려섰다.

"네년이 사파의 버러지들을 이끄는 요녀냐?"

은월령은 도도하게 턱을 치켜들며 빈정댔다.

"어마, 명색이 천풍무국의 대가리쯤 되는 늙은이가 너무 무식하다. 좀 품위있게 애기하면 안 돼?"

"너 같은 암컷 따위를 상대하는데 품위가 필요있겠느냐?"

"호호, 평생 똥만 처먹고 살았나 봐. 입이 정말 구리군."

은월영은 예리하고 응수하고는 사르르 눈웃음을 쳤다.

"혈잔상, 우리 협상하는 게 어때? 우리 사파연맹은 절대 무너지지 않아. 힘이 부족할 때면 쥐구멍에라도 숨어 있다가 상대가 약해지면 다시 나타나 물어뜯지. 지금은 천풍무국이 강성할 때이니 우리는 그냥 쥐 죽은 듯 숨어 있을 거야. 그러니 본 맹을 토벌한 것으로 여기고 이만 돌아가라."

"어느 때고 본 국의 등에 칼을 꽂을 네놈들을 그냥 놔두란 말이냐?"

"왜 이래, 겁쟁이처럼? 그까짓 암습이 두려워한다면 어떻게 천하를 정복할 수 있겠어?"

혈잔상의 애꾸눈에 잔혹한 빛이 피어올랐다.

"오냐, 네년과 팔대수괴가 대가리를 바친다면 나머지 버러지들은 살려주겠다. 이 정도면 공평한 협상이 되겠지?"

"호호, 역시 무식한 늙은이라 애기가 통하지 않는다니까?"

은월령은 허리춤에서 작은 활을 끄집어냈다.

"만일 네가 이 화살을 받아낼 수 있다면 기꺼이 목을 바치겠다."

애들 장난감처럼 작은 활이라 혈잔상은 코웃음부터 쳤다.

"크홋, 미친 계집. 사파연맹에는 병기가 그렇게 없느냐?"

"미안해. 본 맹이 조금 가난하거든."

은월령은 두 자를 겨우 넘을 만한 짧은 화살을 활시위에 걸었다.

"피하지는 마라. 이런 화살이 두려워 피한다면 정말 쪽팔리지 않겠어?"

화살이 활시위에서 벗어났다.

번— 쩍!

오만한 웃음을 흘리고 있던 혈잔상은 아찔한 광휘에 안색이 싹 변했다.

그도 그럴 것이 은월영이 발사한 활은 신기자가 제작한 신병 중 하나인 예천궁으로 세상에서 가장 강력한 활이었다. 또한 화살은 금강지체도 관통한다는 예사구관시였다.

혈잔상은 절정의 신법을 구사해 유령처럼 옆으로 피신했다.

그가 피하는 바람에 섬광으로 화한 화살은 천풍무국 전사들을 향해 그대로 뻗어나갔다.

퍼퍼퍽—!

연이은 폭음과 함께 비명이 꼬리를 물었다. 전사들이 지니고 있었던 방패도 무용지물이었다. 수십 명을 관통한 예사구관시는 바위 벼랑에 깊이 박힌 후에야 비월을 멈추었다.

은월영은 요사한 웃음을 터뜨리며 한껏 놀려댔다.

"호호호, 보기보다 겁이 많구나? 한 번 더 받아보겠느냐?"

잔뜩 격분한 혈잔상이 은월영을 향해 날아들었다.

"이런 간사한 년!"

혈잔상은 칼등이 활처럼 휜 반월도를 내려쳤다.

"뒈져라!"

은월영은 면도를 뽑아 응수했다.

"모두 공격해라!"

은월영이 치솟아오르자 팔대수괴는 수하들을 대동해 달려나왔다. 천풍무국의 수뇌들 역시 전사들과 함께 공격에 나섰다.

콰— 콰쾅—!

거대한 협곡은 삽시간에 치열한 전장으로 변했다.

계곡 상공에서는 혈잔상과 은월영이 연신 교차하면서 접전을 벌이고 있었다. 혈잔상이 적극적인 공격을 펼치는 쪽이었고 은월영은 지형을 이용해 정면 대결은 최대한 피했다.

은월영은 간간이 계곡 바닥까지 내려와 천풍무국의 전사들 몇 명을 죽이고는 다시 혈잔상과 맞서 싸웠다.

은월영의 신법이 워낙 빠른데다 간간이 기습을 펼치고 도주하기에 혈잔상은 악을 써대며 은월영을 뒤쫓는 데만 급급했다.

그러나 전체적인 전황은 사파연맹이 불리했다.

군병들처럼 잘 훈련된 천풍무국 전사들은 대형을 갖춰 조금씩 전진해 왔다. 열 걸음씩 전진할 때마다 후열의 전사들이 앞으로 나섰기에, 순환 공격에 익숙하지 못한 사파연맹의 무사들은 계속적으로 새로운 전사들과 싸우는 격이 되었다.

은월영은 혈잔상과 겨루는 와중에도 전황을 살피고 있었다. 그녀는 예상보다 훨씬 막강한 천풍무국의 전력에 내심 초조함을 금치 못했다.

'이 새끼들 정말 세군. 전력상 유리하다고 판단해 맞붙었는데 전술에서 밀리고 있어.'

은월영은 황산을 꼭 고집할 이유가 없기에 퇴각을 염두에 두었다.

'제기, 아예 장강을 건너 영외까지 도피해야겠어.'

도주할 생각은 팔대수괴들 역시 마찬가지로 품고 있었다. 자존심과 명예보다는 목숨을 더 중시하는 자들이기에 패배는 그들의 일상이기도 했다.

사파연맹 무사들이 슬슬 뒷걸음질을 치기 시작하자 천풍무국 전사들의 공세가 더욱 격렬해졌다.

한데 이때였다. 천풍무국 전사들의 배후가 갑작스럽게 어지러워졌다.

"악!"

"어억!"

마치 폭발이라도 일어난 듯 수십 명의 전사가 튕겨져 올랐다.

한 사람이 전사들 사이를 지나며 주먹을 내지르고 발길질을 내지르고 있었다. 보기에는 간단한 동작이었지만 일권일퇴가 전개될 때마다 십수 명씩 나가동그라졌다.

그를 본 은월영의 표정이 환해졌다.

"불악! 네가 와주었구나!"

은월영은 면도를 휘둘러 혈잔상을 밀쳐 내고는 사파연맹 무사들 앞으로 내려섰다.

"물러서지 마라! 사해천악이 돌아왔다!"

사파연맹 무사들에게 있어 무불악은 두려운 수호신이었다. 은월영이 무불악을 자신의 연인으로 공표했지만 당대의 절대자를 둘씩이나 죽였으니 공포감은 지울 수 없었다. 어쨌거나 무불악이 지원해 준다면 전세는 역전될 수 있는 상황이었다.

무불악이 전사들을 관통해 계곡 중앙에 이르자 혈잔상이 그를 막아섰다.

"네놈이 바로 무불악이냐?"

무불악은 혈잔상을 쓸어보고는 짜증스럽게 내뱉었다.

"이 흉측한 외눈박이는 또 뭐야?"

은월영이 앞으로 나서며 외쳤다.

"불악, 놈은 천풍무국의 삼상 중 하나인 혈잔상이야! 구대마왕과 버금가는 마두이니 조심해!"

혈잔상은 반월도로 무불악을 가리켰다.

"네놈의 악명은 익히 들었다. 네놈 역시 사파와 한통속이니 척살 대상이다."

"외눈박이, 웬만하면 꺼져라. 내가 기분이 좀 그렇다."

"네놈이 어떤 기분인지 몰라도 내가 위로해 주겠다!"

혈잔상은 득달같이 달려들며 혈월도를 내려쳤다.

그는 무불악에 대한 얘기를 익히 들었기에 초반부터 최고 절기를 구사했다.

"어라, 제법이네?"

무불악은 감시 경시하지 못하고 간장검을 뽑아 들었다.

차─ 차창─!

일초를 교환했을 뿐이건만 금속성이 수십 번이나 울려 퍼졌다.

혈잔상은 현란한 보법을 전개해 무불악의 눈을 어지럽히며 연속적으로 쾌도를 전개했다. 허공을 가르는 바람 소리가 아주 강렬해 마치 귀곡신의 호곡성 같았다.

무불악은 바싹 긴장하며 검극에 진기를 주입시켰다.

'혼천마도에는 미치지 못해도 무시무시한 도법이로군.'

무불악이 뒤로 물러서자 혈잔상은 한껏 기세가 올라 맹공을 펼쳤다.

"카하핫, 고작 이 정도냐?"

쐐애액―!

수십 개의 도기가 연속적으로 내리꽂혔다.

무불악은 정신을 집중해 한 가지 절기를 떠올렸다.

마정파천황!

건곤불패가 구사한 악마의 도법마저 격파한 최강의 검법 절기다. 아직 완성된 절기는 아니지만 현 무림에서 그의 절기를 감당할 수 있는 사람은 다섯 명도 채 되지 않는다.

"차아앗!"

무불악은 힘찬 기합을 외치며 마정파천황을 발출했다.

차― 차차창!

날카로운 금속성이 난무하는 가운데 핏빛 기운이 스러지며 허공에 떠 있는 혈잔상의 모습이 분명하게 드러났다. 혈잔상은 칼을 치켜든 채로 마치 보이지 않는 못에 박힌 듯 허공에 고정돼 있었다.

쩌저정……!

혈잔상의 반월도가 산산이 부서졌다. 이어 혈잔상의 전신에서 피가 분출되며 폭음과 함께 흩어졌다.

참혹한 분사.

혈잔상은 육신 한점 남기지 못한 채 그렇게 사라져 버렸다.

이를 지켜본 사파연맹 무사들은 일제히 환호하며 함성을

질러댔다.

"와아아!"

"과연 사해천악이다!"

반면 혈잔상이 무참하게 살해되자 천풍무국 전사들은 하늘이 무너지는 충격에 빠지고 말았다.

은월영은 기회를 놓치지 않고 공격을 명했다.

"죽여라─ 모조리 죽여 버려!"

잠시 전까지 도주를 모색했던 팔대수괴와 사파연맹의 무사들은 다투듯이 앞으로 나섰다.

"새끼들, 감히 우리를 죽이겠다고?"

"사파연맹이 그렇게 호락호락해 보였냐?"

"이제는 네놈들이 죽을 차례다!"

전의를 상실한 천풍무국 수뇌들은 서둘러 퇴각을 지시했다.

"퇴각하라─ 전원 퇴각하라─!"

천풍무국 전사들은 워낙 훈련이 잘돼 있어 퇴각하는 와중에도 대형을 유지했다. 무풍전주를 비롯한 금령과 은령 등의 수뇌 급들이 배후에 서서 전사들의 퇴각을 지원했다. 그 바람에 사파연맹의 반격은 예상외로 큰 효과를 보지 못했다.

은월영은 무불악을 와락 끌어안았다.

"불악, 역시 넌 최고야. 하기는 건곤불패를 살해한 네가 혈잔상 하나를 못 죽이겠어?"

무불악은 은월영을 밀치고 느릿느릿 걸음을 옮겼다.

"피곤해. 난 좀 쉬어야겠다."

은월영이 다시 달라붙으며 팔짱을 꼈다.

"그래, 몹시 피곤해 보인다. 내가 지켜줄 테니까 마음 푹 놓고 자."

모처럼 단잠을 자고 깨어난 무불악은 침소를 나섰다.

은월영은 식탁에 차려진 음식을 치우려다가 반색을 띠었다.

"어마, 깨어났네?"

무불악은 은월영이 건네는 차 대신 술병을 집어 들었다.

"내가 얼마나 잔 거냐?"

"이틀을 꼬박 잤어."

"한데 내 몸에 왜 죄다 붕대를 감아놓았어?"

"부상이 심하더라고. 대체 누구와 싸웠어?"

무불악은 아무런 대꾸 없이 술을 마셨다. 빈속이라 그런지 술 한 모금에 빙글 돌았다.

은월영이 시비를 호출했다.

"요리를 새로 준비시킬 테니 잠시 기다려."

"됐다. 아직 먹을 만한데 뭐."

무불악은 손에 잡히는 대로 음식을 먹었다.

은월영은 시비들을 내보내고는 옆에 바싹 붙어 앉아 시중을 들었다.

“표정이 왜 그래? 백을천의 팔을 벴을 때보다 더 짜증이 난 모습이야.”

“옥면잔사 그 새끼 때문에 너무 화가 난다.”

“놈을 만나지 못한 거야?”

“그 새끼가 다른 사람을 대신 보냈다. 계집인데 악마지공을 터득해 며칠 살지도 못하는 신세가 되었지.”

무불악은 술 한 병을 단숨에 비웠다.

은월영이 안주를 먹여주며 넌지시 물었다.

“그 계집이 누구였는데?”

“잔광혈화.”

“뭐야, 잔광혈화 냉소채라고?”

은월영은 눈을 반짝이며 다시 물었다.

“정말 냉소채였어? 그럼 그 계집은 죽었겠네?”

“그래. 악마지공을 구사하며 공격해 오는데 죽이지 않을 수가 없었다.”

“야호!”

은월영은 갑작스럽게 환호하며 팔짝팔짝 뛰었다.

“됐어! 이제 된 거야!”

무불악은 황당한 표정이 되어 물었다.

“은월영, 너 미쳤나? 넌 냉소채와 아무런 연관도 없는데 왜 그렇게 좋아해?”

“호호, 왜 연관이 없어? 미모로만 논한다면 잔광혈화가 당대 최고의 미녀라고 하더군. 그런 계집이 죽었으니 당연히 내가 좋을 수밖에.”

“나쁜 년. 너 정말 나쁜 년이구나?”

“바보, 이럴 때는 정말 솔직하다고 말하는 거야. 자신보다 잘난 계집이 죽었다는데 좋아하지 않을 계집이 어디 있어? 아마 천기무화조차 내심으로는 반가웠을 거다.”

무불악은 어처구니가 없어 절로 실소를 흘렸다.

“명색이 사파의 맹주라는 계집이 어린애같이 구는구나. 네가 지금 얼굴 따질 신분이냐?”

“알았어. 나 혼자만 좋아하면 되는 거지?”

은월영은 소매로 얼굴을 가리며 키득거렸다.

무불악은 그녀를 물끄러미 바라보다가 창쪽으로 시선을 돌렸다.

“너같이 나쁜 계집은 죽여야 하는데 왜 네가 밉지 않은지 모르겠다.”

“당연하지. 너도 나쁜 놈이잖아? 본래 악과 악은 통하는 법이지. 네가 천기무화와 어울리지 못하고 나한테 온 것을 보면 역시 까마귀는 까마귀끼리 어울리는 게 순리야.”

“틀린 말은 아니다. 까마귀가 제 털 검은지 모르고 백로와 어울려 있다 보니 자기도 백로인 줄 착각한다더군. 내가 잠시 그런 적이 있었다. 하지만 역시 까마귀와 백로는 함께 어울릴 수 없더라고.”

은월영은 무불악 옆에 바싹 붙어 앉으며 애교스럽게 물었다.

"너도 이제야 나한테 매력을 느꼈나 보구나. 그렇지?"

"코 먹은 소리 그만하고 똑똑히 들어."

무불악은 은월영을 끌어다 맞은편 의자에 앉혔다.

"내가 꼭 죽여야 할 원수가 천풍무국의 주상인 옥면잔사다. 한데 놈의 세력이 워낙 거대해 접근할 수가 없다. 그래서 천풍무국부터 박살 내기로 했다. 내가 결정했으니까 너도 따라야 한다. 알았어?"

"흥, 너답지 않게 웬 협사 노릇이냐? 우리는 그저 가만히 관망하는 게 상책이야. 천풍무국이 아무리 막강한 세력이라 해도 천하를 정복하는 데는 한계가 있어. 아직 불패성이 건재하고 소림과 무당, 화산은 봉문 상태이기는 해도 함락되지 않았어. 조만간 불패성을 중심으로 백도연합이 결성돼 건곤일척의 승부를 벌이겠지. 아마 양측 모두 결단날 거다."

무불악은 술을 입에 털어 넣었다.

"그러니까 너는 기다렸다가 어부지리를 취하겠다 이거냐?"

"당연하지. 이것은 세 살 먹은 애도 생각할 수 있는 아주 단순한 논리야."

"그렇게는 안 돼. 내가 천기무화와 약조한 이상 사파연맹도 무림대전에 뛰어들어야 한다."

은월영의 눈이 샐쭉해졌다.

"뭐야?"

무불악은 자연스럽게 그녀의 눈길을 피했다.

"강호가 이런 상황이 된 게 나 때문이라고 하더군. 화훼문주와 냉소채, 천투무적과 건곤불패를 내가 죽이는 바람에 천풍무국이 침공을 펼쳤다고 했다. 죽인 자의 책임…… 만일 사파연맹이 나서지 않겠다면 나 혼자 나설 수밖에."

"……!"

은월영은 마뜩찮은 눈빛이 무불악을 쏘아보다가 자리에서 일어섰다.

"알았어. 강호 정세를 파악한 후 다시 생각해 볼 테니까."

몸을 일으킨 무불악이 그녀의 허리에 팔을 둘렀다.

"그럴 시간 없다. 당장 결정해."

"뭐야? 이 손 놓지……."

무불악은 은월영을 와락 끌어안고는 입을 맞추었다. 은월영은 잠깐 거부하는 듯하다가 무불악을 부둥켜안았다.

백도는 명분에 움직이고 흑도는 기분에 움직인다.

침상에 눕혀진 은월영은 음탕한 색녀처럼 무불악의 품속으로 파고들었다.

"불악, 앞으로 천기무화의 부탁 따위는 들어주지 마. 이번이 마지막이야. 알았어?"

第四十七章
마왕과의 협상

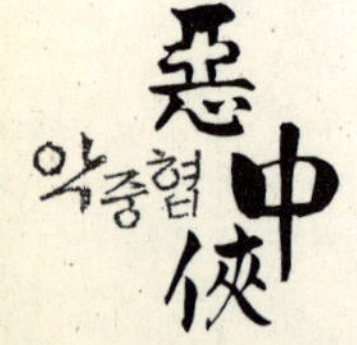

1

　남양왕은 건명궁 유장고에서 골동품을 감상하고 그림을 그리며 자신만의 시간을 보내고 있었다.

　남양왕이 유장고 내에 있을 때는 누구도 방해할 수 없기에 식사도 함부로 들일 수 없다. 중신들 또한 업무 보고를 할 수 없어 아주 중대한 사안이 아니면 화운군주의 결재를 받아 집행하곤 하였다.

　시비들은 남양왕에게 방해가 되지 않도록 식사와 차를 준비했다가 조용히 회수하는 것이 그녀들의 중요한 임무였다.

　이때 안쪽 서가에서 가벼운 인기척이 들려왔다.

　서가 사이를 지나 중앙 탁자로 나온 사람은 놀랍게도 또 하

나의 남양왕이었다. 그림을 그리던 남양왕은 새로운 남양왕
을 대하자 급히 부복하며 절을 올렸다.

"전하를 뵈옵니다."

"그래, 수고 많았다."

새로운 남양왕은 일반 장삼을 벗고 금포로 갈아입었다.

그가 바로 진짜 남양왕이다.

그는 천풍무국의 주상으로 독보검궁 공략에 나섰다가 독
보신검과의 대결에서 내상을 당하자 패업을 잠시 보류하고
남양왕부로 귀환한 것이다.

그동안 건명궁을 지키고 있던 자는 가짜 남양왕이었다. 그
는 외부와 연결된 비밀 통로에서 그림자처럼 지내다가 진짜
남양왕이 출타했을 때 잠시 유장고를 지키며 남양왕 행세를
해왔다.

사실 황족들은 일신의 안위와 비밀스런 행동을 위해 대역
을 만들어놓는 경우가 다반사이기에 가짜 남양왕의 존재가
아주 특별한 경우는 아니었다.

문제는 가짜 남양왕의 존재를 왕부 내에서 화운군주조차
모른다는데 있었다. 그만큼 남양왕은 자신의 대역에 대해 철
저하게 비밀을 유지해 왔었다.

남양왕은 자신의 대역이 그리다만 그림을 훑어보았다.

"그림 솜씨가 많이 늘었구나."

"송구합니다, 전하."

“하지만 여전히 남에게 내놓을 수준은 못 된다.”

남양왕은 붓을 들고 대역이 그림에 손질을 가했다. 그는 서화에 아주 능통했기에 몇 번의 덧칠만으로 대역의 그림을 한 단계 높은 수준으로 만들어놓았다.

남양왕은 그림의 여백에 시를 써넣으며 물었다.

“침입자에 대해서는 알아보았느냐?”

“예, 전하. 침입자가 누구인지는 분명치 않지만 한 가지 단서를 알아냈습니다.”

“무엇이냐?”

“왕후마마께서 승하하신 후 군주께서 호위장인 양설군을 비밀리에 출타시켰습니다. 그리고 열흘쯤 후에 양설군이 한 계집과 함께 귀환한 것이 확인되었습니다.”

“그 계집이 누구냐?”

“계집이 일반 시녀의 복장을 하고 있었기에 누구인지는 확인하지 못했습니다. 하지만 양설군을 심문하면 알아낼 수 있을 것입니다.”

“알겠다.”

남양왕이 가볍게 소매를 젓자 대역은 정중히 절을 올리고는 서가 사이로 사라졌다.

남양왕은 완성된 그림을 쓸어보고는 박박 찢었다. 대역의 그림솜씨는 그와 견줄 수준이 아니기에 아무리 덧칠을 해도 저속함을 지울 수 없어서였다.

"주약란이 은밀하게 계집을 끌어들였다……. 대략 짐작할 수 있지만 확인할 필요가 있겠군."

모처럼 남양왕의 주재하는 연회가 거행되면서 남양왕부는 활기를 띠었다. 남양왕이 연회를 베푼다는 것은 성혜왕후에 대한 주모와 애도 기간이 끝났음을 의미하는 것이기 때문이다.

남양왕은 화운군주와 문무상을 비롯해 무장들과 문관들을 호출해 연회를 베풀고는 남만 정벌의 승전을 자축했다.

이때쯤은 원정군이 모두 귀환한 상태였기에 남양왕은 공을 세운 무장들을 일일이 호명해 친히 하사품을 내리고 벼슬도 올려주었다.

개선 연회이다 보니 전반적인 분위기는 화기애애했다.

주약란은 타계한 모친을 대신해 남양왕 옆을 지키며 군주로서의 소임을 다했다.

연회가 파하자 문무상을 비롯한 신하들은 모두 물러갔다.

남양왕은 많은 술을 마셔 다소 취한 모습이었지만 그래도 눈빛은 흐트러짐이 없었다.

"군주가 많이 피곤했겠구나?"

"아닙니다. 오히려 무장들을 격려하느라 아버님께서 피곤해 보이십니다. 어서 들어가서 쉬십시오."

"오냐, 군주도 이만 물러가라."

“예, 아버님.”

주약란은 공손히 예를 올리고는 누각에서 내려왔다. 계단 아래 대기해 있던 양설란과 화운전 호위들이 얼른 달려와 주약란을 수행했다.

한데 남양왕이 난간에서 양설군을 호출했다.

“왕후의 사십구재를 지내기 위해 양 호위에게 지시할 것이 있으니 양 호위는 잠시 본좌를 따르거라.”

사십구재가 멀지 않았기에 주약란은 조금도 의심하지 않고 눈짓을 보냈다.

“다녀와.”

유등이 밝혀진 건명궁 금원.

남양왕은 뒷짐을 쥔 채 연못을 가로지르는 무지개다리를 건넜다. 양설군은 행여 남양왕의 그림자를 밟을세라 십여 걸음을 뒤처져 따랐다.

남양왕은 다리 난간에 서서 어둠이 깔린 금원을 감상했다.

“양 호위는 가까이 오너라.”

“예, 전하.”

양설군이 다섯 걸음 옆으로 다가서자 남양왕은 손짓으로 더 가까이 다가서도록 지시했다.

“용모가 괜찮구나.”

“저… 전하……..”

"네가 오늘밤 내 수청을 들어야겠다."

"예에……?"

뜻밖의 요구에 크게 당황한 양설군은 진땀을 흘렸다.

"전하, 어… 어찌 소인 같은 하찮은 계집과……."

"그전에 네게 한 가지 물을 게 있다."

남양왕은 양설군의 어깨에 팔을 두르며 부드럽게 물었다.

"네가 군주의 밀명을 받고 출타했다고 들었다. 본좌가 왕부를 비운 사이 대체 누구를 왕부 내로 들인 것이냐?"

"대… 대체 무슨 말씀입니까?"

"감히 군왕을 속이려 하는 것이냐? 이는 대역죄로 너는 물론이며 너의 구족까지 몰살될 수 있다. 이미 너의 행적을 낱낱이 보고받았는데 감히 본좌를 속일 수 있을 것 같으냐?"

남양왕이 준엄한 어조로 꾸짖자 양설군은 털썩 무릎을 꿇으며 고개를 조아렸다.

"전하, 사실대로 아뢰겠습니다. 제발 소인의 식솔들에게는 자비를 내려주십시오."

"오냐, 네가 사실대로 고한다면 오히려 너를 애첩으로 삼아 부귀와 영화를 안겨줄 것이다."

"소인은 천한 계집입니다. 더군다나 군주님과의 약조를 어겼으니 왕부에 머물러 있을 자격도 없습니다. 소인이 왕부를 떠날 수 있도록 윤허해 주신다면 모든 것을 말씀드리겠습니다."

"양설군, 너의 충정과 신의가 참으로 가상하구나. 알겠다. 네가 무탈하게 왕부를 떠날 수 있도록 윤허하겠다."

"망극합니다, 전하."

양설군은 공손히 예를 올리고는 사실대로 털어놓았다.

"소인이 군주님의 밀명을 받고 출타해 만난 사람은 전하께서도 대면한 적이 있는 강호의 협녀입니다."

"강호의 협녀? 가만, 혹시 천둥성현의 제자라는 한운지를 말하는 것이냐?"

"예, 전하."

"군주가 왜 한운지를 은밀하게 불러들인 것이냐?"

"소인도 자세한 내막은 모릅니다. 하지만 왕후마마의 사인을 밝히려는 의도로 추정됩니다."

"그러니까 한운지에게 왕후를 척살한 자객에 대한 뒷조사를 시켰단 말이냐?"

"예, 전하. 한 여협은 시녀의 행색으로 빈소와 성혜전을 두루 수색했습니다."

남양왕은 단정한 턱수염을 어루만졌다.

"흐음, 혹시 한운지가 이곳 건명궁도 조사한 것이냐?"

"당치 않습니다. 왕부의 친위대가 철통같이 경비를 서고 있는 건명궁을 한 여협이 어떻게 침투할 수 있겠습니까? 설사 능력이 있다 해도 한 여협의 성격상 그런 무도한 죄는 짓지 않았을 겁니다."

"알겠다. 일어나거라. 네가 본좌의 의혹을 풀어주었으니 상을 주어야겠구나."

"망극합니다, 전하."

몸을 일으킨 양설군은 깊숙이 허리를 굽혔다.

"소인은 이만 물러가겠습니다."

한네 남양왕의 손이 붉게 변하며 양설군의 머리를 강타했다. 머리가 깨진 양설군은 허연 뇌수를 뿌리며 그대로 즉사했다.

연못으로 던져진 양설군의 육신은 악어 떼에 의해 참혹하게 찢기고 말았다.

남양왕은 아무 일도 없었던 듯 뒷짐을 쥔 채 처소로 향했다.

'그랬었군. 한운지, 그 계집이 감히 유장고에 침투해 비밀 서고를 찾아냈다. 똑똑한 계집이니 내가 천마파옥수로 성혜왕후를 죽였다는 사실도 간파했겠지. 무불악이란 놈이 내 정체를 알아내고 서찰을 보낸 것도 한운지 그 계집이 알려주었기 때문일 것이다.'

유장고에 침투한 자를 알아낸 남양왕은 비수처럼 섬뜩한 미소를 띠었다.

"한운지보다는 군주를 먼저 제 어미 곁으로 보내주어야겠군. 왜 쓸데없이 나서서. 쯧쯧……!"

　　　　＊　　　　＊　　　　＊

　주약란은 양설군이 남양왕의 명을 받고 사십구재를 치를 영산사(靈山寺)로 떠났다는 보고를 받고는 가슴이 덜컥 내려앉았다.

　'아버님께서 이 야심한 시각에 출타를 지시하셨단 말인가? 사십구재까지는 아직 시일이 있어 화급을 다툴 상황도 아닌데……?'

　불안한 심정에 실내를 서성이던 주약란은 서서히 공포를 느끼게 되었다.

　'유장고를 살피고 나온 운지 언니의 표정이 몹시 무거웠어. 무언가를 찾아낸 것 같은데 내게 밝힐 수 없었다면 엄청난 비밀임에 틀림없다. 아버님이 양 호위를 따로 부른 이유는 아마도 유장고가 침투당한 흔적을 발견했기 때문일 거야. 그렇다면 아버님도 운지 언니가 유장고에 침입했다는 사실을 눈치채셨을 거다.'

　군왕의 처소를 침투할 수 있게 방조했으니 주약란 역시 죄를 피할 수 없다.

　예전 같았다면 무시될 수 있는 사안이지만 성혜왕후가 피살된 이후 주약란은 남양왕과의 관계가 갑자기 소원해졌기에 지금은 남양왕의 진노를 우려하지 않을 수 없었다.

　최근 들어 혈육과도 같은 친밀감이 사라졌기에 주약란은

남양왕을 부친으로 대하기가 서먹했던 것이다.

문득 주약란은 또 다른 의혹을 떠올리게 되었다.

'일전에 무 공자가 아버님께 서찰을 보냈을 때, 그것이 청혼 서찰이라는 얘기에 나는 너무 당황해서 다른 생각은 전혀 할 수 없었다. 하지만 지금 생각해보니 무 공자가 나와의 청혼을 요청했을 가능성은 희박하다. 만일 그럴 의향이 있었다면 아버님의 윤허를 구하기 전에 내게 먼저 청혼을 강요했을 사람이야.'

주약란은 등줄기가 축축하게 젖어들었다.

'절대 청혼 서찰은 아니다. 아버님은 내게 숨기는 비밀이 있어. 무 공자는 아버님과 나와의 관계를 집중적으로 물었다. 특히 아버님의 과거 신분을 알려고 했지. 나도 모르는 아버님의 과거 내력……'

생각이 여기에 미치자 주약란은 전신에 소름이 쫙 끼쳤다.

'무 공자는 서찰 안에 진실이 담겨져 있다고 했어. 대체 무슨 진실을 말하는 것이지? 설마… 어머님의 살해에 관한 비밀이란 말인가?

침상에 털썩 걸터앉은 주약란은 두 손으로 머리를 감싸 쥐었다.

'아니야. 도저히 있을 수 없어! 꿈에서라도 그런 생각을 하면 안 돼. 단지 상상하는 것만으로 엄청난 패륜이며 죄악이다.'

주약란은 몸서리쳐지는 두려움 때문에 왕부에 머물러 있는 것이 마치 생명을 옥죄는 감옥과 같았다. 그녀는 깊이 숨을 들이키며 가슴을 진정시켰다.

'떠나야 돼. 어떻게든 왕부를 떠나야겠다. 운지 언니를 만나든 무 공자를 만나든 진실을 확인해야 돼. 이 의혹을 해소하지 않고서는 도저히 아버님을 뵐 자신이 없어.'

주약란은 남양왕부를 벗어날 구실과 방도를 찾는데 깊이 고심했다.

그날 밤은 주약란에게 있어 평생보다 긴 하룻밤이었다.

2

"정말이지 지난번 천풍무국의 대대적인 침공으로 인해 천하가 절단날 뻔했어."

은월영은 가볍게 진저리를 치며 얘기해 주었다.

"천해문에서 제공해 준 정보를 놓고 분석해 보았더니 천풍무국의 전략이 정말 끔찍하더라고. 총 일만 명이 동원된 전무후무한 무림 침공이었어. 현재 겨우 명맥을 유지하고 있는 문파는 대여섯 개에 불과해. 나머지 문파와 무림세가들은 와해됐거나 굴복했지."

은월영은 대륙전도를 가리키며 전황을 말해주었다.

"한운지가 백을천과 더불어 불패성을 사수한 덕분에 화산

파도 무사하게 되었어. 흑백쌍절이 이끄는 정예들은 불패성을 격파한 후 화산을 공격하고 있는 전사들을 지원하려 했지만, 불패성에서 참패를 당하는 바람에 퇴각할 수밖에 없었지. 화산파는 험준한 지형을 최대한 활용해 버티고 있으니 장기전을 펼치면 오히려 천풍무국 놈들이 불리할 거야.”

무불악은 술을 마시며 건성으로 듣기만 했다.

“계속해 봐.”

“독보신검이 비록 패배를 당했지만 옥면잔사에게 상당한 부상을 입혔으니 그야말로 장렬한 전사였어. 그 바람에 옥면잔사가 이끄는 본대는 무당파 침공에 합류하지 못해 무당파도 아직은 도관을 지키고 있어.”

“화산과 무당이 건재한 상태라면 소림도 버티고 있겠군.”

“물론이지. 소림의 유구한 전통이 쉽게 무너지겠어? 천풍무국의 천병상(千兵相)이란 자가 침공을 지휘하고 있지만 일주문을 사이에 두고 치열한 공방전이 펼쳐지고 있다더군.”

“옥면잔사가 이끄는 본대는 아직 움직임이 없냐?”

“옥면잔사가 아주 철저한 악당이라면서? 그런 놈일수록 자신의 몸을 소중히 여기지. 아마 부상을 치료한 후 재침공에 나서려 할 거다. 그전에 정사연합이 동시에 작전을 펼쳐 천풍무국 놈들을 몰아내야 돼.”

은월영은 신이 나서 작전을 설명해 주었다.

“불패성이 화산파를 지원하기 위해 출동한다고 했어. 일단 화산의 포위망이 와해되면 종남파를 회복시킬 수 있지. 연후 섬서성의 전력을 집결해 천풍무국 공격에 나서는 것이 제일대야."

"우리가 제이대냐?"

"그래. 우리 사파연맹은 소림을 침공하는 놈들의 배후를 공격하는 거야. 불악, 네가 나서면 북 한 번 울리는 것으로 놈들을 격파할 수 있지. 연후 소림과 연합해 천풍무국 토벌에 나서는 거지."

"한운지는 백을천과 함께 행동하는 거냐?"

한운지의 이름이 거론되자 은월영이 눈매가 사나워졌다.

"불악, 한운지에 대해서는 언급하지 말라고 했지? 그 계집을 어떻게 행동하든 너는 신경 쓰지 마."

무불악은 어렵사리 성사된 정사연합을 깨뜨리고 싶지 않아 정면충돌을 피했다.

"계집애, 그냥 물어봤을 뿐인데 과민하기는."

"한운지는 봉문하고 있던 화훼문 계집들과 함께 무당파를 지원하기로 했어. 천해문 졸개들과 황금문 용병들도 합류한다더군. 그것이 제삼대야."

무불악은 오로지 옥면잔사를 죽이는 것이 목표였기에 천하의 판도에 대해서는 별 관심이 없었다.

"좋아. 그 정도면 천풍무국의 금성까지 쳐들어갈 수 있겠다. 옥면잔사만 끄집어내면 놈은 내가 죽이겠다."

은월영은 술을 한 모금 마시다가 다소 불안한 듯 무불악의 눈치를 살폈다.

"불악, 정말 놈을 죽일 자신 있어? 놈은 무시무시한 악마지공으로 독보신검을 죽였다고 했어. 난 솔직히 불안해."

"만일 내가 죽게 되면 네가 대신 복수해라."

"말도 안 되는 소리 마! 그런 악마를 내가 어떻게 죽어?"

"지난번에 방법을 일러주었잖아? 네 몸뚱이와 교활한 두뇌를 활용하면 악마라도 죽일 수 있을 거다."

"이 나쁜 자식!"

은월영은 주먹으로 무불악의 등을 토닥이다가 와락 끌어안았다.

"불악, 무리하게 나설 것 없어. 백을천이 의협심 때문이라도 앞서 나설 테니 너는 기다렸다가 악마가 지친 틈을 노리라고. 중요한 것은 이기는 거야. 그까지 과정이 뭐 중요하겠어?"

무불악은 몸을 돌려 은월영을 마주 보았다.

"월영, 나를 너무 좋아하지 마라. 사파연맹에 눌러 살고 싶은 마음은 추호도 없으니까."

자신의 진심이 차갑게 무시되자 은월영의 눈에서 원독이 뿜어졌다.

"그래, 차라리 옥면잔사와 함께 뒈져라! 그래도 살을 섞은 사이인데 내 손으로 너를 죽이고 싶지 않으니까, 이 구더기,

기생충, 지렁이 같은 새끼야!"

총 인원 이천여 명.

사파연맹의 기치 아래 대규모 사파의 고수들이 아홉 개 조로 나뉘어 진군하고 있었다. 사파의 팔대수괴가 각기 한 부대를 이끌었고 은월영이 오백여 명에 달하는 본대를 인솔했다.

사파 무림이 이렇듯 결속돼 행동에 나서기도 수십 년 이래 처음이었다.

안경에 집결한 사파연맹은 강제로 징발한 범선을 타고 장강을 건너갔다. 강북은 한창 겨울이기에 사파연맹의 무사들은 솜옷을 걸쳐 입고 바람막이를 둘렀다.

은월영과 무불악은 포구 뒤편에 대기한 채 무사들의 도하를 지켜보고 있었다.

장강은 사파의 일맥이 수적들의 터전이기에 신속한 도하를 위해 안경 포구는 진작부터 통제돼 있었다. 어선은 물론이고 상선들도 도하가 진행되고 있는 포구와는 먼 곳에서 정박해 있거나 배회하며 통제가 풀리기를 기다리고 있었다.

은월영은 대기하기가 지루해 수하들을 닦달했다.

"빨리 건너지 못해, 이 굼벵이들아! 장강에 모두 처넣기 전에 어서 배에 올라타!"

애교가 살살 넘치는 그녀의 귀여운 얼굴과는 전혀 어울리지 않는 거친 말투였다.

이때 상류 방향에서 배를 통제하고 있던 수적들 사이에서 한바탕 소동이 일어났다.

"멈춰랏!"

"웬 훼방꾼이냐?"

한 척의 편주가 통제선을 넘어 안정 포구로 미끄러지고 있었다. 편주에는 해골처럼 깡마른 노인이 타고 있는데 어부로는 생각되지 않았다.

수적들은 쾌속선을 몰아 편주를 막아섰다.

"늙은이, 뒈지고 싶으냐? 당장 배를 돌려라!"

노인은 아무런 대꾸 없이 손에 쥐고 있던 녹슨 쇠막대를 가볍게 휘둘렀다.

퍼— 퍼펑—!

요란한 폭음이 터지며 쾌속선들이 연이어 쪼개지면서 차가운 강물 속으로 처박혔다.

노인이 통제선을 뚫고 포구 가까이 미끄러져 오자 사파연맹의 무사들이 직접 나섰다. 그러다 노인을 가까이 접한 무사들이 대경실색하여 외쳤다.

"허억, 검마다!"

"어서 배를 돌려라!"

"검마왕 구주파천이 출현했다!"

구주파천이 단 일 검으로 성채를 박살 낸 신적인 무공을 선

보인 적이 있기에 사파연맹 무사들은 구주파천을 대하는 것만으로 공포에 젖고 말았다.

은월영 역시 하얗게 질려 무불악을 떠밀었다.

"뭐 해, 어서 도망쳐— 어서!"

한데 무불악은 꿈쩍도 하지 않았다.

"예정대로 소림을 지원해라. 구주파천은 내가 상대하겠다."

"미쳤어? 네 주제에 어떻게 검마를 상대하겠다는 거야? 네 남은 손가락마저 모두 잘리고 싶어?"

"그럼 네가 상대할래?"

"그… 그건 아니지……."

"그럼 어서 꺼져. 구주파천을 자극하지 말고 어서 강을 건너가라."

은월영은 울상이 되어 무불악의 손을 쥐었다.

"불악, 너 정말… 자신있는 거야?"

"없어. 만일 내가 죽게 되면 네가 대신 복수해라."

"이그, 이 악당아!"

은월영은 무불악을 와락 끌어안았다.

"흑, 제발 죽지 마. 불악."

무불악은 짜증스런 표정으로 은월영을 떼어놓았다.

"어서 꺼져, 공연히 검마가 너희 모두를 쓸어버리기 전에."

"알았어. 제발 조심해."

은월영은 포구에 정박해 있는 범선으로 뛰어올랐다.

"당장 돛을 올려라! 어서 배를 띄워!"

미처 배에 오르지 못한 사파연맹 무사들은 상류와 하류 쪽으로 도주했다.

구주파천이 포구로 올라섰을 때는 오직 무불악만이 남아 있었다.

구주파천은 녹슨 쇠막대를 어깨에 걸쳤다.

"왜 도주하지 않는 것이냐?"

"내가 왜 도주해야 한단 말이오?"

"노부가 네놈을 죽이러 찾아다녔다는 것을 모르고 있는 것이냐?"

"검마왕, 내가 철마산에서 만났던 그 무불악인 줄 아슈? 당세의 절대자라는 천투무적, 건곤불패가 내 검에 죽었소. 또한 당신의 아우들인 포악한 마왕들도 죄다 내 손에 죽은 것과 다름이 없지."

구주파천의 눈에서 순간적으로 안광이 폭사되었다.

"오늘은 네놈의 손가락이 아니라 목이 베어질 것이다."

"크훗, 난 당신의 손가락 네 개를 베는 게 목표요. 내 손가락 두 개를 벴으니 배로 갚아주어야 하는 게 내 신조이지. 당신의 별호는 이미 생각해 두었소. 육지검마(六指劍魔)! 아주 근사한 별호 아니겠소?"

"선공을 펼쳐라."

구주파천이 어깨에 걸쳤던 쇠막대를 늘어뜨리자 무불악이
한 걸음 뒤로 물러섰다.

"이곳은 조금 번거로우니 장소를 옮깁시다."

구주파천은 강상에 배를 띄운 채 포구를 지켜보고 있는 사
람들을 쓸어보았다.

"오냐, 자리를 옮기자."

구주파천이 둥실 떠오르자 무불악 역시 비행술을 펼쳐 뒤
를 따랐다.

한편 범선을 타고 강심을 넘어서고 있던 은월영은 무불악
과 구주파천이 비행술을 펼쳐 사라지자 가슴이 더욱 초조해
졌다.

"불악, 제발 무사해야 돼."

개천 주변으로 갈대가 너울대고 있었다. 건기라 그런지 물
한 줄기 흐르지 않은 개천은 그저 평지로만 생각되었다.

무불악과 구주파천은 이십 보 거리를 사이에 두고 마주 섰
다.

구주파천은 해골에 한 겹 가죽을 씌운 듯한 모습이라 감정
을 전혀 읽을 수 없었다. 칙칙한 두 눈은 명계의 입구처럼 음
습하기만 했다.

"무불악, 네놈의 기도가 조금 바뀌었구나. 네놈이 독마 아
우를 죽였다는 소식을 듣고는 도저히 믿을 수 없었는데 지금

너를 대하니 독마 아우가 네 검에 죽었다 해도 놀랄 일은 아니다.”

“검마왕의 눈에 내가 그렇게 비쳤다면 내가 확실히 예전보다는 강해졌나 보군.”

“네놈의 나이를 감안해 대결을 삼초로 제한하겠다. 만일 네기 노부와 삼초를 대결할 수 있다면 내 아우들을 해친 죄를 더는 추궁하지 않겠다.”

삼초 대결.

무불악은 부쩍 기운이 솟았다. 지금의 그라면 삼초라 아니라 삼십초도 겨룰 자신이 있었다.

‘역시 죽으라는 법은 없군. 이로써 검마와의 악연을 끝낼 수 있겠다.’

무불악은 선뜻 응하려다가 갑자기 생각을 고쳐먹었다.

‘가만, 검마는 일검으로 사파연맹의 성채를 박살 낼 만큼 격분했었다. 그런 마왕이 갑자기 내게 관대함을 베풀 이유가 없다.’

다시 냉정하게 판단하자 무불악은 등줄기가 축축하게 젖어들었다.

‘그래, 철마산에서 난 일초를 제대로 겨루기도 전에 참패를 당했다. 검마는 독보신검을 불구자로 만들 만큼 무서운 마왕이다. 이런 마왕이 굳이 삼초 대결을 언급한 것은 그 안에 충분히 나를 죽일 수 있다는 자신이 있기 때문이다.’

무불악은 빠르게 머리를 굴렸다.

'역시 내가 미리 대비해 둔 계책을 펼쳐야겠다. 정면 대결은 무조건 사망이다.'

구주파천은 무불악이 주저하는 모습을 보이자 자존심을 긁었다.

"무불악, 넌 천투무적과 건곤불패를 격파한 당대 최강의 검객이다. 이런 네가 노부를 두려워하는 것이냐?"

"당신이 두려운 게 아니요. 또한 죽음을 두려워하는 것도 아니요. 다만 겨우 원수를 찾아냈는데 놈을 죽이지 못하는 것이 두려울 뿐이오."

"원수라니……?"

"일전에 내가 철마산까지 찾아가 당신에게 금마곡의 진세를 파훼한 자에 대해 물어본 적이 있지 않소?"

"그래, 이제 기억이 아는구나. 한데 그자를 찾아낸 것이냐?"

"그렇소. 놈은 바로 천풍무국의 주상이었소. 놈은 금마곡의 마왕들을 출도시켜 세상을 어지럽히려 한 것이고, 당신은 지금 놈의 농간에 놀아나고 있는 것이오."

일순 구주파천의 표정이 차갑게 굳어졌다.

"뭐, 뭐야?"

무불악은 상대가 격동하자 기회를 놓치지 않고 감정을 자극했다.

"놈이 진짜 신분이 뭔지 아시오? 참, 당신은 잘 모르겠지만 칠대악인 중 하나인 옥면잔사가 바로 놈이오. 자신의 야욕을 위해 형제와도 같은 다른 악인들을 죽인 악마요."

"네가 놈과 어떻게 원수란 말이냐?"

"얘기가 좀 길지만 말해주겠소."

무불악은 자신이 귀곡심악을 만나게 된 경위서부터 악인곡에서 펼쳐졌던 참화에 대해 사실대로 털어놓았다.

구주파천은 늘어뜨렸던 쇠막대를 어깨에 걸쳤다.

"참으로 간악한 놈이로구나. 어쨌거나 놈이 독보신검을 죽였다 하기에 한번쯤 겨뤄볼 생각이었다. 네놈이 죽게 돼도 노부가 놈을 죽여줄 테니 너무 원통해하지 마라."

"검마왕, 당신 같으면 남의 손을 빌려 원한을 갚고 싶겠소? 그것이 과연 통쾌한 복수일 수 있겠소?"

"물론 아니다."

"나 역시 마찬가지요. 놈을 죽여 복수를 갚게 된다면 당신과 삼초과 아니라 삼백초라도 겨루고 싶소. 죽어 여한이 없는데 내 어찌 대결을 마다하겠소?"

구주파천은 잠시 무불악을 주시하다가 입을 열었다.

"유감스럽게도 너는 놈의 적수가 되지 못할 것이다. 독보신검은 나와의 대결에서 패했지만 심득을 얻어 오히려 예전보다 더 강해졌다고 들었다. 그런 독보신검이 감당하지 못한 강적이라면 너는 놈에게 죽을 수밖에 없다."

“함부로 장담하지 마시오.”

“확실하다. 아우들의 복수를 남의 손에 맡길 수 없으니 오늘 네놈은 내 손에 죽어야 한다.”

“검마왕, 혹시 나와 협상할 마음은 없소?”

“협상? 내 아우들을 살해한 원수와 무슨 협상을 한단 말이냐?”

“먼저 내가 복수를 할 수 있도록 배려해 주시오. 난 옥면잔사를 죽인 후 당신과 겨루겠소. 그리되면 각기 복수를 하는 셈이니 나와 당신 모두가 만족할 수 있는 결과가 될 것이오. 대신 내가 그 악마를 이길 수 있도록 지도해 주시오.”

구주파천의 칙칙한 눈에서 안광이 번득였다.

“뭐야? 네놈에게 내 무공을 전수해 달하는 것이냐?”

“그렇소. 한운지의 말에 의하면 놈은 무수한 악마지공을 수련한 강적이오. 하지만 당신은 이미 극마지경에 이른 존재이니 어떤 악마지공이든 파훼할 수 있을 것이오. 그 능력을 내게 전수해 준다면 옥면잔사를 죽인 후 당신과 멋진 승부를 벌일 수 있을 것 같소.”

“……”

구주파천은 눈을 가늘게 뜨며 무불악을 직시했다. 섬전보다 강렬한 눈빛이지만 무불악을 피하지 않고 마주 응시했다.

“혹시 내가 너무 강해질 것이 겁나서 절기를 전수해 주지 못하는 것은 아니오?”

구주파천의 입가에 싸늘한 웃음이 피어올랐다.

"네놈이 얄팍한 격장지계로 노부를 자극하려는 것이냐?"

"검마왕답지 않게 우유부단하군. 만일 내가 더 강해질 것이 두렵다면 내 제안은 잊으시오. 당장 겨룹시다."

무불악은 간장검을 뽑아 들었다.

"기꺼이 삼 초를 겨루겠소!"

"오냐, 그 편이 낫겠다."

구주파천은 어깨에 걸쳤던 쇠막대를 곧추세웠다.

막상 대결에 임하게 되자 무불악은 도주하지 않은 것을 후회했다.

'염병, 도저히 씨알도 먹히지 않는군. 역시 은월영 그 계집 말대로 달아났어야 했어. 지금 맞서 싸워서는 이길 가능성이 거의 없는데…….'

구주파천은 힘도 집중하지 않은 채 쇠막대를 비스듬히 내리그었다.

순간 무불악은 전신을 짓누르는 압박감에 숨이 턱 막혔다.

'허억 절대마검?'

철마산에서 그를 옴짝달싹 못하게 만든 무시무시한 절대마검이 다시 재현된 것이다.

그러나 그가 지금은 과거의 무불악이 아닌 데다 독보신검의 심득을 수련했기에 예전처럼 넋 놓고 당하지만은 않았다.

"차아앗!"

검극에 진기를 주입시킨 무불악은 급속도로 회전하며 사위로 검기를 발출했다. 빛 한 점 느낄 수 없는 어둠 속에서 수십 개의 섬광이 폭사되었다.

콰— 콰쾅—!

연이은 폭음이 터지는 가운데 무불악은 겨우 답답한 압박 속에서 벗어날 수 있었다. 강력한 충돌로 인해 내상을 입었지만 어쨌든 구주파천의 절대마검 일초식을 막아낸 것이다.

구주파천은 무심한 눈빛을 띠며 고개를 끄덕였다.

"역시 예전의 버러지는 아니구나."

무불악은 숨을 몰아쉬며 들끓는 기혈을 가라앉혔다.

"당연하지. 사람 우습게 보지 말라고. 당세의 절대자들과 마왕들도 내 손에 죽었소. 검마왕 또한 예외는 아니오."

"한심한 녀석, 이제 겨우 일초식을 교환했을 뿐이다."

구주파천은 한 걸음 내디디며 쇠막대를 내려쳤다.

"천지전도(天地顚倒)!"

아무런 파공성도 들려오지 않았다. 섬광도 없었다.

무음무성의 검식.

그러나 무불악은 또 한 번 환각에 빠지고 말았다.

절대마검 제일초식이 어둠의 압박이라면 제이초식은 빛과 어둠의 혼재였다. 눈부신 빛의 공간에서 끝없이 쏟아지는 어둠의 칼날이 그의 전신으로 내리꽂혔다.

도주하고 싶었지만 다리가 발에 붙은 듯 떨어지지 않았고,

설사 발을 움직일 수 있다고 해도 어둠의 칼날이 내리꽂히는 상황이라 도주는 불가능했다.

방법은 오직 하나 맞대결뿐이었다.

"마정— 파천황!"

무불악은 의천무경의 절기와 독보신검의 지도를 통해 깨달은 최고의 절기로 응수했다.

사실 마정파천왕은 삼초 대결의 마지막 대결을 위해 아껴두려 했지만 당장의 위급함을 벗어나는 게 중요했기에 더 이상 아껴둘 수가 없었다.

퍼억!

잠시 둔탁한 폭음이 울려 퍼졌지만 사위는 의외로 조용했다. 그 엄청난 충돌의 여파가 어떻게 소멸됐는지 이해가 되지 않을 정도였다.

한데 백 장 밖에서 엄청난 굉음이 폭발했다.

콰— 콰쾅—!

개천 제방 너머로 수림이 통째로 폭발해 올랐고 메마른 들판이 쩍쩍 갈라졌다.

"크흐윽!"

무불악은 가슴을 움켜쥐며 바닥을 데굴데굴 굴렀다.

극심한 부상으로 인해 경락이 손상되었는지 진기가 제대로 이어지지 않았고 호흡마저 막혀왔다. 온몸이 찢어진 것처럼 고통스러운데 상처가 얼마나 깊은지 고통을 쉽게 가라앉지 않았다.

구주파천은 냉막한 어조로 내뱉었다.

"버러지 같은 놈, 엄살 부리지 말고 어서 일어나라."

무불악은 육신이 고통이 너무 심해 차라리 죽어버릴까 생각했지만 아직 복수를 이루지 못했기에 스스로를 다졌다.

'젠장, 이대로 죽을 수는 없어……'

무불악은 간장검을 짚고 겨우 몸을 일으켜 세웠다.

"헉… 헉… 과연 검마왕답군."

"무불악, 네놈이 그 알량한 실력으로 어떻게 독마 아우를 해쳤는지 이해가 되지 않는구나."

"그것은 당신도 지옥으로 가서… 독마를 만나 물어보면 상세하게 알 수 있소."

"터진 입이라도 잘도 지껄이는구나."

구주파천은 쇠막대를 비스듬히 세워 들었다.

"이번이 마지막 삼초다."

무불악은 억지로 간장검을 치켜들었지만 이미 기력을 상실했기에 검극이 달달 떨렸다.

구주파천의 입가에 조소가 피어올랐다.

"두려운 게냐?"

"니미, 사람 놀리지 마. 검마왕을 죽일 수 있다는 흥분 때문에 검이 떨릴 뿐이니까."

"그럼, 받아랏!"

구주파천은 둥실 떠오르며 쇠막대를 내려쳤다.

번— 쩍!

일초식이 어둠의 압박, 이초식이 어둠과 빛의 혼재라면 이번 삼초식은 온통 빛의 세상이었다.

무불악은 너무도 눈이 부셔 눈을 감았지만 눈을 감은 상태에서도 빛이 느껴졌다. 시독히도 강렬한 빛에 온몸이 그대로 부서져 버릴 것만 같았다.

퍼퍼펑—!

주변으로 요란한 폭음이 울려 퍼졌고 화살처럼 예리한 섬광이 그의 몸을 휩쓸었다.

이윽고 빛과 폭음, 바람이 사라졌다.

무불악은 천천히 눈을 떴다.

비록 만신창이가 된 몸이지만 그는 건재했다. 무시무시한 빛의 엄습 속에서 용케 죽지 않고 살아난 것이다.

"……?"

무불악은 영문을 알 수 없어 주변을 쓸어보았다.

구주파천은 이미 사라지고 없었다. 대신 주변 바닥으로 무수한 흔적이 새겨져 있었다. 독보신검이 연공실에 남겼던 심득과도 같은 검흔이었다.

이때 그의 귀속으로 구주파천의 메마른 음성이 흘러들었다.

[네놈이 통사정을 하기에 제삼초는 보류해 두겠다. 노부의

최후 심득을 새겨두었으니 열심히 연구해 보아라. 네놈의 숨통은 네가 옥면잔사를 죽인 후 끊어주겠다.]

수십 리 밖에서 들려온 천리전음이었다.

무불악은 그제야 긴장이 풀려 한쪽 무릎을 꿇었다.

"빌어먹을, 이왕 대결을 보류할 생각이면 곱게 보내줄 것이지 내 몸을 이 지경으로 만들어놓다니."

그는 구주파천이 자신을 살려준 것이 조금도 반갑지 않았다.

"교활한 마왕, 옥면잔사와 직접 대결할 자신이 없어 나를 통해 시험해 볼 생각이로군."

광명구양신공을 운기해 진기를 회복한 무불악은 둥실 떠올랐다. 칠 장 높이로 솟구치자 구주파천이 바닥에 새겨놓은 절기 전체를 헤아릴 수 있었다.

방사형으로 이루며 새겨져 있는 구주파천의 최후 심득.

수차례에 걸쳐 절대마검을 살핀 무불악의 입에서 절로 한숨이 흘러나왔다.

"후우, 이게 과연 인간의 무공이란 말인가? 내가 요행히 옥면잔사를 죽인다 해도… 검마왕과 싸워서는 도저히 승산이 없겠구나."

第四十八章

대역전

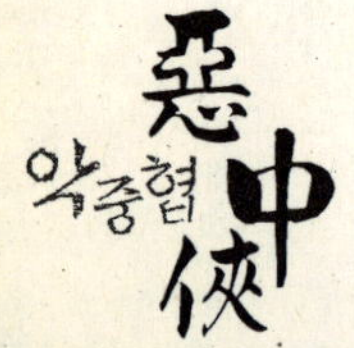

1

호북성 서북에 위치한 무당산.

예로부터 도문의 성지로 추앙을 받아온 무당산에 유서 깊은 무당파가 개파한 이후 그 명성이 더욱 높아졌다.

무당은 소림과 더불어 무림의 태산북두로써 오랜 세월 강호 정기를 수호해 왔는데 창건 이래 처음으로 성역인 해검지를 빼앗기는 치욕을 당해야 했다.

해검지는 무당파를 방문한 무사들이 관례적으로 병기를 풀어놓는 영광스런 명소였다. 한데 평화와 존중을 상징하는 해검지가 천풍무국의 전사들에게 의해 점거되었으니 무당파로서는 누대의 치욕이 아닐 수 없었다.

철금상(鐵金相).

천풍무국의 최고 수뇌인 천풍삼상 중 일인이다. 금강지체를 연성한 그는 도검불침의 신체를 지녔기에 무당파의 대오행검진을 격파하고 해검지를 점거할 수 있었다.

철금상은 일천 선사를 동원해 무당파 점거를 시도했지만 각 도관에 이르는 길이 워낙 좁고 협소해 공격이 쉽지 않았다.

그동안 세 차례 공격을 펼쳐 무당파 초입에 위치한 운청관을 불태운 것이 유일한 소득이었다.

철금상은 혈풍전주와 영주 급들을 호출해 회의를 열었다.

"장기전을 펼치면 우리가 불리하다. 불패성을 공격한 흑백쌍절이 퇴각했고, 사파연맹을 토벌하려던 혈잔상이 전사하는 바람에 주상의 원대한 작전에 차질을 빚게 되었다. 우리가 무당을 점거하지 못하면 소림과 화산을 공격하는 전사들이 자칫 고립될 수 있다."

혈풍전주가 결연하게 말을 받았다.

"철금상, 무당의 도사 놈들도 많은 피해를 입었소. 상청관만 불태우면 무당파는 와해될 것이오. 이번 공격으로 승부를 냅시다."

철금상은 영주들을 향해 지시를 내렸다.

"좋다. 이번 공격에 퇴각은 없다. 승리 아니면 죽음이 있을 뿐이다. 이를 명심해라!"

둥… 둥……!

우렁찬 군고 소리에 맞춰 천풍무국 전사들이 해검지를 떠나 무당파 공략에 나섰다. 세 차례에 걸친 공방전으로 삼백 명에 달하는 전사들이 죽었지만 아직 칠백여 명이 건재했기에 천풍무국의 위세는 여전히 위협적이었다.

한데 여태 도관을 지키고 있던 무당파 도사들이 지형적인 이점을 마다하고 해검지를 향해 내려왔다.

해검지로 내려선 무당파 도사들은 삼백여 명.

앞서 세 번의 전투에서 이백여 명의 도사가 희생되었으니 그 피해는 실로 상당했다.

무당파 장문인 자운 진인(紫雲眞人).

우내삼성인 상청우사와는 비교할 수 없지만 당대에서 다섯 손가락 안에 꼽히는 절세검객이다. 상청우사가 금마곡에서 무불악에게 당한 부상으로 타계하는 바람에 자운 진인이 무당의 현 최고 검객이었다.

자운 진인은 무당의 장로들인 여러 도관의 관주들을 대동하고 앞으로 나섰다.

"무도한 무리들은 당장 해검지에서 물러가라!"

온몸이 금빛으로 번들거리는 철금상이 요란스런 광소를 터뜨렸다.

"카하핫! 자운, 여태 쥐새끼처럼 숨어 있다가 어쩐 일로 도 관에서 내려선 것이냐?"

"이제 너희가 해검지에서 물러가게 되었으니 이 모두 태상 노군의 가호이시다."

자운 진인은 관주들을 돌아보았다.

"관주들은 각기 오행검진을 펼쳐 사악한 무리들을 몰아내 게나!"

"예, 장문인!"

각 관주들이 중심이 돼서 대오행검진이 펼쳐졌다.

무당파의 자랑인 오행검진은 다섯 명으로 구성되는데 대 오행검진은 다섯 개의 오행검진이 결합되기에 모두 스물다섯 명으로 구성된다. 이는 소림의 대나한진을 제외하면 당대 최 강의 진법이다.

철금상은 무당파 도사들이 정면 대결을 펼쳐 오자 오히려 반가웠다.

"카하핫, 뭣들 하느냐? 무당의 도사들을 모두 선계로 보내 주어라!"

천풍무국 전사들은 일제히 공격을 펼쳤다.

한데 이때였다. 삼면에서 동시에 함성이 터지며 전사들의 배후와 좌우를 향해 무사들이 기습을 펼쳐 왔다.

"무국의 악도들을 격멸하라!"

"강호 정기를 수호하자!"

"무당을 지켜야 한다!"

여인 무사들을 이끌고 좌측으로 공격해 오는 여인은 다름 아닌 한운지였다.

가슴 한쪽에 꽃 문양이 수놓아진 복장의 여인 무사들은 화 훼문 소속이었다. 그녀들은 싸늘한 주검이 되어 돌아온 냉소채를 위해 한운지를 따랐다. 냉소채의 죽음이 천풍무국과 무관하지 않으니 그녀들로서는 냉소채를 위한 복수전이기도 했다.

우측으로 공격해 오는 무사들은 천해문의 정예들이었다. 그들의 인솔자는 십절예화 정소빈과 천이만사통 나단.

그리고 천풍무국 전사들의 배후로 달려드는 무사들은 황금문 소속의 용병들이었다. 두둑한 출전 수당을 받은 그들은 오로지 은자를 위해 싸우는 자들답게 가장 저돌적이었다.

무당파 지원을 위해 나선 무사들은 칠백여 명.

여기에 무당파 도사들까지 합하며 도합 천 명이나 되기에 수적으로도 천풍무국의 전사들을 앞선다.

무당파에서 정면 대결을 위해 내려온 것도 사전에 한운지의 통보를 받았기 때문이다. 무당파 도사들의 사기가 한껏 높아진 것에 비해 사면에서 공격을 받게 된 천풍무국 전사들은 일순 당황해 대오가 흐트러졌다.

철금상은 몸을 솟구쳐 외쳤다.

"당황할 것 없다! 모조리 죽여라!"

천풍무국 전사들은 본래 군병들처럼 조련을 받아왔기에 여느 문파와 달리 임기응변에 능했다. 각 부대의 영주들은 삼면으로 나뉘어져 삼파 연합을 상대했다.

철금상은 황금문의 용병들 속으로 뛰어들며 육중한 철극을 마구 휘둘렀다.

"꺼져라, 버러지들!"

퍼— 퍼펑—!

용병 십수 명이 대번에 쪼개지는 참살을 당했다. 그의 무공 수위는 절세 급이라 용병들로서는 감당하기가 어려웠다.

이때 한운지가 뛰어들며 철금상의 철극을 막아냈다.

차아앙……!

철금상은 철극에서 전해지는 충격에 흠칫 놀라 한 걸음 물러섰다.

"네년은… 누구냐?"

"난 천기무화입니다."

"오, 그렇군. 천등성현의 의발전인답게 과연 공력이 출중하구나. 천기무화라면 기꺼이 상대해 주겠다."

철금상은 철극을 붕붕 휘두르며 저돌적으로 달려들었다.

한운지는 간단히 상대하면서 뒤로 미끄러졌다. 몇 초를 겨루는 사이 두 사람은 해검지로 내려왔다.

두 사람은 절세 급의 고수들이라 수면을 밟고 섰지만 마치 평지를 밟고 있는 듯 편해 보였다. 한운지가 굳이 해검지에서 대결을 벌이려 하는 것도 격돌의 여파로 애꿎은 사람들이 피해를 입을 것이 우려되어서였다.

철금상은 철극을 곧추세웠다.

"주변에 훼방꾼이 없으니 너와 겨루기에 적합하구나. 선공할 기회를 주겠다."

"지금이라도 늦지 않았으니 퇴각하세요."

"카하핫, 나를 퇴각시키기 위해서는 네 혀가 아니라 네 검이 예리해야 할 것이다."

"그렇다면 어쩔 수 없군요."

한운지는 수면 위를 미끄러지며 막사검을 휘둘렀다.

쐐애액―!

화려한 검화가 일시에 폭발했다.

철금상은 눈을 부릅뜨며 맹렬하게 철극을 휘둘렀다.

"차아앗!"

두 자루 병기가 교차하자 해검지의 수면이 일시에 폭발해 올랐다.

한편 정파연합과 천풍무국 전사들의 격돌은 최고조에 달하고 있었다.

차차창―!

황금문 소속 용병들의 저돌적인 공세 덕분에 천풍무국 전사들의 대형이 무너지면서 정파연합 무사들은 보다 유리한 국면을 차지할 수 있었다.

특히 그동안 수모를 받아온 무당파 도사들의 죽음을 도외
시한 공격으로 천풍무국 전사들의 전의를 꺾어버렸다.

대규모 접전은 우열이 판가름나면서 한쪽으로 급격하게
기울었다. 이어 혈풍전주가 자운 진인의 검에 쓰러지면서 승
부가 결정되었다.

"와아아—!"

정파연합의 맹공에 천풍무국 전사들은 진형이 무너지며
해검지까지 밀리게 되었다.

한운지를 상대로 겨우 평수를 유지하고 있던 철금상은 현
실을 인식할 수밖에 없었다.

'젠장, 퇴각할 수밖에 없겠군.'

철금상은 기합을 발하며 연속적으로 철극을 휘둘러 한운
지를 밀어붙였다. 한운지가 뒤로 미끄러지며 수비로 돌아서
자 철금상은 훌쩍 몸을 날렸다.

"퇴각하라— 전원 퇴각이다!"

철금강은 황금문 용병들 사이를 헤집으며 퇴로를 열었다.

그러자 나단이 깃발을 올려 포위망 해소를 명했다.

"물러서라!"

용병들과 천해문 무사들이 물러서자 천풍무국 전사들은
급히 도주했다.

잠시 관망하던 나단이 다시 깃발을 올리자 용병들과 천해
문 무사들이 추살에 나섰다. 도주하는 전사들을 잡아 죽이는

일이기에 대결이 아니라 사냥에 가까웠다.

정파연합의 쾌승.

반면 천풍무국으로서는 대참패였다.

해검지 옆에 세워진 정자 해검각.

무당파 장문인 자운 진인은 손수 차를 따라주며 진심 어린 사의를 표했다.

"나 총사, 정 소문주, 그리고 한 여협의 은혜는 잊지 않겠소. 무당이 현판을 보존할 수 있었던 것은 모두 세 분의 지원 덕분이었소."

나단은 모든 공을 한운지에게 돌렸다.

"우리 천해문은 그저 한 여협의 계책에 따랐을 뿐이오. 화훼문의 제자들과 황금문 용병들이 출전한 것 역시 한 여협의 설득과 수완 덕분이었소."

한운지가 예를 표하며 공손하게 말했다.

"무림 정기 수호와 강호의 안녕을 위해 모두가 나서준 덕분입니다. 어찌 개인에게 영광을 돌리려 하십니까."

자운 진인은 풍성한 수염을 내리쓸다가 다소 우려의 빛을 띠었다.

"본 문은 삼파의 지원 덕분에 겁난을 해소할 수 있었지만 소림이 걱정이오. 종남은 본관이 함락됐고, 화산 또한 어려움을 겪고 있다고 들었는데……."

정소빈이 활달하게 말을 받았다.

"장문인께서는 안심하십시오. 한 언니와 나 총사께서 어떤 분이신데 소림과 화산의 위기를 관망하고 있겠어요? 천풍무국의 천하 침공은 결코 성공하지 못할 겁니다."

이때 하늘 저편에서 두 마리 전서구가 날아들었다.

정자 난간으로 다가선 정소빈이 맑은 휘파람을 불사 전서구가 정자로 날아들었다.

정보신은 전서통문을 입수하고는 비둘기의 머리를 쓰다듬어 주었다.

"잠시 쉬어라."

전서통문은 깨알 같은 암호문으로 기재돼 있기에 외부인이 보아서는 전혀 알 수 없다. 전서통문을 해독한 정소빈이 환한 웃음을 띠었다.

"낭보예요. 불패성의 백을천 성주가 화산파를 지원해 천풍무국을 몰아냈다고 합니다. 두 파는 곧 힘을 합쳐 종남으로 진격한다는 전갈입니다."

한운지는 두 손을 모으며 안도했다.

"아, 다행입니다. 지금으로서는 불패성의 활약에 의존할 수밖에 없는데 다행히 화산을 지켰군요. 이제 종남파마저 수복한다면 섬서성은 안정을 되찾을 수 있습니다."

나단이 또 다른 전서통문을 해독하고는 가볍게 미간을 찌푸렸다.

"한 소저, 소림을 지원하기 위한 사파연맹의 출동에 다소 문제가 생겼다는 보고네."

"문제라니요?"

"장강을 도하하는 와중에 구주파천이 출현했다는군. 그래서 무불악이 구주파천을 상대하기 위해 나섰는데 자리를 옮기는 바람에 어찌 된 상황인지는 알 수가 없다고 하였네."

구주파천이란 이름이 거론되자 좌중의 분위기가 무겁게 가라앉았다.

당금 천하를 위협하는 최대의 적은 천풍무국이지만 독보신검을 격파한 구주파천 역시 공포적인 존재다. 구대천마 중 유일한 생존자이며 최강의 마왕이기에 그의 일거수일투족은 천하를 긴장시키기에 충분했다.

자운 진인이 나직이 도호를 외웠다.

"무량수불……! 사해천악이 본 문의 원수이기는 해도 현 무림에서 구주파천을 상대할 절세고수는 오직 사해천악뿐이오. 만일 사해천악이 구주파천에 의해 죽게 되면 천하는 천풍무국과 구주파천에 의해 합공을 받게 될 것이오."

정소빈은 차가운 미소를 머금었다.

"최상의 결과는 사해천악과 구주파천이 함께 죽는 겁니다. 강호의 골칫덩이가 동시에 사라지면 천하는 천풍무국을 상대로 건곤일척의 승부를 펼칠 수 있어요."

한운지가 어두운 기색을 띠며 반박했다.

"정 소문주, 지금은 개인적인 감정을 내세울 때가 아닙니다. 구주파천보다 더 무서운 존재가 천풍무국의 주상인 옥면잔사입니다. 옥면잔사와 맞서 싸울 고수는 사해천악뿐입니다."

"언니, 그런 악당에게 너무 많은 것을 기대하지 말아요. 언니와 백을천 성주라면 천풍무국의 수괴라도 쓰러뜨릴 수 있을 겁니다."

"천풍무국에는 무서운 고수들이 많습니다. 사해천악이 옥면잔사를 감당하지 못하면 천하는 악마에 의해 지배될 것입니다."

한운지가 몸을 일으켰다.

"소녀가 소림으로 가보겠습니다. 어찌 된 상황인지 알아봐야겠어요."

나단이 소매를 저어 그녀를 만류했다.

"사해천악은 장강을 건너지도 않았는데 소림으로 가봐야 어떻게 만나겠는가? 본 문에서 사해천악의 행방을 수소문해볼 테니 그 후 움직이게나."

"아닙니다. 지금은 사파연맹과 사해천악 양쪽 모두가 소중합니다. 사파연맹이 약속대로 소림을 지원하고 정사연합에 합류토록 촉구해야 합니다."

정소빈은 마뜩찮은 표정으로 말을 받았다.

"사파맹주 은월영은 지극히 교활하고 악독한 계집입니다.

언니에게 또 해코지를 할까 두려워요.”

“지난 일은 잊어요. 은월영도 생각은 있는 여인이니 지금 상황에서 동맹을 깨뜨리는 우를 범하지는 않을 겁니다.”

한운지는 세 사람에게 예를 올리고는 정자 밖으로 몸을 날렸다.

자운 진인은 단주를 돌리며 찬사를 아끼지 않았다.

“무량수불! 한 여협이 계시니 무림의 홍복이오. 만일 한 여협이 나서지 않았다면 어찌 정사연합이 결성될 수 있었겠소?”

2

퍼— 퍼펑—!

산발적인 전투로 인해 숭산 전체가 전장으로 변해 있었다.

천풍무국의 전사들은 소규모 부대 별로 숭산 전체를 통해 침공을 펼쳤기에 전투는 비단 일주문 앞에서만 전개되고 있는 것이 아니었다.

유구한 전통을 자랑하는 소림이다 보니 천풍무국에서도 일천오백 명이 되는 전사들을 출동시켰다.

천병상은 천풍삼상 중 으뜸이었다.

그는 소림사 공략이라는 막중한 사명을 띠고 숭산에 이르렀지만 전황은 썩 좋지 못했다.

소림사 일주문 앞에 펼쳐져 있는 나한진의 완강한 저항에 아직 일주문도 점거하지 못한 상태였다. 그래서 소규모 부대를 파견해 우회적으로 소림사 본당을 침공하려 했지만 소림 제자들이 요처를 모두 지키고 있어 큰 성과를 거두지 못했다.

그런 와중에서 더 커다란 악재가 발생했다.

사파연맹의 무사들이 속속 소향촌에 집결하면서 배후를 위협하게 된 것이다.

소향촌은 소림사로 향하는 진입로를 차지하고 있는 마을로 소향촌을 잃게 되면 보급이 끊기게 되기에 전황은 아주 불리해진다.

한데 사파연맹은 공격을 받으면 소향촌에서 물러났다가, 천풍무국의 주력이 일주문으로 빠져나가면 다시 쳐들어와 소향촌을 점거하였다.

천병상으로서는 이런 사파연맹의 존재가 골칫거리가 아닐 수 없었다.

차라리 정면대결을 걸어오면 단숨에 격파하겠지만 치고 빠지는 국지전을 구사하기에 적극적으로 토벌에 나설 수도 없고, 소림과의 대결에 전념할 수도 없어 아주 난감한 상태였다.

세 번째로 소향촌을 점거한 사파연맹은 마을 곳곳에 불을 질렀다.

천풍무국 전사들의 거점을 아예 없애겠다는 의도였다. 삭풍이 몰아치는 한 겨울이다 보니 안정된 거점이 없다는 것은 천풍무국 전사들에게 심리적인 불안감을 안겨주기에 충분했다.

탁… 타탁……!

은월영은 손을 비비며 불을 쬐면서 주변의 무사들을 닦달했다.

"개 잡으러 간 놈이 오히려 개한테 먹힌 거냐? 왜 아직 개다리 한쪽 가져오지 않는 거야?"

녹천수왕이 입가를 닦으며 유들유들하게 위로했다.

"성격도 급하시오, 맹주. 피도 아직 식지 않았는데 고기가 벌써 익었겠소?"

녹천수왕은 술을 한잔 따라 건넸다.

"드시지요."

"이 술잔에 먼저 입 댄 놈 없겠지?"

"물론이오."

"당연히 그래야지. 나와 입을 맞출 사내는 무불악뿐이니까."

은월영은 단숨에 술잔을 비우고는 고개를 돌려보았다.

"그나저나 불악은 왜 여태 오지 않는 거지?"

녹천수왕이 목소리를 낮추어 말했다.

"맹주, 사해천악이 아무리 강하다 해도 구주파천과 맞서 싸워 이길 수 있겠소?"

퍼억!

은월영은 녹천수왕의 면상에 술잔을 처박았다.

"뒈지고 싶어? 어디서 그런 재수없는 소리를 하는 거냐? 내가 정식으로 혼례도 못 올렸는데 과부가 되란 말이냐?"

얼굴에 사금파리가 박힌 녹천수왕은 피를 줄줄 흘리며 달아났다.

이때 소향촌 외곽에서 약간의 소동이 일어났다.

사파연맹 수하들이 한 여인을 에워싸고 은월영 쪽으로 다가서고 있었다.

대번에 여인을 알아본 은월영이 무사들을 물렸다.

"물러들 가라."

여인은 먼저 은월영에게 예를 표했다.

"동맹을 맺게 되어 다행입니다, 은 맹주."

"어서와요, 한 여협."

은월영은 마치 아랫사람을 대하는 듯 도도하게 턱을 치켜들었다.

한운지는 은월영의 오만함을 전혀 개의치 않았다.

"은 맹주, 왜 소림과 합공을 펼치지 않고 있습니까?"

"우리 사파연맹은 지원군으로 온 겁니다. 소림의 땡추들이 전력을 다하지 않는데 내가 미쳤다고 아까운 수하들을 희생시키겠어요?"

"소림 제자들은 수차례 전투로 지쳐 있는 상황입니다. 지금은 사파연맹에서 적극적으로 나서주는 게 순리예요."

은월영은 간특한 눈빛을 발했다.

"좋아요. 대신 산동과 강동의 지배권을 인정해 준다는 약조를 해주어야겠어요."

한운지는 난색을 표명했다.

"은 맹주, 나는 무림을 대표하는 신분이 아닙니다. 내 약조가 무슨 의미가 있겠어요?"

"그렇다면 백을천 성주로부터 약조를 받아와요. 현 상황에서는 백 성주가 정파의 맹주 격이니 충분히 자격이 있겠군."

"적을 목전에 두고 패권 다툼을 벌이겠다는 겁니까?"

"한 여협, 우리가 달래 사파인 줄 알아요? 기회를 틈타 최대한 이득을 챙기는 것이 우리 사파의 본성이에요. 그러니 강호 정기나 천하의 안위 따위는 내세우지 않는 게 좋아요."

은월영이 노골적으로 야욕을 드러내자 한운지는 그녀를 외면했다.

"아무리 사파라지만… 무 공자는 최소한의 도리는 지켰어요."

무불악이 거론되자 은월영의 눈에서 질투의 눈빛이 새파랗게 타올랐다.

"흥, 이미 연인이 있는 사내에게 아직도 관심을 두고 있는 건가요? 그게 과연 당대 협녀로서 할 짓이에요?"

감정이 격화되자 한운지는 한 걸음을 물러서며 예를 표했
다.

"오해 말아요, 은 맹주. 난 무 공자와는 무관합니다."

"정말 불악과 아무 사이도 아닙니까?"

"그래요."

"같이 잠자리를 한 적도 없고?"

한운지의 얼굴이 발갛게 달아올랐다.

"그런 일 전혀 없어요."

그제야 은월영은 안색을 활짝 폈다.

"호호, 그렇다면 안심이군. 그럼 당장 천풍무국의 쓰레기
들부터 처리합시다. 언니가 땡추들을 지휘해서 당장 맹공을
펼쳐요. 한참 싸움이 전개되면 우리 사파연맹에서 지원에 나
서겠어요."

"한데… 무 공자는 어찌 된 거예요?"

"자신이 구주파천을 상대하겠다며 단독으로 나섰어요. 그
래도 불악이 멍청이는 아니니 승산없는 무모한 대결을 펼치
지는 않았을 겁니다. 아직 불악이나 구주파천이 죽었다는 소
식이 없는 것으로 봐서 불악은 무사한 것 같아요."

"제발 무사해야 할 텐데……."

은월영은 고깝다는 듯 한운지를 쏘아보았다.

"자꾸 내 사내한테 관심 보일 거예요?"

"아, 알았어요."

움찔 놀란 한운지는 소림사 쪽으로 몸을 날렸다.

은월영은 천풍무국과의 싸움에는 전혀 관심이 없었다. 무불악을 독차지할 수만 있다면 그것으로 만족할 수 있었다.

'호호, 됐어. 한운지는 거짓말을 못하는 계집이니 둘 사이에 은밀한 교접이 없었던 게 확실해. 서로 목숨을 구해주다 보니 친분이 생긴 정도겠지.'

은월영은 사파의 수괴들을 호출했다.

"출전 준비해! 모처럼 몸 좀 풀어보자!"

피피핑—!

엄청난 암기와 화살세례가 폭우처럼 일주문 앞 광장으로 쏟아져 내렸다. 독 암기와 불화살의 공세에 천풍무국 전사들은 경악을 금치 못했다.

일주문으로 향하는 진입로 일대를 새까맣게 뒤덮으며 진군하고 있는 자들은 사파연맹 무사들이었다.

이천여 명에 달하는 무사가 저마다 암기를 날리고 불화살을 쏘아댔다.

일주문 앞 광장에 밀집되어 있는 천풍무국 전사들은 난데없는 공격에 속수무책이었다. 독암기와 불화살이 최소 이백 보 밖에서 발사되다 보니 대처하기도 쉽지 않았다.

천풍무국 전사들은 궁여지책으로 수림 속으로 뛰어들었지만 그곳 또한 안전하지 못했다.

화르륵……!

바싹 마른 수림은 불화살이 쏟아지면서 이글거리는 화염지대로 화해 버렸다.

천병상은 이를 부득 갈았다.

"이런 사파 버러지들!"

광장 주변이 온통 불바다로 화한 데다 암기와 화살이 계속해서 쏟아져 내리자 천병상은 어쩔 수 없이 작전을 바꾸어야 했다.

"전열을 정비하라— 사파의 버러지들부터 토벌한다!"

천풍무국 전사들은 진입로의 사파연맹을 향해 돌진했다. 그러나 거리가 이백 보나 되다 보니 접근하기도 전에 백수십 명이 암기와 화살에 맞아 죽어야 했다.

"와아아!"

천풍무국 전사들이 삼십 보 이내로 접근하자 사파연맹의 전대가 좌우로 흩어졌다. 그래도 본대와 후대에 포진한 무사들이 천수백 명이나 되기에 그들이 쏘아대는 위력은 엄청났다.

천풍무국 전사들이 무수하게 쓰러지면서도 삼십 보 이내까지 접근하자 이번에는 본대 무사들이 좌우로 흩어졌다. 물론 후대의 무사들은 여전히 대형을 유지한 채 암기와 화살을 날려보냈다.

천풍무국 전사들은 빗발치는 암기와 화살세례를 뚫고 다

시 후대를 향해 돌격했다. 그러나 후대의 무사들 역시 공격을 받기 전에 달아나 버렸다.

무려 사백여 명의 손실.

천병상으로서는 아까운 전사들만 잃고 보복 한번 못했으니 분통 터질 노릇이었다.

이때 소림의 제자들이 일주문을 지나 대대적인 공격에 나섰다. 소림 장문인 원각 선사를 비롯해 원로들과 오전육각삼원의 주지들까지 모두 나선 전면 공격이었다.

"와아아!"

"성지를 더럽히는 악도들을 몰아내자!"

소림의 수뇌들과 함께 공격 선봉에 나선 사람은 다름 아닌 한운지였다.

막대한 타격을 입은 데다 소림으로부터 대대적인 공격을 받게 되자 천풍무국의 진형이 삽시간에 와해되었다.

천병상이 아무리 절세적 무공을 지녔다 해도 혼자서 정사 연합의 공세를 막아낼 수는 없었다.

"퇴각하라— 전원 퇴각하라—!"

천풍무국 전사들은 이미 전의를 상실한 상태라 좁은 산길을 따라 퇴각했다. 하지만 이들의 퇴각을 얌전하게 지켜볼 사파연맹이 아니었다.

"케헤헤, 사냥감이다!"

"놈들을 죄다 벗겨라!"

수림 속으로 피신했던 사파연맹 무사들이 악귀처럼 달려들며 천풍무국 전사들을 급습했다.

사파연맹 무사들은 주로 암기와 화살, 갈고리 달린 밧줄 등 원거리 병기를 구사하며 접근전은 최대한 피했다. 그 바람에 기나긴 산길을 따라 퇴각하는 동안 천풍무국 전사들은 열에 일곱은 목숨을 잃고 말았다.

보다 못한 천병상이 수림 속으로 뛰어들며 창과 칼을 동시에 휘둘렀다.

"이 버러지들! 네놈들은 내가 상대해 주겠다!"

그의 병기가 폭발적인 위력을 발휘하면서 사파연맹의 무사들 수십 명이 도륙되었다.

이때 은월영이 날아들며 두 자루 철륜을 내던졌다.

"호호, 이거나 받아봐라!"

휘리링—!

두 자루 철륜은 급격한 호선을 그리며 천병상의 목과 허리로 파고들었다.

"어딜!"

천병상은 빙글 회전하며 철륜을 쳐냈다. 두 자루 철륜은 깨질 듯한 쇳소리를 발하며 높이 튕겨져 올랐다. 한데 튕겨진 두 자루 철륜이 얇게 쪼개지면서 네 개로 늘어났다.

네 자루 철륜은 천병상의 전신을 향해 동시에 내리꽂혔다.

"웬 잡술이냐?"

천병상은 창과 칼을 휘둘러 어렵지 않게 철륜을 쳐냈다. 높이 튕겨진 철륜은 다시 쪼개져 여덟 개로 불어났다.

은월영은 진기를 발출해 철륜을 조종하며 요사한 웃음을 터뜨렸다.

"호호호, 지옥탈명륜(地獄奪命輪)은 네놈이 죽기 전에는 멈추지 않는다!"

지옥탈명륜은 신기자의 절대병기 중 하나로 두 자루 철륜이 육십사 개까지 쪼개지면서 공격을 반복한다. 또한 철륜은 지극히 예리해 금강지체도 파괴할 정도였다.

휘리리링—!

철륜이 서른두 개로 불어나자 천병상도 비로소 지옥탈명륜의 위력을 실감했다.

"이 요사한 계집!"

천병상은 놀라운 병기술로 서른두 자루의 철륜을 모두 튕겨내고는 은월영을 향해 날아들었다.

은월영은 뒤로 미끄러지면서 계속 지옥탈명륜을 조종했다.

"호호, 함께 죽겠다는 거냐? 하지만 난 너 같은 늙다리는 취미없어."

육십사 개로 불어난 지옥탈명륜은 귀청을 에일 듯한 파공성을 발하며 천병상의 전신 요혈로 파고들었다.

천병상은 은월영을 찢어 죽이고 싶었지만 당장은 자신의

안위를 지키는 것이 급했다. 그는 호신강기를 발출해 몸을 보호하면서 창법과 도법을 동시에 구사했다.

"차아앗!"

전력을 다한 강기가 분출되면서 철륜이 연속적으로 폭발했다.

퍼— 퍼펑—!

은월영은 눈을 동그랗게 뜬 채 이를 지켜보았다.

마침내 육십사 개의 철륜이 모두 박살나면서 지옥탈명륜의 끔찍한 공세가 멈추었다. 그러나 천병상 역시 온전하지 못했다.

곳곳이 베인 천병상은 피투성이로 변해 비틀거렸다.

"크으, 이런 마병이 있었을 줄이야!"

천병상은 허공에 피를 뿌리며 천풍무국 전사들의 뒤를 쫓아 달아났다.

은월영은 가볍게 인상을 찡그렸다.

"정말 무서운 놈일세? 지옥탈명륜을 막아낼 줄이야."

이때 한운지와 원각 선사를 비롯한 소림의 원로들이 은월영 주변으로 내려섰다.

원각 선사가 먼저 정중히 합장배례를 취했다.

"아미타불, 은 맹주의 지원에 소림은 진심으로 사의를 표하는 바이오."

소림 장문인이 먼저 몸을 굽혔으니 은월영으로서는 꿈과

같은 예우였다.

"호호, 소림의 천 년 전통이 보존될 수 있었으니 소녀가 천 리 길을 마다 않고 달려온 보람이 있군요?"

은월영이 도도한 웃음을 터뜨리자 한운지가 눈짓을 주었다.

은월영은 소림의 명예와 소림 장문인의 위신을 감안해 얼른 태도를 바꾸었다.

"당치 않습니다, 장문인. 천풍무국이라는 악도들을 섬멸하는데 정사가 따로 있겠습니까?"

"허허, 그리 말씀하시다니 과연 사파의 맹주다우신 소견이오. 자, 가십시다. 노납이 차를 대접해 드리겠소."

은월영은 내심 쾌재를 불렀다.

'호호, 내가 소림 장문인에게 차를 대접받게 될 줄이야. 이제 우리 사파연맹은 자리를 확실하게 굳히게 되었어.'

천풍무국의 무림 대침공은 이렇게 무산되었다.

소림, 무당, 화산은 천풍무국 전사들을 격퇴했고 종남, 개방, 공동을 비롯한 무림세가들은 점거에서 벗어났다. 무림사상 유래가 없는 대침공을 전개한 천풍무국의 전사들은 절반도 귀환하지 못하는 참패를 당하고 말았다.

대역전!

이제 오히려 천풍무국의 천하 무림의 반격을 두려워할 상황이었다.

3

“주상, 본 국의 명예를 더럽힌 속하들을 죽여주십시오!”

천향무후는 철금상, 천병상, 흑백쌍절을 비롯한 수뇌들과 함께 단하에 부복하며 죄를 청했다.

단상의 옥좌에 앉아 있던 주상은 조금도 노여워하지 않았다.

“개의치 마라. 이제 저들이 본 국을 향해 진격해 올 것이다. 제장들에게는 복수전이 되는 셈이니 최선을 다해라.”

“망극합니다, 주상!”

“물러들 가라.”

주상의 지시에 천향무후를 제외한 모든 수뇌들은 대전에서 나갔다.

단상으로 올라서 천향무후가 술잔을 올렸다.

“주상, 너무 심려치 마옵소서. 시기가 문제일 뿐 주상의 패업은 반드시 성사될 것입니다.”

“후훗, 역시 천하정복은 쉬운 일이 아니야.”

“주상…….”

“이십 년을 준비해 온 대계가 이렇게 무산될 줄은 몰랐다. 역시 역대 수많은 거대 문파가 천하정복을 꿈꾸었지만 제대로 성사되지 못한 이유가 있었어."

주상은 술잔을 비우고는 포도를 한 알 물고 우물거렸다.

"작전은 실패할 수도 있다. 조금은 실망스럽지만 보다 철저하게 준비해서 다시 작전을 펼치면 된다. 하지만 한 놈은 속히 제거해야 한다."

"혹시 구주파천을……."

"아니다. 구주파천은 오직 검에 목숨을 거는 마왕일 뿐이다. 삼십 년 동안 금마곡에 갇히면서 패업에 대한 야망도 금마곡에 묻어버린 것 같다. 그런 편협한 사고를 지닌 자는 전혀 두렵지 않다."

주상은 천천히 옥좌에서 일어섰다.

"최우선으로 제거되어야 할 놈은 무불악이다."

"냉소채가 놈과 동귀어진 못한 것이 정말 실망스럽습니다."

"그래, 기대가 컸는데 말이다. 어쨌거나 놈은 혈잔상조차 간단히 죽일 만큼 절세고수로 성장했다. 무엇보다 놈은 귀곡심악의 심계를 이어받아 아주 교활하다."

"주상, 제가 책임지고 죽이겠습니다."

"네 상대가 아니다. 놈은 출도 이래 줄곧 자신의 정체를 숨긴 채 내 행적을 추적해 왔다. 그렇듯 영악한 놈이기에 너 또한 놈을 감당하기가 쉽지 않다."

천향무후의 눈매가 칼날처럼 예리해졌다.

"심려하지 마십시오, 주상. 놈이 정사연합의 오합지졸과 함께 본 국으로 들어서면 죽을 수밖에 없습니다. 소첩에게 맡겨주십시오."

주상은 잠시 천향무후를 주시하다가 의미심장한 미소를 머금었다.

"오냐, 무후의 솜씨를 기대해 보겠다."

第四十九章

끔찍한 계략

惡中俠
악중협

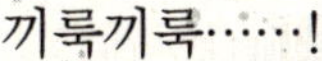

1

끼룩끼룩……!

드넓은 동호(東湖)의 수면 위로 물새들이 유유하게 배회하고 있었다.

호반에 늘어선 주점이며 객잔은 포구를 이용하려는 상인들과 유람객들로 인해 빈 좌석이 없을 정도였다. 손님들이 많다 보니 주인이며 점소이들에게 친절을 기대하기가 어려웠다.

이때 문이 열리며 허름한 행색의 청년이 들어섰다.

머리카락은 제대로 다듬지 않아 부스스했고 여기저기 찢긴 옷은 비렁뱅이의 넝마를 방불케 했다. 청년은 허리춤에 고색창연한 고검을 차고 있는데 게으름뱅이처럼 걸음걸이가 느렸다.

수석 점소이는 청년의 비루한 행색에 버럭 소리를 쳤다.

"야, 이 비렁뱅이가 감히……."

한데 청년이 수석 점소이를 지나치며 가볍게 뺨을 쳤다.

수석 점소이는 엄청난 충격을 받았는지 잠시 턱을 덜덜 떨다가 허리를 꺾었다.

"어, 어서 오십시오, 공자님."

"배고프다. 술과 가장 빠른 안주 가져와."

"예에……!"

수석 점소이가 고양이를 만난 쥐처럼 쩔쩔 매자 어린 점소이들이 다가섰다.

"대형, 갑자기 왜 이러는 거요?"

"저런 놈은 주먹으로 내쳐야 하는데……."

청년의 기도에 압도된 수석 점소이는 하얗게 질려 목소리를 낮추었다.

"입 닥쳐. 아무 소리 말고 술과 요리를 올려라."

청년은 일층 구석 자리에 앉았다. 이층으로 오르면 동호를 감상할 수 있는 전망 좋은 자리를 차지할 수 있겠지만 그는 주변의 풍광 따위는 전혀 관심을 두지 않는 사람이었다.

'제기, 아직도 완치된 것 같지가 않군. 검마왕, 그 늙은이에게 어떻게 복수를 한담……?'

비루한 행색의 청년은 다름 아닌 무불악이었다.

무불악은 구주파천과 격돌하면서 상당한 내외상을 입게 되었다. 다행히 구주파천이 그의 제안을 받아들여 삼초를 마저 구사하지 않는 바람에 겨우 위기를 모면할 수 있었다.

마른 개천 바닥에 새겨진 검흔.

그동안 무불악은 한적한 계곡에서 내외상을 치료하면서 구주파천이 남긴 검흔을 연구했다. 구주파천이 새겨놓은 검흔은 수백 개에 달할 만큼 복잡했지만 무불악은 놀라운 집중력을 발휘해 모두 뇌리에 담을 수 있었다.

구주파천의 심득은 독보신검의 심득에 비해 보다 파괴적이고 현란했다.

어지간한 검객도 그것을 터득하려면 족히 십 년은 걸리겠지만, 무불악은 독보신검의 심득을 통해 마정파천황을 창안할 만큼 절세검객으로 성장했기에 닷새 만에 그 원리를 어느 정도 파악할 수 있었다.

산에서 내려온 무불악은 숭산으로 가려 했지만 정사연합이 독보검궁의 옛 터전으로 집결 중이라는 풍문을 접하고 발길을 돌렸다.

'일단 옥면잔사의 대대적인 공격이 실패했군. 오히려 정사연합의 합공을 받게 되었으니 천풍무국이 아무리 막강한 전력을 지녔다 해도 정사연합을 감당하지는 못할 것이다.'

이때 거칠게 문이 열리며 갑주와 투구를 착용한 군병들이

들어섰다.

"급하다. 어서 요깃거리를 내와라!"

군병 십여 명이 들어서자 일층의 손님들은 급히 일어서며 자리를 내주었다.

점소이들은 부리나케 탁자를 치우고 차를 올렸다.

"잠시 차를 드시며 숨을 돌리십시오. 곧 요리를 올리겠습니다요."

무불악은 군병들의 복장을 보고는 대번에 소속을 알아냈다.

'가만, 저것들 남양왕부 소속이잖아? 저들이 호북까지는 어쩐 일이지?

남양왕부는 관할 구역이 호남이기에 소속 군병들이 호북성까지 파견되는 경우는 드물다.

군관은 투구를 벗고는 갑주의 끈을 느슨하게 풀었다.

"정보가 정확하다면 아가씨께서 이곳 악주(鄂州)에 숨어 계신다. 우리 부대에서 먼저 찾아내 공을 세워야 한다."

군병들은 대꾸없이 고개만 힘껏 끄덕였다.

이때 점소이들이 요리를 내왔다. 다른 손님들이 주문한 음식을 빼돌린 것이다.

군병들은 별반 대화 없이 서둘러 요리를 먹었다. 근무 중이기에 술은 입에 대지 않고 차를 마셨다. 빠른 속도로 식사를 마친 군병들은 갑주 끈을 조이며 객잔을 나갔다.

군관이 마지막으로 나서며 은자 한 덩이를 계산대에 던져 주었다.

무불악은 무료한 표정으로 술잔을 기울이다가 한쪽 눈썹을 치켜올렸다.

'무슨 소리야? 아가씨가 이곳 악주에 숨어 있다니……? 남양왕부의 졸개들이 아가씨로 호칭할 여인은 군주뿐인데……?'

초어 찜을 우물거리던 무불악이 벌떡 일어섰다.

'아무래도 주약란이 연관된 것 같군.'

객잔을 나선 무불악은 뽀얀 먼지가 피어오르는 관도 저편으로 시선을 돌렸다.

"새끼들, 빨리도 움직이는군."

무불악은 터벅터벅 걸음을 옮겼다.

보기에는 느린 걸음인데 한번 걸음을 옮길 때마다 수십 장씩 이동했다. 전설적인 신법, 축지성촌이었다.

두두두―!

군병들은 동호를 끼고 휘어지는 관도를 따라 달려가고 있었다. 군병들의 질주에 표물을 호송하던 표사들도 급히 마차를 길가로 이동시켰다.

메기수염의 군관은 연신 말을 채찍질하며 수림 사이를 달려갔다. 한데 말안장에 앉아 있던 군관의 몸이 둥실 떠올렀다.

"어이쿠!"

말에서 떨어진 군관은 덤불 속으로 나뒹굴었다.

놀란 군병들이 일제히 고삐를 당겨 말을 멈춰 세웠다.

몸을 일으키려던 군관은 누군가의 발에 밟혀 꼼짝할 수가 없었다.

"누… 누구냐?

무불악은 한 발로 군관의 가슴을 밟고 선 채 물었다.

"묻는 말에 대답만 해라."

이때 말에서 내려선 군병들이 무불악을 달려들었다.

"웬 놈이냐?"

"감히 왕부의 공무를 방해했으니 네놈은 반역자다!"

무불악은 쳐다보지도 않고 소매를 휘둘렀다.

퍼퍼펑—!

십여 명의 군병이 일제히 나가동그라졌다. 그들은 요혈이 점해졌는지 고꾸라진 상태 그대로 굳어졌다.

군관은 비로소 무불악이 절세고수임을 인식했다.

"무… 무엇을 알고 싶소?"

"남양왕부 소속이 왜 호북성까지 파견된 것이냐?"

"공무 때문이오."

"그 공무란 게 뭐냐? 혹시 화운군주와 연관된 일이냐?"

"……!"

군관은 잔뜩 경계하는 눈빛으로 무불악을 올려보았다.

무불악은 군관의 가슴에서 발을 내렸다.

"경계할 것 없다. 난 화운군주와 절친한 사이다. 일전에 남만 오랑캐에게 납치된 군주를 구출한 사람이 바로 나다."

"하면 귀하가 무불악……?"

"맞아. 내가 무불악이다. 그러니 안심하고 밝혀라."

군관은 잠시 주저하다가 조심스럽게 털어놓았다.

"군주님께서 은밀하게 출타하신 바람에 왕부 친위대에서 출동한 거요. 군주님께서 이곳 악주로 은신하셨다는 제보를 접수했기에 여기까지 오게 되었소."

"군주가 왜 은밀하게 출타한 것이냐? 또 납치된 것은 아니고?"

"납치는 절대 아니오. 우리도 그 연유를 알지 못하오."

이때 호수 건너편에서 폭죽이 치솟아올랐다.

펑… 퍼펑……!

푸른 하늘 위에 새겨진 붉은 신호를 본 군관이 나직이 외쳤다.

"아, 군주님을 찾았다는 신호요!"

"그래, 알았다."

무불악은 지풍을 발출해 군관의 혈도를 점했다.

호수로 다가선 무불악은 갈대 한줄기를 꺾어들었다.

"주약란이 은밀하게 출타했다……. 어째 도피했다는 냄새가 풍기는군."

무불악은 수면 위로 갈대를 던졌다. 이어 훌쩍 몸을 날린 그가 갈대를 밟고 내려섰다.

츄아악……!

갈대를 밟고 선 무불악은 순풍을 타고 미끄러지는 일엽편 주처럼 호수 위를 가로질렀다. 그 옛날 달마대사가 갈대를 타고 장강을 건넜다는 일위도강이었다.

두두두—!

한 필의 백마가 호숫가 길을 따라 달려가고 있었다. 마상의 여인은 연신 채찍질을 하며 달리는 말을 재촉했다. 여인은 빼어난 미녀는 아니었지만 고귀한 기품이 느껴지는 단정한 용모의 소유자였다.

남양왕부의 군주인 주약란.

주약란은 조금씩 좁혀드는 군병들을 돌아보았다.

"아, 이대로 붙잡히겠어."

사실 기마술에 능한 군병들은 보다 빠르게 주약란을 따라잡을 수 있지만 행여 주약란이 놀라 낙마라도 할까 우려돼 넓게 포위망을 형성한 채 추격하고 있었다.

주약란이 말에서 떨어져 부상이라도 당한다면 추격에 나선 군병들은 모두 중벌을 면치 못한다. 하기에 군병들은 주약란을 뒤따르면서도 바싹 긴장하고 있었다.

주약란은 자신의 기마술로는 도저히 군병들을 따돌릴 수 없다 판단해 호숫가 수림으로 말머리를 돌렸다.

한데 말이 급하게 방향을 트는 바람에 주약란은 그만 중심을 잃고 말에서 떨어지고 말았다.

"아앗!"

주약란이 말에서 낙마하자 추격하던 군병들은 하얗게 질리고 말았다. 군병들의 입에서도 놀란 비명이 잇달아 터져 나왔다.

"허억?"

"군주님!"

주약란의 머리가 나무등걸로 곤두박질쳤다. 그대로 부딪쳤다가는 치명상을 당할 위기였다.

이 순간 호수 위에서 날아든 인영이 주약란을 덥석 안고는 곧바로 수림 속으로 사라졌다.

사색이 되어 있던 군병들은 또다시 경악하고 말았다.

"어엇, 이게 웬 변괴냐?"

"군주님께서 사라지셨다!"

"어서 군주님을 찾아라!"

군병들은 급히 말을 몰아 수림 속으로 뛰어들었다.

동호가 내려다보이는 벼랑.

바위를 딛고 내려선 주약란은 자신의 눈을 의심했다.

“무… 무 공자……?”

무불악은 부스스한 머리카락을 대충 정리했다.

“그래, 나다. 너 번번이 나한테 신세를 지는구나?”

주약란은 안도의 눈물을 글썽였다.

“이런 곳에서 무 공자를 만나게 될 줄은 정말 몰랐어요.”

“나도 그래. 이게 무슨 악연인지 모르겠다.”

“악연… 이라고요?”

무불악은 얼른 화제를 돌렸다.

“어떻게 된 거야? 가출이라도 한 것이냐?”

주약란은 잠시 무불악을 주시하다가 신중한 모습으로 물었다.

“먼저 한 가지 확인할 게 있어요.”

“뭔데?”

“지난번 나를 통해 아버님께 전달한 서찰에 무슨 내용이 씌어져 있었죠?”

“네 아버지가 얘기해 주지 않던가?”

“아버님께서 말씀하시기를… 무 공자가 감히 내게 청혼을 했다더군요.”

“청혼……?”

무불악은 어처구니없는 실소를 흘리고는 벼랑가에 걸터앉았다.

“만일 내가 청혼한 게 사실이라면 넌 수용할 생각이었냐?”

"아니요. 그럴 마음은 추호도 없습니다. 또한 국법에도 어긋나기에 불가합니다."

"맞아. 우리가 새외로 멀리 도주해서 살면 모를까 중원에서는 맺어지는 게 불가능하지. 게다가 나는 애정 때문에 도피 행각이나 할 그런 순정파가 아니다."

주약란은 바위에 기대앉으며 무거운 한숨을 내쉬었다.

"결국… 아버님께서 나를 놀린 거군요."

무불악은 동호의 수평선을 바라보며 무거운 어조로 말했다.

"약란, 네 새 아버지는 결코 좋은 사람이 아니다. 만일 네가 위험을 느껴 왕부를 떠나왔다면 현명하게 처신한 거다. 당분간 안전한 곳에 은신해 있어."

"내 아버님에 대해 얼마나 알고 있죠?"

"아직 일면식도 없다. 하지만 너를 평생 보살펴 줄 자상한 새 아버지가 아님을 확신할 수 있다."

갑자기 주약란의 호흡이 거칠어졌다. 그녀는 입술을 달달 떨다가 어렵사리 물었다.

"내 어머님의 피살과… 연관이 있습니까?"

무불악은 주약란을 향해 돌아앉았다.

"난 그것까지는 모르겠다. 성혜왕후를 살해한 자는 그 사건을 조사한 운지가 잘 알고 있을 거다."

"말씀해 주세요. 당신도 알고 있잖아요?"

"몰라!"

무불악은 단호하게 내뱉고는 몸을 일으켰다.

"나한테 주어진 복수를 매듭짓는 것도 힘겨운데 왜 내가 네 문제까지 신경 써야 하는지 모르겠다. 내가 급히 가야 할 곳이 있으니 일단 너를 안전한 곳까지 데려다 주겠다. 운지가 너를 찾아갈 때까지 꼼짝 말고 숨어 있어."

무불악이 손을 내밀자 주약란은 잠시 주저하다가 무불악의 손을 잡고 일어섰다.

무불악은 주약란과 눈을 마주치고 싶지 않아 등을 돌렸다.

"업혀라."

"……."

"아마 다시는 만날 일이 없을 거다."

무불악이 몸을 낮추자 주약란은 무불악의 목에 팔을 두르며 등에 업혔다.

"친구로… 만나줄 수는 없나요?"

"훗, 남녀 사이에 친구가 어디 있어? 설마 잠자리 친구가 돼달라는 말은 아니겠지?"

"제발… 그런 허튼소리는 하지 말아요."

"하하, 허튼소리는 네가 먼저 했잖아? 그럼 간다."

무불악은 벼랑 밖으로 훌쩍 몸을 날렸다.

"아아……!"

주약란은 아찔한 현기증과 두려움에 젖어 무불악을 바싹 끌어안았다.

무불악은 비행술을 펼쳐 날아가면서 지그시 이를 물었다.

'정말 고민이로군. 사실을 밝히자니 약란의 충격이 너무 클 테고, 진실을 숨기자니 약란은 생모를 살해한 불구대천의 원수를 위해 평생 제사를 올릴 것이 아닌가?'

밝힐 것인가 말 것인가.

무불악이 남의 문제에 대해 이처럼 고민해보기도 처음이며 이처럼 갈등해 보기도 처음이었다.

2

사람은 떠나도 이름은 남는다.

파동에 위치한 독보검궁은 흔적도 찾아보기 힘들 정도로 파괴되었지만 한운지에 의해 묘역이 형성된 덕분에 그 이름을 보존할 수 있었다.

독보검궁열협지묘!

그렇게 명명된 묘역 앞에 수천 명이 운집해 있었다.

불패성을 비롯해 정파의 대문파들과 군웅들과 사파연맹 등 정사연합의 무사들이 총집결했다.

천풍무국의 관할 구역까지는 일천여 리에 불과하기에 이곳 묘역이 천풍무국 토벌을 위한 거점이 된 셈이다.

정파 제자들과 군웅들은 차례로 독보검궁열협지묘를 참배하며 결의를 다졌다. 독보검궁이 천풍무국의 천하 침공을 저지하는데 지대한 공헌을 했음이 나중에야 알려지면서 그들의 장렬한 전사가 비로소 높이 평가된 것이다.

은월영과 사파연맹의 무사들은 자신들과 무관한 일이라며 한쪽에 머문 채 향조차 사르지 않았다.

묘역 참배를 마친 정파 수뇌들과 은월영이 회동했다.

한운지가 우려의 빛을 띠며 물었다.

"은 맹주, 아직 무 공자를 찾지 못한 것입니까?"

"그래요. 죽었다면 벌써 소문이라도 났을 겁니다. 아직 죽지는 않은 것 같은데 행적을 찾을 수가 없어요."

정파연합을 대표하는 총수로 추대된 백을천이 결연하게 말했다.

"더 이상 지체할 시간이 없소. 악도들이 방어 태세를 견고하게 갖추기 전에 즉시 토벌에 나서야 하오."

한운지가 신중한 모습으로 의견을 제시했다.

"이렇듯 대규모 공격은 오히려 운신에 제약이 될 수 있습니다. 정예들만 추려 토벌에 나서는 것이 더 효과적일 겁니다."

은월영이 정색하며 반대했다.

"무슨 소리예요? 천풍무국이 비록 천하 침공에 실패했지만 아직도 오천 명이 넘는 전사들을 보유하고 있어요. 정사연합 전체가 나서도 승세를 장담할 수 없는데 일부만 출전하자는 겁니까?"

"저들의 주상인 옥면잔사만 죽이면 천풍무국을 와해시킬 수 있어요. 저들의 방어를 뚫고 천풍무국의 금성까지 진격하는데 목표를 두어야 합니다. 굳이 천풍무국 전사들을 몰살시킬 필요는 없습니다."

한운지의 제안에 백을천도 동의했다.

"한 여협의 고견대로 정예들만 출전하는 것이 낫겠소."

백을천은 수뇌들을 둘러보며 비장한 모습으로 덧붙였다.

"만일 토벌대가 돌아오지 못하면 천하는 천풍무국의 이차 침공에 대비해야 할 것이오. 수뇌들께서는 제자들에게 이 점을 주지시켜 주시오."

회의가 끝나자 수뇌들은 각기 제자들을 점검해 토벌대를 구성했다. 어쩌면 마지막 길이 될 수 있기에 토벌대에 배속된 제자들은 유서를 남기기도 했고 절기를 전하기도 했다.

둘만 남게 되자 은월영은 한운지에게 노골적으로 불만을 토로했다.

"한 여협, 병법에도 공격은 방어보다 세 배는 어렵다고 했어요. 한데 수적인 열세까지 감수해서 어쩌자는 거예요?"

"천풍무국이 아무리 방대해도 수천 명이 진군해서 싸우기에는 비좁습니다. 정예들이 진군이 보다 효과적입니다."

"흥, 하여간 잘난 체는 혼자 다 한다니까?"

은월영은 냉랭하게 쏘아붙이고는 회의 막사를 나갔다.

한운지는 심각한 모습으로 생각에 잠겼다.

'대체 무 공자에게 무슨 일이 생긴 거지? 옥면잔사를 감당할 고수는 무 공자뿐인데……'

정사연합으로 구성된 토벌대.

삼천여 명의 정예는 열 개의 부대로 나뉘어 진군했다. 토벌대로 나서는 자들, 묘역에 남아 이들을 보내는 자들 모두 비장한 모습이었다.

백 년 이래 최대의 무림대전이 시작된 것이다.

3

핑— 피핑—!

정사연합의 정예들이 천풍무국 관할 구역으로 들어서자 곳곳의 망루에서 향전이 치솟아올랐다.

백을천은 두 번씩이나 천풍무국에 침투한 적이 있기에 선발을 자청했다. 백을천은 한운지를 비롯한 일부 수뇌 급 인물들과 함께 삼개 부대의 정예들을 이끌고 외성에 들어섰다.

나머지 일곱 개 부대는 거리를 두고 대기했다. 행여 있을 천풍무국의 함정과 매복에 대비한 것이다.

외성의 평지와 구릉 위로 천풍무국의 전사들이 빽빽하게 도열해 있었다. 어림잡아 삼천 명도 넘어 보였다.

전사들의 수장은 천풍삼상 중 비교적 건재한 철금상이었다.

철금상 다짜고짜 공격을 명했다.

"감히 본 국을 침범한 놈들이다! 모두 죽여라!"

"예, 철금상!"

빠른 속도로 흩어진 전주들은 휘하의 전사들과 함께 공격에 나섰다.

백을천은 철금상을 향해 몸을 날렸다.

"맞서 싸우시오!"

한운지를 비롯한 수뇌 급들은 학익진 형태로 흩어져 천풍무국 전사들과 충돌했다.

나단은 이를 지켜보다가 본대를 출동시켰다.

"매복은 없는 것 같소! 선발대를 지원하시오!"

"와아아―!"

소림과 무당, 화산 등 육대문파 제자들로 구성된 본대가 혼전 속으로 뛰어들었다.

무려 오천 명이 충돌하는 대접전이었다.

차― 차차창―!

수적으로는 천풍무국의 전사들이 우세했지만 정사연합은 엄선된 정예들이었기에 머릿수는 중요하지 않았다. 혈전이 전개되면서 형세가 정사연합 쪽으로 기울었다.

후대에서 이를 관망하던 은월영이 출동 명령을 내렸다.

"놈들을 모두 쓸어버려라! 대가리 하나에 은자 백 냥씩 쳐주겠다!"

"이야아아!"

사파 무사들은 전투 동기가 약했는데 엄청난 상금이 내걸리자 악을 써대며 달려들었다.

정사연합의 열개 부대가 모두 전투에 뛰어들면서 천풍무국 전사들은 속속 핏물 속에 쓰러졌다. 전사들은 나름대로 전투 대형을 갖추며 대항했지만 세찬 공격 앞에 대형이 여지없이 무너지고 말았다.

무수한 전투 중에서 가장 격렬한 싸움은 백을천과 철금강의 대결이었다.

철금강은 등에 멘 병기대에서 다양한 병기를 뽑아 들고 현란한 초식을 구사했다. 백을천은 무불악과의 대결에서 한 팔을 잃은 상태로 오직 한 자루 검으로만 상대해야 했다.

"건곤파극세!"

백을천은 빙글 회전하며 검강을 발출했다.

츄아아악!

거대한 소용돌이가 형성되며 검강에 부딪친 모든 것들이 모래처럼 으스러졌다.

철금강은 육중한 패도와 도끼를 뽑아들고 정면으로 맞섰다.

"차아앗!"

콰아앙!

엄청난 폭음이 터지며 주변의 지반이 일시에 폭발해 올

렸다.

"크으윽!"

철금강은 쿵쿵 바닥을 울리며 뒷걸음질을 쳤다. 입가를 타고 붉은 선혈이 흘러내렸다. 상당한 내상을 당한 것으로 보였다.

사세가 여의치 않자 철금강은 내성 쪽으로 도주했다.

"퇴각하라— 내성으로 퇴각한다—!"

겨우겨우 싸우고 있던 천풍무국 전사들은 퇴각령이 떨어지자 일제히 병기를 거두고 달아났다.

서전을 승리로 장식한 정사연합은 통쾌한 환호성을 터뜨렸다.

"와아아—!"

"이겼다! 놈들이 먼저 꼬랑지를 내렸다!"

"카하핫! 새끼들. 별것 아니로군."

정사연합의 사기를 한껏 올려준 승전이었지만 한운지는 여전히 경각심을 늦추지 않았다.

"이번 전투에서 천풍무국은 전력을 다하지 않았어요. 무슨 함정이 있는 것은 아닌지 두렵군요."

백을천이 의연한 모습으로 그녀를 위로해 주었다.

"한 소저, 놈들의 어떤 흉계도 감내해야 하지 않겠소? 함정이 있다 하더라도 우리는 피해갈 수 없소."

승전에 취한 은월영이 도도한 어조로 말을 받았다.

"호호, 기호지세인데 어쩌겠어요? 호랑이 등에 올라탔으면 진격할 수밖에."

그러자 정소빈이 은근하게 비아냥댔다.

"그럼 이번에는 은 맹주와 사파연맹 고수들이 선발대로 나서보시죠?"

은월영은 생글생글 웃으면서 독설을 퍼부었다.

"원래 졸개들이 앞서는 법이잖아? 천해문 제자들이 가장 형편없으니 화살받이로 먼저 나서는 게 어때?"

내부적으로 감정이 충돌하자 백을천이 얼른 중재에 나섰다.

"이번 역시 불패성과 군웅들이 선발대로 나설 것이오. 원칙을 지켜 순차적으로 진격하시오."

이에 육대문파 장문인들이 먼저 나섰다.

"내성 공략은 우리 육파에서 먼저 나서겠소. 그럼 지원을 부탁드리겠소."

한운지는 내성의 방벽을 가리켰다.

"내성은 높고 견고합니다. 저들의 견고한 방어벽을 돌파하려면 일시에 공격해야 합니다."

"그럽시다."

백을천은 은월영을 돌아보았다.

"은 맹주는 어느 쪽을 공격하시겠소?"

은월영은 가파른 구릉 위에 세워진 내성 방벽을 쓸어보고는 완만한 서쪽 사면을 가리켰다.

"우리 사파연맹에서 서쪽을 맡겠어요. 가장 공략이 어렵겠지만 본 맹이 희생하겠어요."

정파 수뇌들은 그녀의 교활함에 부아가 치밀었지만 동맹을 깰 수 없기에 꾹 참았다.

백을천은 한운지에게 동쪽 공력을 부탁하고는 자신은 내성의 성문 공략에 나섰다.

"내성만 돌파하면 악도들을 궁지에 몰아넣을 수 있소. 모두 분발합시다!"

"와아아—!"

퍼— 퍼퍼펑—!

내성 방벽을 사이에 두고 또다시 대규모 전투가 벌어졌다.

천풍무국에서도 내성 사수를 위해 흑백쌍절을 비롯한 친위 전사들까지 출동시켰다. 치열한 공방전은 한 시진이 넘도록 계속되었다.

서쪽 방벽으로 올라선 은월영은 흑도절과 겨루었고, 동쪽 방벽으로 뛰어오른 한운지는 백검절과 대결했다.

성문의 성루 위에서는 백을천과 철금강이 다시 격돌했다.

차— 차창—!

두 사람 모두 절세 급 고수이기에 병기가 교차할 때마다 성루의 지붕이 내려앉았고 방벽이 허물어졌다.

공방전이 예상외로 길어지자 백을천은 검을 가슴 앞으로 끌어당겨 혼신의 진기를 기울였다.

번— 쩍!

찬란한 광휘가 뿜어지며 백을천의 몸이 보검 속으로 스며들었다. 어검술의 초보 단계인 어기비검이 전개된 것이다.

"어엇?"

철금강은 바싹 긴장하며 병기를 교차했다. 교차된 병기를 통해 칼날 같은 강기가 그물처럼 형성되었다.

콰아앙!

굉음과 함께 성루가 통째로 내려앉았고 방벽이 무너져 내렸다.

어기비검과 충돌한 철금상은 상반신이 소멸되면서 즉사했다. 실로 끔찍한 최후였다.

어기비검을 해소한 백을천이 방벽 위로 내려섰다. 과도한 진기를 소모한 데다 강기를 돌파하느라 그 역시 내상을 당해 안색이 창백했다.

정소빈이 옆으로 내려서며 부축해 주었다.

"괜찮으세요, 백 성주?"

백을천은 급히 진기를 회전시켜 들끓는 기혈을 가라앉혔다.

"괜찮소."

정소빈은 눈살을 찌푸리며 신경질적으로 내뱉었다.

"무불악은 정말 비겁한 인간이에요. 이런 엄청난 싸움이 벌어지고 있는 것을 알 텐데도 코빼기조차 보이지 않는군요."

"무불악은 두려움을 모르는 사람이오. 그가 오지 못했다면 그럴 만한 사연이 있을 것이오."

"백 성주, 왜 그런 자를 비호하십니까?"

"지금은… 천풍무국과의 대결만 생각하고 싶소."

백을천은 내성 공방전을 살펴보았다.

철금강이 죽으면서 성문이 박살났다. 불패성 무사들과 군웅들이 성문을 통해 대거 진입하자 흑백쌍절은 더 이상 버티지 못하고 금성으로 퇴각했다.

"퇴각해라— 전원 금성으로 퇴각하라!"

두 번째 승리.

정사연합의 정예들은 당당히 내성으로 입성했다.

내성의 수많은 전각과 상점들은 하나의 거대한 성시를 방불케 했다. 전사들 모두가 철수했지만 대장간에서는 아직 화덕이 식지 않았고 주점에는 술 단지가 그대로 남아 있었다.

정사연합의 정예들은 잠시 휴식을 취하면서 부상자를 치료하고 허기를 달랬다.

두 차례의 싸움으로 천 명에 달하는 사상자가 발생했지만 천풍무국의 주력을 괴멸시켰으니 결코 헛된 희생은 아니었다.

백을천은 이천여 정예를 대동해 금성으로 향했다.

금성의 높은 방벽 앞에 이른 정예들은 절로 한숨을 쉬고 말았다.

높은 벼랑 위에 다시 견고한 방벽으로 둘러진 금성은 그야말로 철옹성이었다. 천풍무국이 공성전을 전개할 경우 단숨에 점거하기는 불가능해 보였다.

금성을 공격하기 위해서는 성문을 돌파해야 하는데, 벼랑 아래로 깊은 해자(垓字)가 형성돼 있어 성문으로 접근하는 것조차 쉽지 않았다.

은월영은 고개가 아플 정도로 까마득하게 높은 금성의 방벽을 올려다보고는 혀를 내둘렀다.

"아, 엄청나군. 공략은 불가능해. 그냥 포위망을 형성한 채 놈들이 굶어죽기를 기다려야겠어."

백을천이 정색하면 반박했다.

"말씀 삼가시오. 정예들의 사기만 일축될 뿐이오."

"백 성주, 지난번에는 어떻게 침투해서 인질들을 구출했어요?"

"방벽을 넘어 침투한 사람은 사해천악이었소."

"그가 없으니 이번에는 백 성주께서 침투해 성문을 열어야겠군요."

은월영이 이죽거리자 정소빈이 쏘아붙였다.

"본래 침투와 월담은 사파가 전문이잖아요? 은 맹주께서 놀라운 수완을 보여주시죠?"

"호호, 자꾸 까부네? 모가지 확 비틀어 버리기 전에 입 다물지 못해?"

은월영이 살기를 피워내자 한운지가 정소빈을 가로막았다.

"그만둬요, 정 소문주."

한운지는 두 여인의 다툼을 제지하고는 해자로 다가섰다.

"내가 성문을 파괴하겠어요."

한운지는 막사검을 뽑아 들었다. 신검합일을 전개해 성문을 돌파하겠다는 의도였다. 일단 성문을 깨뜨리면 가교를 만들어 금성 내로 진입이 가능할 것 같았다.

슈우우욱……!

검과 합일된 한운지는 허공으로 둥실 떠올랐다.

한데 이때였다. 높은 방벽 위에서 무수한 철전이 쏟아져 내렸다.

피피핑—!

쇠뇌에 의해 발사된 철전은 바위를 관통할 만큼 강력하다.

한운지는 급히 몸을 회전시켜 철전을 쳐내고는 바닥으로 내려섰다.

"호호호! 감히 성스러운 금성을 침범하겠다는 것이냐?"

방벽 위로 쇠뇌를 휴대한 전사들이 빽빽하게 늘어섰다. 일산(日傘)을 받쳐 든 시종을 대동한 두 사람이 성루 난간으로 나섰다.

천향무후와 면사로 얼굴을 가린 주상이었다.

천향무후는 해자 주변으로 늘어서 있는 정사연합을 굽어보았다.

"마지막 기회다. 주상 앞에 무릎을 꿇고 자비를 구하라. 만일 거부한다면 너희 버러지들은 오늘 한 명도 살아 놀아가지 못할 것이다!"

은월영은 가소롭다는 듯 나른한 웃음을 흘렸다.

"호호, 나보다 더 미친년이 있네? 그렇게 자신있으면 네가 내려와라. 나한테 자비를 구하면 네 눈과 혀만 뽑고 고통없이 죽여주겠다."

천향무후는 은월영을 향해 구슬을 발출했다.

"호호, 네년의 주둥이부터 닫아주겠다."

피잉—!

붉은 구슬은 한 줄기 섬광이 되어 은월영을 향해 내리꽂혔다.

은월영은 대수롭지 않은 암기로 생각하며 허리춤의 면도를 손에 쥐었다. 단숨에 쪼갤 의도였다.

한데 한운지가 구슬을 향해 지강을 날렸다.

"모두 피해요!"

내리꽂히던 암기가 지강에 적중돼 폭발했다.

퍼엉—!

어마어마한 폭발이었다. 하늘이 불타오르며 무수한 불꽃
이 사위로 확산되었다. 열기가 얼마나 강렬한지 폭발이 일어
나 지상 십장 이내가 불길에 휩싸였다.

"아아악!"

"으악!"

정예들은 해자 주변에 밀집되어 있었던 터라 삽시간에 수
십 명이 불길에 휩싸여 데굴데굴 굴렀다.

은월영은 호신강기를 펼쳐 겨우 숯덩이가 되는 참화를 모
면했지만 머리카락이 그슬리는 수모를 겪어야 했다.

"마… 맙소사, 설마 벽력화탄?"

한운지가 다급히 외쳤다.

"물러서세요! 산개대형을 유지하고 주변을 경계하세요!"

백을천이 심각한 표정으로 물었다.

"한 소저, 저들이 벽력자의 화탄을 지닌 것이오?"

"폭발력을 감안하면 진짜 벽력화탄은 아닌 것 같습니다.
하지만 무서운 위력을 지닌 화탄임에 틀림없습니다."

이때 내성의 전각과 상점 안에 숨어 있었던 천풍무국의 전
사들이 삼십여 명이 일시에 쏟아져 나왔다. 그들은 양손에 벽
력탄을 쥐고 정예들 속으로 뛰어들었다.

"천풍무국 만세—!"

"주상께 충성을!"

수십 발의 벽력탄이 동시에 폭발했다.

꽝— 꽈르릉— 꽝—!

가히 세상의 종말 같은 폭발이었다. 하늘과 땅이 뒤집히고 화염 폭풍이 지상을 휩쓸었다.

벽력탄 주변에 있던 정예들은 형체를 찾아볼 수 없는 참살을 당했고, 약간 떨어져 있던 정예들은 불길에 휩싸여 아우성을 쳤다.

참으로 눈 뜨고는 볼 수 없는 지옥도였다.

한운지와 백을천을 비롯한 수뇌 급들은 화염 속으로 뛰어들어 부상자들을 구해내고 잔해에 깔린 정예들을 구하느라 여념이 없었다.

주상과 천향무후는 불바다로 변한 내성을 내려다보며 득의의 웃음을 터뜨렸다.

"하하핫! 어리석은 것들. 이것이 너희들의 최후다."

"호호. 본 국의 전사들이 아무렴 힘이 없어 퇴각했겠느냐?"

정사연합의 피해는 엄청났다.

천풍무국 전사들이 벽력탄을 품고 폭사하는 바람에 무려 천여 명의 사상자가 발생했다. 그나마 무사한 정예들도 충격 때문에 전의를 상실하고 말았다.

한운지는 이런 끔찍한 흉계를 미리 간파하지 못한 자책감에 스스로를 질책했다.

"아아, 내가 너무 어리석었어. 상대가 악마와 같은 옥면잔사임을 염두에 두었어야 했는데……."

이때 굳게 닫힌 성문이 열리기 시작했다.

그그그궁……!

거대한 성문이 내려지면서 해자를 가로지르는 다리가 되었다.

"와아아―!"

금성에 배치돼 있던 천풍무국 전사들이 다리를 밟고 봇물처럼 쏟아져 나왔다. 정사연합의 숨통을 마저 끊으려는 공세가 펼쳐진 것이다.

가히 절체절명의 위기였다.

이 순간 하늘 저편에서 하나의 섬광이 날아들었다. 어검비행술을 펼쳐 날아든 사람은 다름 아닌 무불악이었다.

"모두들 안심해라! 나 무불악이 왔다!"

第五十章
최후의 대결

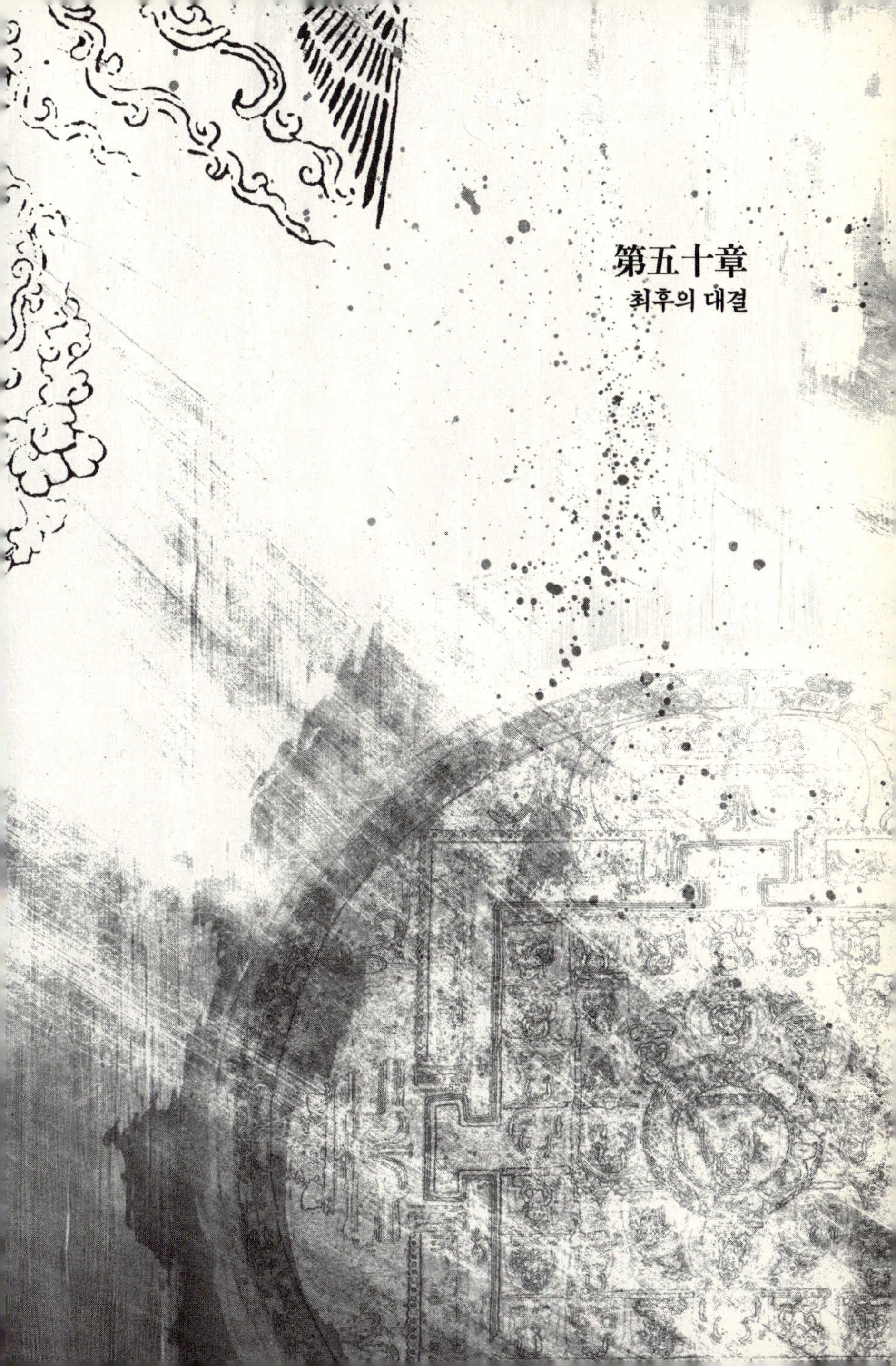

1

누구보다 은월영이 가장 기뻐했다.

"불악, 왜 이제 오는 거야?"

무불악은 해자를 가로지른 다리로 내려섰다.

"꺼져라, 버러지들!"

간장검을 곧추세운 무불악은 산악이라도 쪼갤 듯이 내려
쳤다. 아주 단순한 동작이었지만 검극에서 뿜어지는 위력은
엄청났다.

성문을 통해 쏟아져 나오던 천풍무국 전사들은 거대한 섬
광에 휩쓸려 산산이 부서졌다.

"캐애액!"

“으아악!”

단 일초의 검식으로 백여 명이 몰살했다.

무불악은 성문으로 형성된 다리를 막아선 덕분에 앞서 뛰어든 천풍무국 전사들은 오히려 그물에 갇힌 물고기 신세가 되었다.

무불악의 출현으로 기력을 회복한 정예들은 천풍무국 전사들을 차례로 쓰러뜨렸다.

금성 내에 대기해 있던 전사들은 무불악 때문에 성문을 나서지도 못한 채 서로의 얼굴만 바라보아야 했다.

은월영이 무불악 옆으로 내려섰다.

“대체 어디에 숨어 있었던 거야? 그동안 나 몰래 계집질이라도 한 거야?”

“잔말 말고 싸우기나 해. 옥면잔사는 내가 죽일 테니까.”

백을천과 한운지가 다리 위로 달려왔다.

무불악은 외팔이가 된 백을천을 대면하는 것이 마음에 걸려 백을천과는 눈길을 마주치지도 않았다.

“운지, 내가 뚫고 올라갈 테니 지원해라.”

“무 공자…….”

“그런 감격스런 표정은 나중에 지어도 돼. 아직 옥면잔사를 죽인 게 아니니까.”

무불악은 다리를 밟고 성큼성큼 걸음을 옮겼다. 이때 그의 귓속으로 백을천이 전음이 흘러 들어왔다.

[고맙소, 무 형. 우리의 대결은 잠시 보류하겠소.]

무불악은 씁쓸함을 곱씹다가 득달같이 달려갔다.

"비켜라, 이 버러지들아!"

퍼— 펑—!

무불악의 간장검이 번득일 때마다 수십 명의 전사가 고꾸라졌다. 그는 나선형 계단을 뛰어오르며 닥치는 대로 전사들을 날려 버렸다.

한운지는 백을천에게 지휘를 부탁했다.

"천풍무국을 섬멸할 순간입니다. 소녀는 무 공자를 지원하겠어요."

"알겠소. 무 형을 지켜주시오."

"백 성주, 무 공자를 너무 미워하지 마십시오. 사실 건곤불패는……."

한운지는 사실을 밝히려 했지만 흑백쌍절이 공세를 펼쳐오는 바람에 중단해야 했다. 백을천과 은월영이 흑백쌍절을 상대하자 한운지는 전사들을 헤치고 성루를 향해 달려갔다.

금성의 성루.

무불악이 방벽을 딛고 내려서자 천향무후가 성루에서 내려섰다.

"무불악, 네놈은 내가 상대해 주겠다.

"네가 천향무후라는 암캐냐?"

“뭐, 뭐야? 암캐?”

무불악은 코를 벌름거렸다.

“계집애, 체향이 정말 향긋하군. 죽이기 전에 한 번 품고 싶구나.”

“흥, 네놈 따위가 감히 나를 넘봐?”

순간적으로 이동한 천향무후가 쾌검을 전개했다.

번— 쩍!

가히 절대쾌검에 버금갈 경이적인 쾌초였다.

무불악은 축지성촌을 전개해 찰나지간 사라졌다가 다시 제자리로 돌아갔다. 워낙 빠른 움직임이기에 마치 쾌검에 목이 베이고도 멀쩡한 것처럼 보였다.

회심의 쾌검이 무산되자 천향무후는 잔뜩 미간을 찌푸렸다.

“이럴 수가……?”

이때 한운지가 무불악 옆으로 내려섰다. 한운지는 면사로 얼굴을 가리고 있는 주상을 직시했다.

“천풍무국의 주상! 무엇이 두려워 얼굴을 가리고 있는 겁니까?”

주상은 뒷짐을 쥔 채 여유롭게 걸음을 옮겼다.

“본좌가 무엇을 두려워하겠느냐?”

“그렇다면 당장 면사를 벗어요!”

“내 모습이 그렇듯 보고 싶은 게냐?”

“그래요. 반드시 확인하고 싶습니다.”

“하하하, 네가 무불악의 목을 벤다면 기꺼이 본좌의 진면목을 보여주겠다.”

무불악은 한운지의 어깨를 다독여 주었다.

“운지, 조바심 낼 것 없다. 놈은 분명 옥면잔사다. 그것이 확인된 이상 어떤 낯짝을 하고 있던 문제되지 않는다.”

“무 공자…….”

“너는 저 냄새나는 계집이나 상대하고 있어.”

무불악은 둥실 떠올랐다.

“옥면잔사, 훼방꾼이 없는 곳으로 가자.”

“…….”

주상은 잠시 무불악을 주시하다가 유령처럼 솟아올랐다.

“오냐, 가자.”

비행술을 펼친 두 사람은 순식간에 하늘 저편으로 사라졌다.

천향무후는 한운지를 향해 다가섰다.

“네가 그 유명한 천기무화냐?”

한운지는 차가운 눈빛으로 천향무후를 쏘아보았다.

“사악한 인간! 냉소채의 원한을 이용해 악마지공을 심어놓다니! 하늘이 너희를 용서치 않을 것이다!”

“호호, 하늘을 두려워한다면 어찌 대업을 이룰 수 있겠느냐?”

천향무후는 순간적으로 달려들며 쾌검을 구사했고 이미 대비하고 있던 한운지 역시 쾌검으로 응수했다.

차앙……!

쾌검에 이어 무수한 검기가 동시에 두 사람의 몸으로 파고 들었다.

콰르르릉……!

폭포수가 승천하는 용의 형상을 닮았다 하여 붙여진 이름이 승룡폭이다. 폭포가 떨어지는 소 주변으로 넓은 바위가 반석처럼 펼쳐져 있었다.

비행술로 날아온 두 사람이 이십 보 거리를 두고 마주 섰다.

무불악은 팔짱을 끼며 퉁명스레 내뱉었다.

"어디 낯짝 좀 보자, 옥면잔사."

주상은 눈 아래 부위를 가리고 있던 면사를 끌러냈다.

여인처럼 단아한 모습은 실로 수려했다. 중년의 나이임에도 이럴 정도면 젊은 시절의 모습이라면 뭇 여인들이 앞을 다투어 달려들었을 것이다.

주상은 바로 남양왕이었으며, 진짜 신분은 칠대악인 중의 일인인 옥면잔사였다.

무불악은 반색을 띠며 고개를 끄덕였다.

"역시 반반한 낯짝이로군. 네가 남양왕인지는 몰라도 옥면잔사는 확실하구나.”

“무불악, 네놈이 정녕 귀곡심악의 제자냐?”

“제자라고 하기에는 조금 문제가 있지. 나는 노인네를 그저 심로라고 불렀을 뿐이니까. 하지만 귀곡심악에게 신세를 졌으니 유명을 들어주는 게 당연하다.”

“귀곡심악이 나를 죽여달라고 한 것이냐?”

“당연하지. 명색이 의형제라면서 개인적 욕망을 위해 형제들을 독살했는데 어느 놈이 용서할 수 있겠냐?”

“칠대악인은 죽어 마땅한 자들이었다. 그래서 칠대악인 모두가 실종되었을 때 천하 무림은 환호했다.”

무불악은 심드렁하게 응수했다.

“그것은 가장 잔혹한 악당이 아직 죽지 않았다는 것을 몰랐기에 그랬을 것이다. 본래 너는 죽은 몸이니 나한테 죽어도 억울하지는 않을 것이다.”

“크훗, 네놈의 알량한 실력으로 감히 나를 상대할 수 있을 것 같으냐?”

“뭐 싸움이 실력대로 승부가 나는 것은 아니잖아?”

“그렇기는 하다만 실력과 지략에서 모두 뒤진다면 승부를 뒤집을 수 없다.”

옥면잔사는 장삼 자락을 밀치고 태아검을 뽑아 들었다.

무불악은 머리를 긁적이며 물었다.

“마지막으로 확인만 하자. 금마곡에 뛰어들어 절진을 파훼해 마왕들을 끄집어낸 자가 바로 너지? 또한 네 마누라인 성혜왕후를 죽인 살인마가 바로 너 맞지?”

옥면잔사는 의외로 순순히 시인했다.

“오냐, 내가 맞다.”

“왕후는 왜 죽였어? 혹시 정체가 탄로 난 것이냐?”

“세상 누구도 내 정체를 알아낼 수 없다. 귀곡심악을 확실하게 죽였다면 너 같은 놈도 만들어지지 않았을 것이다.”

“옥면잔사, 내가 네 정체를 밝히고 싶었지만 주약란 때문에 입을 다물기로 맹세했다. 너 같은 악당이 군왕의 신분으로 묻히는 것이 정말 화나지만 네가 성혜왕후를 죽였다는 사실은 끝까지 묻어두겠다.”

옥면잔사의 입가에 냉혹한 미소가 피어올랐다.

“무불악, 네놈의 그 기특한 마음을 감안해 네놈 옆에 주약란을 함께 묻어주겠다.”

“오, 이제 딸까지 죽이시겠다?”

“그래야 깔끔하지 않겠느냐?”

“하기는 그래. 네 특기가 바로 몰살이니까.”

무불악은 득달같이 달려들며 검을 휘둘렀다.

“그래서 오늘 천풍무국이 몰살을 당하는 것이다!”

옥면잔사는 간단한 수법으로 무불악의 공세를 무산시켰다.

차앙……!

검을 맞댄 옥면잔사는 가소롭다는 듯 내뱉었다.

"이런 잡기는 통하지 않는다."

"큭, 이런 잡기에 죽으면 얼마나 쪽팔리겠냐?"

무불악은 기합을 외치며 은하성천검법의 최후삼식을 구사했다.

일순 옥면잔사의 전신에서 강렬한 마기가 뿜어졌다.

"카카카!"

무불악은 고막으로 파고드는 섬뜩한 귀곡성에 등줄기가 축축하게 젖어들었다.

'이것이 아수라파천마공?'

옥면잔사는 검극에 아수라파천마공을 주입시켰다. 그러자 검 전체가 붉게 달아오르며 검기가 이 장 길이로 뿜어졌다.

"카카카, 이제야 네놈의 수법이 왜 잡기인 줄 알겠느냐?"

쐐애액—!

수십, 수백 개의 검기가 장대비처럼 내리꽂혔다.

무불악은 깊이 숨을 들이키고는 혼신의 진기를 운집해 마정파천황을 전개했다.

"차아앗!"

마도와 정파의 검법 정화를 융합한 절기로 건곤불패가 전개한 악마의 도법을 격파한 절대적 검법이었다.

무불악의 모습은 사라진 채 무수한 검형이 폭사되었다. 극강의 절기가 교차되면서 순간적으로 세상이 정지했다.

빛과 어둠조차 구분할 수 없는 혼돈.

바람 소리조차 들리지 않기에 이대로 모든 것이 멈춰진 그 상태였다. 그러나 마치 영원한 것만 같은 혼돈과 정적이 여지없이 깨져 버렸다.

꽝— 꽈르릉—!

이번에는 세상의 종말이었다.

빛과 어둠이 연속적으로 교차되면서 지상이 폭발하고 하늘이 고개를 숙였다. 억겁을 유지해 왔던 승룡폭 폭포수가 끊겼고 깊은 소가 말라 버렸다. 반석처럼 견고했던 암석지대가 모두 뒤집히며 흉물스런 속살을 드러냈다.

한참이 지나서야 사나운 폭풍이 스러지며 현장이 확인되었다.

옥면잔사는 온통 피투성이로 변해 있었다. 천고의 신병인 태아검은 이미 박살났고 화려했던 금포는 심하게 찢겨 있었다.

"크으윽… 어떻게 이런 검법이……?"

무불악 역시 온전하지 못했다. 아니, 바위더미 속에 처박힌 그의 몰골은 오히려 더 처참했다.

"젠장, 이렇게… 강할 줄이야."

무불악은 피를 울컥 토하고는 바위더미를 헤집었다. 가까스로 밖으로 나선 무불악은 바닥에 꽂혀 있는 간장검을 짚고 일어섰다.

“하지만… 아직… 끝나지 않았다.”

옥면잔사는 태아검을 내던지고 기검을 발출했다.

“오냐, 귀곡심악이 찾아낸 독종답게 끈질기구나. 네놈은 확실하게 찢어 죽여주겠다.”

무불악은 휘청거리며 겨우 간장검을 치켜들었다.

“옥면잔사, 대체 네놈의 그 끔찍한 마공은 어디에서 비롯된 것이냐?”

옥면잔사는 무불악을 향해 기검을 겨누었다.

“이십 년 전 나는 천마교의 유적을 발견했다. 엄청난 재보와 절대 마공들을 얻게 되었지. 갑자기 세상을 정복하고 싶은 야망이 솟구치더군. 그래서 나름대로 계획을 세웠다. 나는 황족 중에서 못생긴 과부를 하나 찾아냈다. 계집아이까지 하나 있더군. 과부는 공주의 신분이었지만 재혼이었기에 황실에서도 내 신분을 크게 문제 삼지 않았다. 게다가 천마교의 대법에 현혹된 과부는 나를 떠나서는 살 수 없는 몸이라 혼례는 성사될 수밖에 없었다.”

“교활한 놈. 공주를 꼬드겨 군왕의 신분까지 올랐으면 됐지, 왜 무림까지 욕심을 부린 것이냐?”

“내 목표는 본래부터 무림 정복이었다. 그것은 천마교의 염원이기도 했다. 내가 군왕이 된 것은 천풍무국을 수월하게 창건하기 위해서였을 뿐이다.”

무불악은 피 섞인 침을 내뱉었다.

"크홋, 그게 네 뜻대로… 될 것 같으냐? 내가 살아 있는 한 어림없다."

"천풍무국 정도는 얼마든지 재건할 수 있다. 네놈 때문에 약간의 차질을 빚었지만 결과에는 변함이 없다."

옥면잔사는 미끄러지듯 날아들며 기검을 내려쳤다.

"이제 뒈져라!"

무불악은 기력이 쇠진한 상태라 옥면잔사를 물끄러미 직시하다가 간장검을 내던졌다. 병기를 포기한다는 것은 패배를 인정한 것이나 다름없다.

차앙……!

간장검을 후려친 옥면잔사는 섬뜩한 웃음을 띠며 무불악을 목을 노렸다.

"이제 삶을 포기한 것이냐?"

이 순간 무불악이 손에 쥔 붉은 구슬을 바닥으로 내던졌다.

"죽을 놈은 너다!"

찰나지간 공포에 젖은 옥면잔사가 허공으로 치솟았다.

"허억, 벽력화탄?"

무불악은 가까운 구덩이 속으로 뛰어들었다.

콰아아앙!

천지가 폭발했다. 화염폭풍이 십수 장 일대를 휩쓸면서 화염폭풍에 휩싸인 모든 것이 재가 되었다.

"으아악!"

불길에 휩싸인 옥면잔사는 고통스런 비명을 질러대며 바닥을 데굴데굴 굴렀다. 벽력화탄의 화기는 워낙 강렬해 한 번 불이 붙으면 쉽게 꺼지지 않는다.

심한 화상에 옥면잔사의 수려한 모습은 흉물스런 괴물처럼 변했고 오장육부도 모두 타버렸다.

구덩이 속으로 뛰어들어 겨우 벽력화탄의 화염폭풍을 피해낸 무불악이 돌 더미를 헤치며 기어나왔다.

"악마 새끼, 강호의 법칙대로… 마지막에 살아남은 자가… 웃을 수 있는 거다."

옥면잔사는 악마지공을 수련했기에 육신이 거의 타버렸는데도 죽지 않았다. 그런 끈질긴 생명력이 지금은 축복이 아니라 끔찍한 고통이었다.

"크으윽… 죽여… 다오."

옥면잔사는 뜨거운 김을 훅훅 내뿜으며 애걸했다.

무불악은 냉혹한 웃음을 흘렸다.

"크훗, 보기 좋은데 뭐."

"크으윽, 제발……."

"왜 이래, 선수끼리? 그 정도는 감수해야 하는 것 아니냐? 사실 그 벽력화탄은 냉소채가 너를 죽여달라며 내게 준 거다. 본래 네놈들 물건이었는데 벽력화탄에 당한 기분이 어떠냐?"

이때 한운지가 장내로 내려섰다. 그녀는 무불악의 형편없는 몰골을 보며 걱정스럽게 물었다.

"무 공자, 괜찮은 거예요?"

"당연하지. 아무렴 내가 이따위 악당한테 당할 것 같아?"

한운지는 새까만 숯덩이로 변한 옥면잔사 쪽으로 시선을 돌렸다. 지독한 화상을 당해 이목구비가 모두 틀어진 옥면잔사의 끔찍한 모습에 한운지는 급히 눈을 가렸다.

"이 사람이… 천풍무국의 주상이란 밀입니까?"

"주상은 무슨 얼어죽을 주상이냐? 옥면잔사라니까."

한운지는 자세를 낮춰 옥면잔사를 자세히 살폈다.

"당신이 정말… 남양왕… 전하란 말입니까?"

옥면잔사는 눈알마저 타버려 아무것도 볼 수 없지만 목소리를 듣고 대번에 한운지임을 알아챘다.

"한운지… 어서… 죽여… 다오."

"말해요. 그러면 고통을 줄여주겠어요."

"그… 그렇다. 내가 남양왕……."

"당신이 왕후마마를 살해했나요?"

"크으윽, 사실이다… 어서……."

"이 악마!"

한운지는 막사검을 내려쳤다.

옥면잔사의 수급이 바닥으로 굴렀다. 당당히 군왕의 직위까지 올라 무림정복을 꿈꾸었지만 그의 최후는 실로 비참하고 허무했다.

무불악은 한운지를 일으켜 세웠다.

"누가 죽이라고 했어? 놈은 더 심한 고통을 맛보아야 했다
고!"

"그만두세요. 남의 고통을 즐기는 것도 죄악입니다."

"관음보살 같은 소리 하고 있네."

무불악은 바닥에 떨어져 있는 간장검을 집어 들었다.

"하여간 심로의 소원대로 복수를 해주었으니 난 이제 자유
다. 참, 주약란이 동호 호접원에 있으니 네가 만나봐라."

"예에? 군주께서 어떻게 동호까지……?"

"옥면잔사한테 위협을 느껴 가출했어. 그래도 아주 멍청한
계집은 아니더라고. 제 엄마를 해친 살인마가 남양왕임을 조
금은 눈치챈 것 같다."

한운지는 괴로운 모습으로 머리를 감싸 쥐었다.

"아, 차마 사실대로 밝힐 수가 없어요. 군주에게는 너무 큰
충격이고 고통입니다."

무불악은 소매로 간장검을 닦아 어깨에 걸쳤다.

"운지, 을천에게도 비밀을 지키는 게 낫겠지? 이제 너도 거
짓말이나 일삼는 악녀가 된 거다. 하하하!"

정사연합의 쾌승.

천풍무국의 주상을 비롯한 수뇌 급들이 모두 죽었음이
확인되면서 천풍무국은 와해되었다. 천하를 위협할 가장
거대한 적이 소멸됐으니 당분간 무림은 안정기로 접어들게

되었다.

한데 모두가 환호하는 와중에 정소빈은 통곡하고 있었다.

그녀는 목이 베어져 죽은 나단의 시신을 발견하게 된 것이다. 나단의 수급은 아주 편안한 모습이었다. 목이 잘린 부위가 너무도 깨끗했다.

정소빈은 현명한 여인답게 누구의 소행인지 대번에 간파했다. 그녀는 피를 뿜듯이 외쳤다.

"무불악! 이 나쁜 자식! 반드시 복수하겠다!"

2

아무리 엄청난 사건도 세월의 수레바퀴 속에 묻히면 그저 과거의 뒤안길로 사라지게 마련이다.

천풍무국의 괴멸한 지 불과 여섯 달밖에 되지 않았는데 무림은 불패성을 중심으로 한 정파와 사파연맹의 대치 형국으로 접어들고 있었다.

무림대전을 승리로 이끈 불패성주 백을천은 신화적인 영웅으로 추앙을 받았고 그의 업적은 사해팔황을 진동시켰다. 세상의 소문은 조금씩 과장돼 천풍무국의 수괴가 백을천에 의해 제거됐다고 알려졌으며 또 그것이 점점 진실처럼 굳어졌다.

백을천의 존재가 태양처럼 부각되면서 무불악의 존재는

거의 잊혀지고 있었다. 그저 한때 오대천마와 더불어 세상을 어지럽힌 악인 정도로 취급된 것이다.

땅… 땅……!

외진 대장간에서 들려오는 망치질 소리가 경쾌하다.

해골처럼 깡마른 대장장이가 달군 쇠막대를 열심히 두드리고 있었다. 오랜 담금질을 통해 철검이 거의 완성되는 중이었다.

이때 거적문을 밀치고 누군가 들어섰다.

"여기 혹시 검노라고 있소?"

말쑥한 용모의 청년은 다름 아닌 무불악이었다.

늙은 대장장이는 무불악을 힐끗 보고는 철검에 손잡이를 박아 가죽끈을 둘렀다.

"쿨럭, 멀리 도주한 줄 알았는데… 뜻밖이구나."

"하하, 노인네에게 하루는 일 년과도 같이 긴 세월이지. 이미 노쇠한 노인네를 내가 왜 두려워한단 말이오? 안 그렇소, 검마왕?"

그러했다. 늙은 대장장이는 바로 검마 구주파천이었다. 무불악의 말마따나 한해가 바뀌면서 그의 몸은 급격히 쇠퇴해 전신의 기도가 예전같이 않았다.

"쿨럭, 그래도 아직 네놈 하나 쓰러뜨릴 힘은 있다."

구주파천이 거적문을 밀치고 나서자 무불악이 뒤를 따랐다.

대장간 주변은 완만한 경사 지대였다.

구주파천은 아직 날도 서 있지 않은 철검을 소매로 문질렀다.

"쿨럭, 네놈에게 실망했다. 기껏 절대마검을 전수해 주었더니 고작 벽력화탄 따위로 옥면잔사를 죽인 것이냐? 네놈이 그렇듯 비열한 줄 몰랐다."

"죽였다는 것이 중요하지 과정이 무에 대수겠소?"

무불악은 팔짱을 낀 채 오만하게 턱을 치켜들었다.

"사실 검마왕의 불완전한 절대마검으로 맞서기에 놈의 악마지공이 너무 강력했소."

"불완전하다니? 내 검법에 문제가 있었단 말이냐?"

"그렇소. 확실히 문제가 있었소. 검마왕의 절대마검은 삼초식이 아니라 일초식으로 전개되었어야 했소."

구주파천은 정색하며 손사래를 쳤다.

"쿨럭, 터무니없는 소리 마라. 내 평생 심득을 삼초로 응집하기에도 힘겨운데 어떻게 일초식에 모든 정화를 응집할 수 있겠느냐?"

"그럼 한번 보시겠소?"

"하면… 네가 검법을 완성했단 말이냐?"

"물론이오."

간장검을 뽑아 든 무불악은 멀리 봉우리를 향해 검을 겨누었다.

"내 일초 검법으로 저 봉우리를 날려 버리겠소."

구주파천은 미심쩍은 눈빛으로 무불악을 쏘아보다가 고개를 끄덕였다.

"쿨럭, 오냐. 봉우리를 무너뜨려 보아라."

"똑똑히 보시오."

무불악은 검극에 진기를 주입시켰다. 검극을 통해 일 장 길이의 검기가 뿜어졌다.

"차아앗!"

힘찬 기합과 함께 무불악이 검법을 전개했다. 한데 그의 표적은 멀리 봉우리가 아니라 구주파천이었다.

절대적인 어둠.

빛과 어둠의 혼재.

이어 절대적인 빛.

그 모든 심득이 응축된 삼초의 검법이 폭풍처럼 몰아쳤다.

구주파천은 반사적으로 철검을 휘둘렀지만 다소 늦은 감이 없지 않았다.

콰아앙!

일직 폭음이 터지며 주변으로 강렬한 회오리가 형성되었다.

이윽고 흙먼지가 가라앉으면서 장내의 상황이 드러났다.

구주파천은 대장간 잔해더미 속에 널브러져 있었다. 그가 손수 제작한 철검은 동강나 버렸고 너덜너덜한 장삼 곳곳에 구멍이 뚫려 있었다. 만일 무불악이 전력을 다했다면 그는 이 미 산산조각이 났을 것이다.

너무도 엄청난 결과에 구주파천은 한동안 망연자실한 충격에서 헤어 나오지 못했다. 그러다 겨우 충격에서 벗어나 몸을 일으켜 세웠다.

"크으, 이… 비열한 놈."

무불악은 멋진 동작으로 간장검을 회수했다.

"영감, 세상에 절대적인 검법은 없어. 물론 당신이 창안한 검법도 최강은 아니지. 내가 조금 변형시켜 보았는데 괜찮은 것 같더라고."

"다시… 다시 겨뤄보자."

"하하, 세 손가락만 남았는데 검을 제대로 쥘 수나 있는지 모르겠군."

무불악은 몸을 돌려 휘적휘적 걸음을 옮겼다.

"육지검마! 내가 반드시 두 배로 복수한다고 했지? 당신 목 대신 손가락만 네 개 잘랐으니 고맙게 생각하라고."

"……?"

비로소 자신의 손을 살펴본 구주파천은 경악하고 말았다.

양손의 새끼손가락과 무명지가 모두 잘려져 있었다. 잘린 부위에서 이제야 피가 흘렀고 아픔도 느껴졌다.

과거 구주파천은 대결에서 패배한 무불악의 손가락 두 개를 벤 적이 있었다. 한데 오늘 두 배로 보복을 당한 것이다.

참담한 패배.

분명 치욕적인 패배였지만 구주파천은 이상하게도 수모와 분노를 느낄 수 없었다. 그저 씁쓸한 공허함만이 느껴질 뿐이었다.

"무불악… 네놈은 냉혹하지 못한 게 흠이다. 그래서는 사해천악이라 할 수 없겠지."

구주파천은 여섯 개의 손가락만 남은 자신의 양손을 감싸 쥐었다.

"네놈은 악중협으로 불리어야 할 것이다."

『악중협』終.

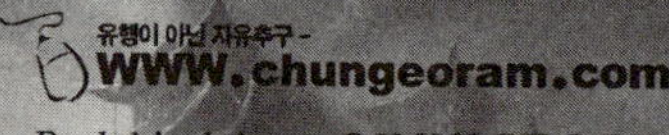

낭왕 狼王

별도 新무협 판타지 소설

살내음 나는 이야기에 여러분은 가슴 졸인 적이 있는가?
남들이 볼까 두려워하며 책을 가리면서 읽었던 구절을 몇 번이나 반복하며
읽은 적이 없는가?

구무협의 향수를 그리워하던 별도가 결국은
〈무협의 르네상스〉를 부르짖으며 직접 자판 앞에 앉았다.

"제가 무협을 쓰기 시작한 이유는 더 이상 읽을 책이 없었기 때문입니다."

모든 일은 4년 전부터 시작되었다.
살인사건을 배경으로 펼쳐지는 음모와 배신, 사랑과 역공작,
그리고 정사!

우리 시대의 이야기꾼, 별도의 새로운 글, 〈낭왕狼王〉!
〈천하무식 유아독존〉, 〈그림자무사〉, 〈검은여우毒心狐狸〉에
이은 그의 또 하나의 역작!

은하의 계곡

무천향 武天鄕

허담 新무협 판타지 소설

뿌리를 찾아가는 목동 파소의 여행.
그 여정의 끝에서
검 든 자들의 고향 대무천향 (大武天鄕)을 만난다.

검객 단보, 그는 노래했다.

…모든 검 든 자들의 고향 무천향.
한 초식의 검에 잠든 용이 깨어나고, 또 한 초식의 검에 잠든 바다가 일어나네.
검의 흐름을 따라가다 보면 어느새, 세월도 잊어버리고, 사랑도 잊어버리고,
무공도 잊어버려…….
결국에는 자신조차 잊어버리는…….

은하의 가장 밝은 빛이 되어버린다는
그 무성(武星)들의 대지(大地).

아, 대무천향(大武天鄕)이여!

유행이 아닌 자유추구 –
WWW.chungeoram.com
Book Publishing CHUNGEORAM

낭왕 狼王

별도 新무협 판타지 소설

살내음 나는 이야기에 여러분은 가슴 졸인 적이 있는가?
남들이 볼까 두려워하며 책을 가리면서 읽었던 구절을 몇 번이나 반복하며
읽은 적이 없는가?

구무협의 향수를 그리워하던 별도가 결국은
〈무협의 르네상스〉를 부르짖으며 직접 자판 앞에 앉았다.

"제가 무협을 쓰기 시작한 이유는 더 이상 읽을 책이 없었기 때문입니다."

모든 일은 4년 전부터 시작되었다.
살인사건을 배경으로 펼쳐지는 음모와 배신, 사랑과 역공작,
그리고 정사!

우리 시대의 이야기꾼, 별도의 새로운 글, 〈낭왕狼王〉!
〈천하무식 유아독존〉, 〈그림자무사〉, 〈검은여우毒心狐狸〉에
이은 그의 또 하나의 역작!

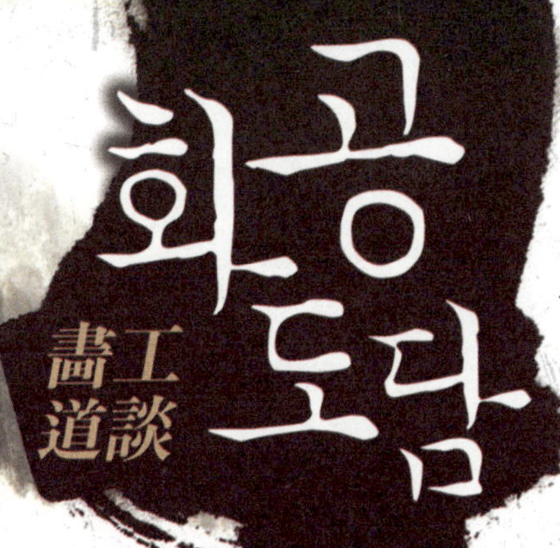

화공도담

촌부 新 무협 판타지 소설

예(禮)와 법(法)을 익힘에 있어
느리디 느린 둔재(鈍才).
법식(法式)에 얽매이기보다 마음을 다하며,
술(術)을 익히는 데는 느리지만
누구보다 빨리 도(道)에 이를 기재(奇才).

큰 지혜는 도리어 어리석게 보이는 법[大智若愚]!

화폭(畵幅)에 천지간(天地間)의 흐름을 담고
일획(一劃)에 그리움을 다하여라!

형식과 필법을 익히는 데는 둔하나
참다운 아름다움을 그릴 수 있게 된
화공(畵工) 진자명(陳自明)의 강호유람기!

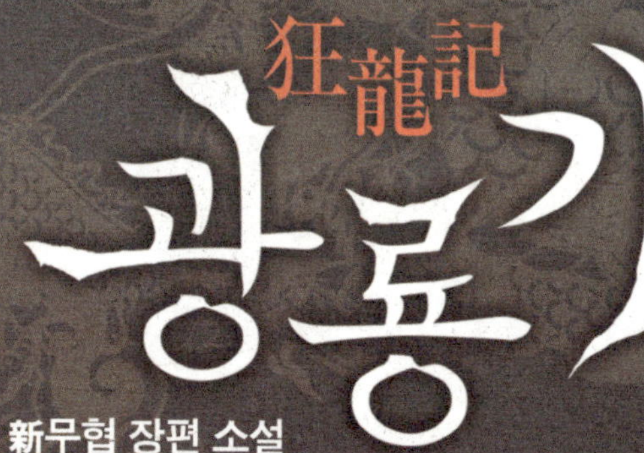

狂龍記
광룡기

장담 新무협 장편 소설

미친 바람이 동해에서 불기 시작했다!
둥지를 떠난 광룡(狂龍)이 강호에 나타났다!

내가 가고 싶은 때로 간다.
내가 하고 싶은 때로 한다.
누구도 내 앞을 막지 마라!

한겨울, 마침내 광룡의 칼질이 시작되고,
천하가 광룡과 빙심에 뒤집어졌다!

유행이 아닌 자유추구 -
WWW.chungeoram.com

Book Publishing CHUNGEORAM